AS AGRURAS DO VERDADEIRO TIRA

Obras de Roberto Bolaño publicadas pela Companhia das Letras

2666
Amuleto
Chamadas telefônicas
Os detetives selvagens
Estrela distante
Monsieur Pain
Noturno do Chile
A pista de gelo
Putas assassinas
O Terceiro Reich

ROBERTO BOLAÑO

As agruras do verdadeiro tira

Tradução
Eduardo Brandão

COMPANHIA DAS LETRAS

Grafia atualizada segundo o Acordo Ortográfico da Língua Portuguesa de 1990, que entrou em vigor no Brasil em 2009.

Título original
Los sinsabores del verdadero policía

Capa
warrakloureiro

Foto de capa
Interior escuro (2010), óleo sobre tela sobre mdf, de Rodrigo Andrade, 180 x 240 cm.

Preparação
Silvia Massimini Felix

Revisão
Adriana Cristina Bairrada
Fernanda Windholz

Dados Internacionais de Catalogação na Publicação (CIP)
(Câmara Brasileira do Livro, SP, Brasil)

Bolaño, Roberto, 1953-2003.
As agruras do verdadeiro tira / Roberto Bolaño ; tradução Eduardo Brandão. — 1ª ed. — São Paulo : Companhia das Letras, 2013.

Título original: Los sinsabores del verdadero policía.
ISBN 978-85-359-2215-8

1. Ficção chilena I. Título.

12-15536 CDD-861

Índice para catálogo sistemático:
1. Ficção : Literatura chilena 861

[2013]

EDITORA SCHWARCZ S.A.
Rua Bandeira Paulista, 702, cj. 32
04532-002 — São Paulo — SP
Telefone: (11) 3707-3500
Fax: (11) 3707-3501
www.companhiadasletras.com.br
www.blogdacompanhia.com.br

Sumário

Prólogo
Entre o abismo e a desdita

Juan Antonio Masoliver Ródenas

As agruras do verdadeiro tira é um projeto que se iniciou em fins dos anos 1980 e se prolongou até a morte do escritor. O que o leitor tem em mãos é a versão fidedigna e definitiva, fruto do cotejo com os textos datilografados e os localizados em seu computador, que mostra a clara vontade de Roberto Bolaño de integrar este romance ao conjunto de uma obra em contínuo processo de gestação. Há, também, várias referências epistolares a esse projeto. Numa carta de 1995, ele comenta: "*Romance: há anos trabalho em um que se intitula* As agruras do verdadeiro tira, *que é* MEU ROMANCE. *O protagonista é um viúvo, cinquenta anos, professor universitário, filha de dezessete, que vai viver em Santa Teresa, cidade próxima da fronteira com os Estados Unidos. Oitocentas mil páginas, um enredo louco que não há quem entenda*". O singular deste romance, escrito ao longo de três lustros, é que incorpora material de outras obras suas, desde *Chamadas telefônicas* até *Os detetives selvagens* e *2666*, com a peculiaridade de que, embora voltemos a encontrar diversos personagens — especialmente Amalfitano, sua filha Rosa e Arcimboldi —, as variações são notáveis. Pertencem ao conjunto do mundo romanesco de Bolaño e ao mesmo tempo pertencem por direito próprio a este romance.

Isso nos leva a um de seus traços mais notáveis e inquietantes: o caráter frágil, provisório, do desenvolvimento narrativo. Se no romance moderno foi rompida a barreira entre ficção e realidade, entre invenção e ensaio, a contribuição de Bolaño vai por outro caminho, que encontra talvez seu modelo no *Jogo da amarelinha* de Julio Cortázar. *As agruras do verdadeiro tira*, como *2666*, é um romance inacabado, mas não um romance incompleto, porque o importante para seu autor não foi completá-lo, mas desenvolvê-lo. E isso nos leva a uma série de reconsiderações. Até agora se aceitara a ruptura da linearidade (as digressões, os contrapontos, a mistura de gêneros). A realidade, tal como se vinha entendendo até o século XIX, deixava de ser o ponto de referência, nos aproximando assim de uma escrita visionária, onírica, delirante, fragmentada e, poderíamos dizer, até mesmo provisória. Nessa provisoriedade está a chave da contribuição de Bolaño. Perguntamo-nos quando um romance começa ou não a estar inacabado. Enquanto o autor o escreve, o fim não pode ser o mais importante e muitas vezes nem está decidido qual vai ser. O que importa é a participação ativa do leitor, simultânea ao ato da escrita. Bolaño deixou isso bem claro a propósito do título: "*O tira é o leitor, que tenta em vão ordenar este romance endemoniado*". E no próprio corpo do livro se insiste nessa concepção de romance como vida: somos — escrevemos, lemos — enquanto vivemos e o único final é a morte. Essa consciência da morte, de escrever como um ato de vida, é parte da biografia do escritor chileno, condenado a uma escrita contra o relógio e ilimitada. Em *As agruras do verdadeiro tira* há várias referências concretas a esse fracionamento e a essa provisoriedade: "uma característica essencial na obra do francês: se bem que todas as suas histórias, não importando o estilo utilizado (nesse aspecto, Arcimboldi era eclético e parecia seguir a máxima de De Kooning: *o estilo é uma fraude*), fossem histórias de mistério, estes só se resolviam mediante fugas, em alguns casos mediante efusões de sangue (reais ou imaginárias) seguidas de fugas intermináveis, como se os personagens de Arcimboldi, terminado o livro, saltassem literalmente da última página e continuassem fugindo", fiéis a esse caráter itinerante, de busca muitas vezes infrutífera e de fuga que marca a escrita de Bolaño. Por isso, os alunos de Amalfitano "compreenderam que um livro era um labirinto e um deserto. Que o mais importante do mundo era ler e viajar, talvez a mesma coisa, sem nunca parar". Esse caráter de provisoriedade dá uma enorme liberdade ao escritor, que se permite os riscos dos seus contemporâneos mais audaciosos com os quais se identifica explicitamente; mas ao mesmo tempo, pelo que há de aventura constante, seus textos mantêm a tensão tradicional. Ou seja, seus romances nunca deixam de ser romances como os entendemos desde sempre. E a fraturação é que obriga o editor das suas obras inéditas a respeitar o legado de um escritor para o qual todo romance é parte do grande romance sempre começado e sempre em busca de um final que se apresenta a ele como uma utopia.

No que concerne ao título, ele também se presta a uma série de reflexões. *As agruras do verdadeiro tira* é sem dúvida o menos bolaniano dos seus títulos, e no entanto fica claro, a partir dos textos datilografados e dos conservados no computador, que para Bolaño era o título definitivo. Estamos diante do que parece um título descritivo, comprido, sem o ritmo a que o escritor nos acostumou e sem a menor provocação ou estranheza (o que pode significar detetives selvagens ou putas assassinas?). No entanto, encerra uma chave numa escrita cheia de chaves, metáfora que nos remete não só a *Os detetives selvagens* mas, sobretudo, a outro tipo também pouco bolaniano, o do romance inacabado de Padilla, *O deus dos homossexuais*. Ambos encerram uma chave: já falei que o verdadeiro tira não é outro senão o leitor, condenado desde o início às agruras de encontrar continuamente pistas falsas, como o rei dos homossexuais não é outro senão a aids, uma metáfora da doença que conduz fatalmente à morte e que impede Padilla de terminar seu romance.

Desse modo, encontramos aqui um "detetive", que é Amalfitano, o crítico, em torno do qual gira toda a dimensão metaliterária do romance. Há um tira que é o leitor. E há um verdadeiro protagonista que é Padilla. Detetive, leitor/autor e arauto da morte protagonizam uma busca que não tem fim (que não tem um final). Isso nos obriga mais que nunca a nos concentrar no desenvolvimento narrativo, o que implica que toda tensão não está no desenlace, mas no que está acontecendo. Não é de outra forma que lemos o *Quixote*, um romance que se mantém vivo apesar do seu final, pois quem morre não é o cavaleiro andante, mas o medíocre fidalgo.

E, como no *Quixote* — isto é, como no melhor romance contemporâneo —, o fragmento tem tanto valor quanto a possível unidade que se exige do romance, com um acréscimo: os fragmentos, as situações, as cenas são unidades fechadas que no entanto se integram a uma unidade superior não necessariamente visível. Quase poderíamos dizer que voltamos à origem da literatura, ao conto, melhor dizendo, a uma sucessão de contos que se apoiam uns aos outros. Claro que há um fio que une Amalfitano, sua filha Rosa, seu amante Padilla, a amante deste, Elisa, Arcimboldi, os Carrera, o singular poeta Pere Girau; também estão unidos, em outro contexto, Pancho Monje, Pedro e Pablo Negrete ou o chofer Gumaro. E a mesma coisa ocorre com os distintos espaços geográficos em que nos movemos: Chile, México — e, com o México, Santa Teresa e Sonora — ou Barcelona, familiares aos leitores de Bolaño. Existe inclusive uma relação muito forte entre o princípio e o final, entre a paixão pela literatura de Padilla e a descoberta final de que Elisa *é* a morte. Mas o que torna o romance memorável não é sua unidade (que permite o crescente protagonismo de Padilla, vítima, como dom Quixote, da literatura e do amor, nesse caso o amor doentio dos nossos tempos), mas as distintas situações e o que cada uma delas sugere.

Nós nos movemos, como é próprio da narrativa contemporânea, no terreno da violência, dos desencontros, da estranheza, da extravagância, da doença, da sublime degradação. Sucedem-se as histórias: a da aeromoça e da manga, a do *sorche* e da confusão que ele faz com a palavra *kunst*, o Jantar Informal com os patriotas italianos, a visita ao numerólogo, o striptease comunicativo, as cinco gerações de María Expósito, o morto no quarto dos empregados ou o texano e a exposição de Larry Rivers. Há uma gozação da escola potosina do mestre Gabito, dos professores de Rosa ou, profeticamente, desses escritores frustrados como Jean Machelard, que decide abandonar suas pretensões literárias e se dedicar à carreira de outros escritores: "Ele se vê como um médico de um leprosário da Índia, como um monge encarregado de uma causa superior". E, supostos salvadores à parte, a literatura tem, como sempre teve em Bolaño desde *A literatura nazista na América Latina*, uma presença ambígua e definitiva, em que a homenagem costuma se confundir com a crítica que, por ser velada, pode ser duplamente feroz, além de hilariante. É a ambiguidade que vemos no caso de Pablo Neruda em *Noturno do Chile* ou de Octavio Paz no Parque Hundido da Cidade do México em *Os detetives selvagens*. Mas determinados escritores, aqui representados pelos poetas bárbaros — os poetas malditos de hoje, já presentes em *Estrela distante* —, lhe interessam especialmente pelo que têm de poetas da impureza, muito próxima da impureza que interessa a Ricardo Piglia. E impuros são também todos os seus personagens, vítimas e testemunhas privilegiadas da violência em todas as suas expressões, que aqui alcança seu ponto mais alto na seção "Assassinos de Sonora", mas também no deus dos homossexuais, que é "o deus dos que sempre perderam", "o deus do conde de Lautréamont e de Rimbaud". E há, é claro, os romances de Arcimboldi, brilhantemente resumidos, o romance inacabado de Padilla ou as cartas que Amalfitano e Padilla trocam. Mais que metaliterário, poderíamos dizer intraliterário, já que tudo faz parte do desenvolvimento argumental.

As agruras do verdadeiro tira tem um interesse especial por sua estreita relação com o melhor Bolaño, pela fertilidade da sua invenção, por sua identificação com os perdedores, por uma ética que não necessita de princípios éticos, pela lúcida leitura que faz de autores próximos dele, por sua radical independência, por nos oferecer um romance moderno que não perde o prazer da narração, pela implacável fidelidade aos lugares onde se educou e onde se fez como escritor, a um cosmopolitismo que expressa uma forma de ser e de viver, a uma entrega feliz e desesperada à criação, longe das suas ressonâncias sociais. Sua escrita é sempre enormemente clara e, no entanto, parte das zonas mais obscuras (o sexo, a violência, o amor, o desarraigamento, a solidão, os rompimentos) do ser humano: "tudo tão simples e tão terrível", porque "a poesia verdadeira vive entre o abismo e a desdita". E não é por acaso que ele se sente especialmente atraído pelos poetas: eles é que deram à sua prosa a capacidade de expressar a ternura, a infelicidade e o desarraigamento. Como é possível que haja tanto humor em meio a tanta desolação, tanta delicadeza em meio a tanta violência? E o fato é que em cada livro de Bolaño acabamos encontrando, como encontramos claramente aqui, o melhor Bolaño. Um autor horrorizado com a violência de seu século, desde os nazistas até os crimes do norte do México, que se identifica com os perdedores e que transforma sua obra numa autobiografia, o que explica em grande parte a mitificação da sua figura, precisamente porque a grande ausência que sua morte representa se faz presença através de páginas que culminam em 2666, porque aí parece desenvolver e condensar todas as suas experiências como ser humano e como escritor. Em *As agruras do verdadeiro tira* voltamos a encontrar esse Bolaño que se tornou tão familiar quanto imprescindível. Não deixa de ser comovente que nas páginas deste livro encontremos uma extraordinária vitalidade, constantemente ameaçada, porém, pela consciência da enfermidade física, mas também pela doença moral de uma época. Vitalidade e desolação são inseparáveis.

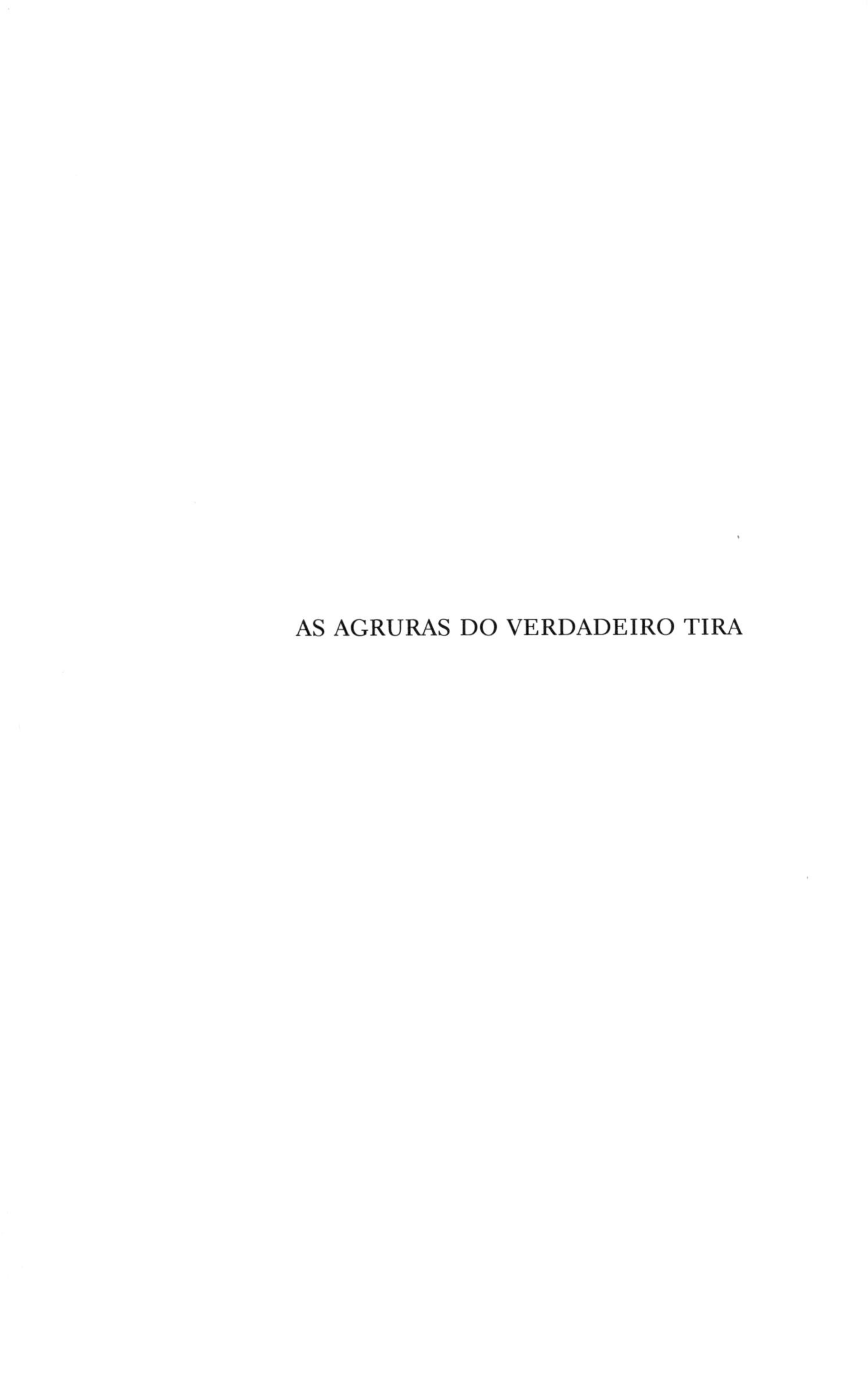

AS AGRURAS DO VERDADEIRO TIRA

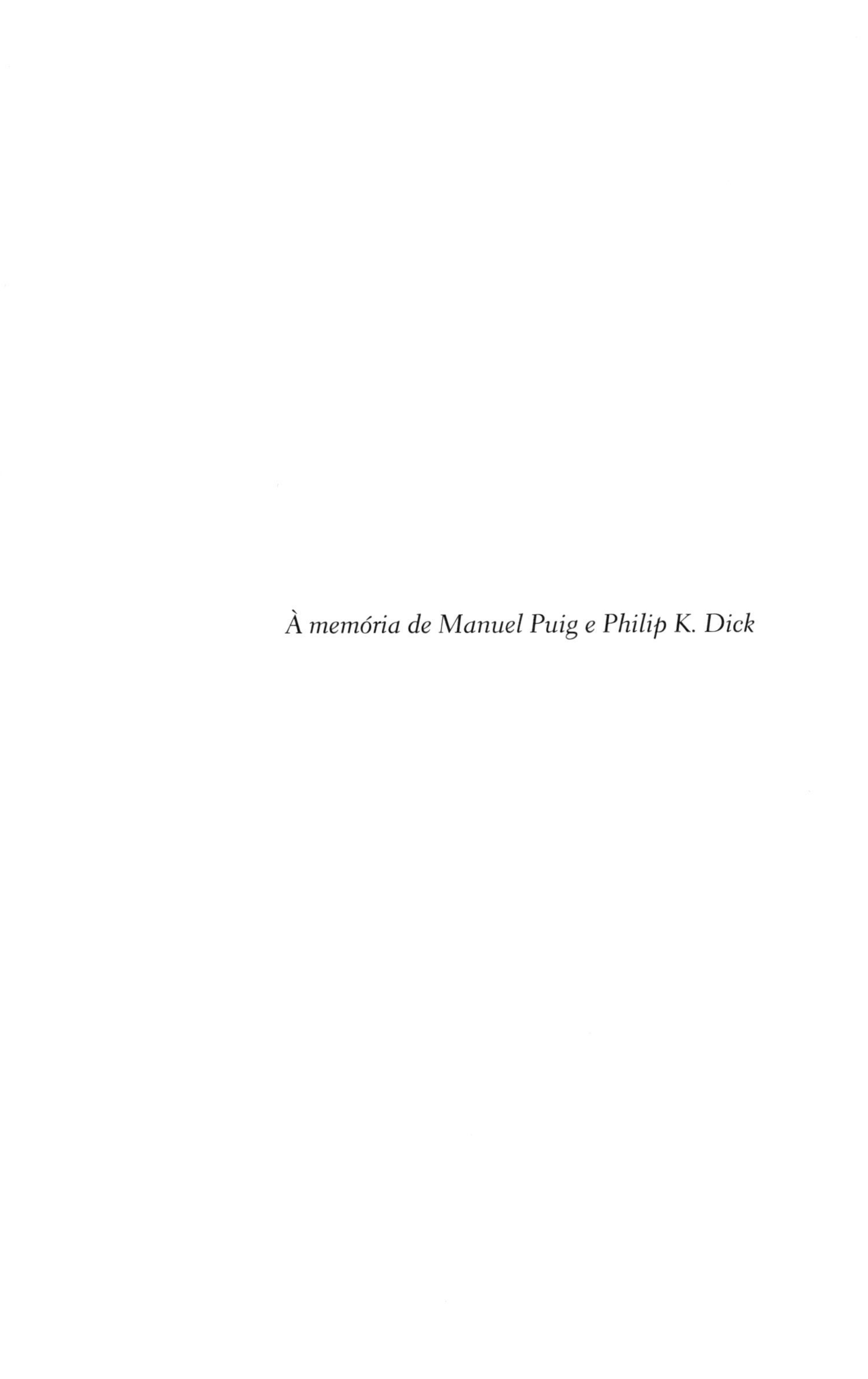

À memória de Manuel Puig e Philip K. Dick

I. A QUEDA DO MURO DE BERLIM

1.

Para Padilla, recordava Amalfitano, existia literatura heterossexual, homossexual e bissexual. Os romances, em geral, eram heterossexuais. Já a poesia era absolutamente homossexual. Dentro do imenso oceano desta distinguia várias correntes: bichonas, bichas, bicharocas, bichas-loucas, bonecas, borboletas, ninfos e bâmbis. As duas correntes maiores, no entanto, eram a das bichonas e a das bichas. Walt Whitman era um poeta bichona. Pablo Neruda, um poeta bicha. William Blake era bichona, sem sombra de dúvida, e Octavio Paz, bicha. Borges era bâmbi, quer dizer, de repente podia ser bichona e de repente simplesmente assexuado. Rubén Darío era uma bicha-louca, na verdade a rainha e o paradigma das bichas-loucas (em nossa língua, claro; no vasto e forâneo mundo o paradigma continua sendo Verlaine, o Generoso). Uma louca, segundo Padilla, estava mais próxima do manicômio florido e das alucinações em carne viva, enquanto as bichonas e as bichas vagavam sincopadamente da Ética à Estética, e vice-versa. Cernuda, o querido Cernuda, era um ninfo e, em ocasiões de grande amargura, um poeta bichona, enquanto

Guillén, Aleixandre e Alberti podiam ser considerados bicharoca, boneca e bicha, respectivamente. Os poetas tipo Blas de Otero eram, via de regra, bonecas, enquanto poetas tipo Gil de Biedma eram, salvo o próprio Gil de Biedma, metade ninfos, metade bichas. A poesia espanhola dos últimos anos, excetuando, embora com reticências, o já nomeado Gil de Biedma e provavelmente Carlos Edmundo de Ory, carecia de poetas bichonas até a chegada da Grande Bicha Sofredora, o poeta preferido de Padilla, Leopoldo María Panero. Panero, no entanto, havia que reconhecer, tinha uns acessos de louca bipolar que o tornavam pouco estável, classificável, confiável. Dos companheiros de Panero, um caso curioso era Gimferrer, que tinha vocação de bicha, imaginação de bichona e gosto de ninfo. O panorama poético, no fim das contas, era basicamente a luta (subterrânea), o resultado da pugna entre poetas bichonas e poetas bichas para se apropriarem da Palavra. As bicharocas, segundo Padilla, eram poetas bichonas de sangue, que por fraqueza ou comodidade conviviam e acatavam — não sempre, porém — os parâmetros estéticos e vitais das bichas. Na Espanha, na França e na Itália os poetas bichas foram legião, dizia ele, ao contrário do que poderia pensar um leitor não excessivamente atento. O que acontece é que um poeta bichona como Leopardi, por exemplo, reconstrói de alguma maneira as bichas feito Ungaretti, Montale e Quasimodo, o trio da morte. Do mesmo modo, Pasolini retoca a bichice italiana atual, veja-se o caso do pobre Sanguinetti (com Pavese não me meto, era uma bicha-louca triste, exemplar único da sua espécie). Para não falar da França, grande língua de fagocitadores, em que cem poetas bichonas, de Villon a Sophie Podolski, apascentaram, apascentam e apascentarão com o sangue das suas tetas dez mil poetas bichas com sua corte de bâmbis, ninfos, bonecas e borboletas, excelsos diretores de revistas literárias, grandes tradutores, pequenos funcionários e grandíssimos diplomatas do Reino das Letras (ver, se for o caso, o lamentável e sinistro discorrer dos poetas da *Tel Quel*). E nem falemos da bichice da Revolução Russa, em que, se tivermos de ser sinceros, só houve um poeta bichona. Quem?, você se perguntará. Maiakóvski? Não. Essenin? Também não. Pasternak, Blok, Mandelstam, Akhmatova? Muito menos. Só um, e tiro já sua dúvida, mas este sim, bichona das estepes e das neves, bichona da cabeça aos pés: Khlebnikov. E na América espanhola quantas bichonas de verdade podemos encontrar? Vallejo e Martín Adán. Ponto, parágrafo. Macedonio Fernández, talvez? Os demais, bichas tipo Huidobro, borboletas tipo Alfonso Cortés (se bem que este tem versos de bichona autêntica), bonecas tipo León de Greiff, ninfos embonecados tipo Pablo de Rokha (com rompantes de bicha-louca que teriam enlouquecido Lacan), bicharocas tipo Lezama Lima, falso leitor de Góngora, e, com Lezama, todas as bichas e bicharocas da Revolução Cubana, com exceção de Rogelio Nogueras, que era uma ninfa com espírito de bichona, para não falar, a não ser de passagem, dos poetas da Revolução Sandinista: borboletas tipo Coronel Urtecho ou bichas com vontade de bâmbis, tipo Ernesto Cardenal. Bichas também são os Contemporâneos do México (Não!, gritou Amalfitano, Gilberto Owen, não!), de fato, *Morte sem fim* é, com a poesia de Paz, A *Marselhesa* dos nervosíssimos e sedentários poetas mexicanos. Mais nomes: Gelman, ninfo, Benedetti, bicha, Nicanor Parra, bicharoca com um quê de bichona, Westphalen, bicha-louca, Pellicer, borboleta, Enrique Lihn, bicharoca, Girondo, borboleta. E voltemos à Espanha, voltemos às origens: Góngora e Quevedo, bichas; San Juan de la Cruz e frei Luis de León, bichonas. Já está dito tudo. E agora, para saciar sua curiosidade, algumas diferenças entre bichas e bichonas. As primeiras pedem até em sonhos um pau de trinta centímetros que as arrombe e fecunde, mas na hora da verdade é uma dificuldade que Deus me livre ir para a cama com seus machos. Já as bichonas parece que vivem permanentemente com uma estaca lhes remexendo as entranhas, e quando se olham num espelho (ato que amam e odeiam de toda alma) descobrem, em seus próprios olhos cavos, a identidade do Bofe da Morte. Bofe, para bichonas e bichas, é a palavra que atravessa ilesa os domínios do nada. Quanto ao mais, e com boa vontade, nada impede que bichas e bichonas sejam bons amigos, que se plagiem com finura, se critiquem ou se elogiem, se publiquem ou se ocultem mutuamente no furibundo e moribundo país das letras.

— Faltou a categoria dos macacos falantes — disse Amalfitano quando por fim Padilla se calou.

— Ah, os macacos falantes — disse Padilla —, as bichonas de Madagascar que não falam para não trabalhar.

2.

Quando Padilla tinha cinco anos sua mãe morreu, quando tinha doze seu irmão mais velho morreu. Aos treze decidiu que seria artista. Primeiro pensou em teatro e cinema. Depois leu Rimbaud e Leopoldo María Panero e quis ser poeta, além de ator. Aos dezesseis havia devorado literalmente toda a poesia que caía em suas mãos e teve duas experiências (um tanto lamentáveis) no teatro amador do seu bairro, mas era pouco. Aprendeu inglês e francês, fez uma viagem a San Sebastián, ao manicômio de Mondragón, e tentou visitar Leopoldo María Panero, mas os médicos, depois de vê-lo e ouvi-lo por cinco minutos, não deixaram.

Aos dezessete era um rapaz forte, culto, irônico, com surtos de mau humor que podiam se transformar em acessos de violência. Em duas ocasiões chegou à agressão física. A primeira, quando passeava pela Ciudadela com um amigo, outro poeta, e dois jovens skinheads os insultaram. Devem tê-los chamado de bichas, algo assim. Padilla, que de ordinário também fazia esse tipo de piada, se deteve, aproximou-se do mais parrudo e com um golpe no pescoço deixou-o sem respirar; enquanto o rapaz se esforçava para manter o equilíbrio e ao mesmo tempo respirar, foi derrubado por um pontapé nos testículos; seu companheiro tentou ajudá-lo mas o que viu nos olhos de Padilla foi superior a seu grau de companheirismo e optou por se afastar correndo do local da altercação. Tudo foi muito rápido. Antes de ir embora, Padilla ainda teve tempo de dar dois pontapés na cabeça calva do seu oponente caído. O jovem poeta amigo de Padilla ficou horrorizado. Dias depois, ao condenar sua atitude (sobretudo a agressão final, os pontapés gratuitos no inimigo no chão), Padilla respondeu que contra os nazistas ele se permitia qualquer capricho. A palavra capricho nos lábios adolescentes de Padilla soava como guloseima. Mas como você sabe que eram nazistas?, exclamou o amigo. Estavam de cabeça raspada, respondeu Padilla com ternura, em que mundo você vive? Além do mais, acrescentou, a culpa é sua, se você não se lembra naquela tarde íamos discutindo sobre o amor, o Amor com maiúscula, e o tempo todo você só fazia me contradizer, refutando meus argumentos como sendo ingênuos, me pedindo que botasse os pés no chão; cada frase sua, que punha meus sonhos em questão, era como um martelo batendo no meu peito. Depois apareceram os skinheads e à dor acumulada, que você conhecia muito bem, se somou a dor da incompreensão.

O amigo nunca soube se Padilla falava sério ou não, mas a partir de então, em certos círculos, sair com Padilla a altas horas da noite se tornou uma garantia.

Da segunda vez, bateu no amante, um rapaz de dezoito anos, bonito mas não muito inteligente, que uma noite trocou o amor de Padilla pelo de um arquiteto de trinta anos, rico, também não muito inteligente, com o qual cometeu a burrice de sair por aí, pelos lugares que antes frequentava com Padilla, apregoando sua felicidade e uma viagem relâmpago à Tailândia e o verão na

Itália e um duplex com *jacuzzi*, coisa demais para o orgulho de Padilla, que tinha então apenas dezessete anos e vivia na casa do pai, um apartamento escuro de três quartos em Eixample. Desta vez, no entanto, Padilla agiu com premeditação: esperou até as cinco da manhã, escondido na entrada de um prédio, seu ex-amante voltar para casa. Abordou-o depois que o táxi partiu e o ataque foi violento e breve. Não o atingiu no rosto. Bateu na barriga e na genitália e, já caído no chão, passou a lhe dar pontapés nas pernas e na bunda. Se prestar queixa à polícia eu te mato, meu amor, avisou antes de se perder mordendo os lábios pelas ruas escuras.

A relação com seu pai era boa, apesar de meio distante e talvez um pouco triste. Os recados abruptos e enigmáticos que enviavam um ao outro como que sem querer costumavam ser mal interpretados por ambas as partes. O pai pensava que o filho era muito inteligente, de uma inteligência superior à média, mas ao mesmo tempo profundamente infeliz. E punha a culpa disso em si mesmo e no destino. O filho pensava que o pai, numa época remota, pode ter sido ou chegado a ser uma pessoa interessante, mas as mortes na família terminaram por transformá-lo num homem apagado, resignado, às vezes misteriosamente feliz (quando transmitiam na tevê um jogo de futebol), normalmente um sujeito trabalhador e sóbrio que nunca lhe exigiu nada, ou talvez sim, uma conversa relaxada e desimportante de vez em quando. E isso era tudo. Não eram ricos, mas como o apartamento era próprio e o pai não gastava muito, Padilla sempre teve à sua disposição uma quantidade regular de dinheiro. Com esse dinheiro ia ao cinema, ao teatro, saía para jantar, comprava livros, jeans, um casaco de couro com adornos de metal, botas, óculos escuros, um pouco de maconha toda semana, muito de vez em quando alguma coca, discos de Satie, pagava suas aulas de filologia, o passe do metrô, seus casacos pretos e roxos, alugava quartos no Distrito v para onde levava seus amantes, e nunca saía de férias.

O pai de Padilla também não saía de férias. Quando chegava o verão, Padilla e seu pai dormiam até tarde, com as persianas abaixadas e o apartamento envolto numa penumbra suave, recendendo ao jantar da noite anterior. Então Padilla ia percorrer as ruas de Barcelona e o pai, depois de lavar a louça e dar uma arrumada na cozinha, passava o resto do dia vendo televisão.

Aos dezoito anos Padilla concluiu seu primeiro livro de poesia. Mandou uma cópia para Leopoldo María Panero no manicômio de Mondragón, guardou o original numa gaveta da sua escrivaninha, a única com fechadura e chave, e se esqueceu do assunto. Três anos depois, quando conheceu Amalfitano, tirou os poemas da gaveta e lhe pediu que lesse. Amalfitano os achou interessantes, talvez demasiado atentos a certos formalismos, mas elegantes e bem-acabados. Seus temas eram a cidade de Barcelona, o sexo, a doença, o crime. Num deles, por exemplo, descrevia em alexandrinos perfeitos umas cinquenta formas de se masturbar, cada uma mais dolorosa e terrível que a anterior, enquanto um crepúsculo de ataque nuclear cobria lentamente os bairros suburbanos da cidade. Em outro, narrava minuciosamente a agonia do pai, sozinho no quarto, enquanto o poeta limpava a casa, cozinhava, racionava os víveres da despensa (cada vez mais escassos), procurava no rádio emissoras que transmitissem boa música, lia refestelado no sofá da sala e tentava reordenar infrutiferamente suas recordações. O pai, claro, nunca acabava de morrer, e entre o sono deste e a vigília do poeta se estendia, coberta pelo vapor, uma ponte em ruínas. Vladimír Holan é meu mestre na arte de sobreviver, disse a Amalfitano. Magnífico, pensou Amalfitano, um dos meus poetas preferidos.

Até então Amalfitano quase não havia visto Padilla, que muito raramente aparecia em suas aulas. Depois da leitura e dos comentários favoráveis, nunca mais faltou. Logo se fizeram amigos. Por então, Padilla já não morava na casa do pai, tinha alugado um estúdio perto da universidade, onde dava festas e reuniões de que Amalfitano não demorou a participar. Nelas, liam-se poemas e mais avançada a noite os convidados encenavam pequenas peças de teatro em catalão. Amalfitano achou aquilo encantador, como um velho e desaparecido sarau sul-americano, porém com mais estilo e gosto, com mais graça, como devem ter sido os saraus dos Contemporâneos no México, se é que os Contemporâneos escreveram teatro, coisa de que Amalfitano duvidava um pouco. Também: bebia-se muito e às vezes um dos convidados sofria um ataque de histeria que costumava terminar, depois dos gritos e dos prantos, com o histérico e dois voluntários trancados no banheiro tentando acalmá-lo. De vez em quando aparecia por lá uma mulher, mas geralmente eram só homens, a maioria jovens, estudantes de Letras e de História da Arte. Também costumava aparecer um pintor de uns quarenta e cinco anos, um sujeito estranho que só usava roupas de couro e que nos saraus permanecia calado num canto, sem beber álcool, fumando um atrás do outro pequenos baseados de maconha que tirava já enrolados de uma cigarreira de ouro. E o dono de uma confeitaria do bairro de Gracia, um gordo entusiasmado e alegre que falava com todos e comemorava tudo e que era, como Amalfitano não demorou a compreender, quem fazia as vezes de banqueiro de Padilla e dos outros rapazes.

Uma noite, enquanto recitavam um dos *Diálogos com Leucó* traduzido para o catalão por um rapaz bem alto e de palidez extrema, Padilla dissimuladamente pegou na mão de Amalfitano. Este não o repeliu.

A primeira vez que fizeram amor foi numa madrugada de domingo, com a luz da alvorada filtrando pelas persianas abaixadas, quando todos já tinham ido embora e só restavam no apartamento guimbas e um caos de copos e almofadas esparramados. Amalfitano tinha cinquenta anos e era a primeira vez que transava com um homem. Não sou um homem, disse Padilla, sou seu anjo.

3.

Em certa ocasião, recordava Amalfitano, ao sair de um cinema Padilla confessou que pensava em fazer um filme num futuro não muito distante. O filme se chamaria *Leopardi* e segundo Padilla ia ser uma *biopic* no estilo de Hollywood sobre o famoso e multidisciplinar poeta italiano. Como o que John Houston fez sobre Toulouse-Lautrec. O filme de Padilla, no entanto, por não ter um orçamento significativo (na realidade, não tinha orçamento algum), limitaria os papéis principais não a grandes atores, mas a colegas escritores, os quais trabalhariam por amor à arte em geral, por amor ao *Gobbo** em particular ou simplesmente por figurar. O papel de Leopardi estava reservado a um jovem poeta de La Coruña viciado em heroína cujo nome Amalfitano havia esquecido. O papel de Antonio Ranieri Padilla ele reservou para si mesmo. É o mais interessante de todos, declarou. O conde Monaldo Leopardi seria personificado por Vargas Llosa, em quem o papel, com um reforço de sombra no rosto e um pouco

* Giacomo Leopardi tinha o apelido de il Gobbo, o Corcunda. (N. T.)

de talco, caía como uma luva. Paolina Leopardi era para Blanca Andreu. Carlo Leopardi, para Enrique Vila-Matas. O papel da condessa Adelaida Antici, a mãe do poeta, seria oferecido a Josefina Aldecoa. Adelaida García Morales e Carmen Martín Gaite fariam as camponesas de Recanati. Giordani, o fiel amigo e confidente epistolar, por certo um tanto carola, Muñoz Molina. Manzoni: Javier Marías. Dois cardeais do Vaticano, trêmulos latinistas, nefandos helenistas: Cela e Juan Goytisolo. O tio Carlo Antici estava reservado para Juan Marsé. O editor Stella seria oferecido a Herralde. Fanny Targioni, a volúvel e demasiado humana Fanny, a Soledad Puértolas. E depois havia alguns poemas que, para melhor compreensão do público, seriam interpretados por atores. Quer dizer, os poemas seriam aparições corporais e não uma série de palavras. Exemplo: Leopardi está escrevendo "O infinito" e surge saindo de debaixo da mesa, num papel breve mas eficaz, Martín de Riquer, para dar um exemplo, se bem que Padilla duvidasse que o eminente catedrático aceitaria a glória efêmera do cinematógrafo. O "Canto noturno de um pastor errante da Ásia", o poema preferido de Padilla, seria interpretado por Leopoldo María Panero nu ou com uma sunga minúscula. Eduardo Mendicutti interpretaria "A Silvia". Enrique Vila-Matas: "A calma depois da tormenta". "À Itália", o poeta Pere Girau, melhor amigo de Padilla. Pensava em filmar os interiores em seu apartamento de Eixample mesmo e na academia de um ex-amante situada no bairro de Gracia. Os exteriores em Sitges, em Manresa, no bairro gótico de Barcelona, em Girona, em Olot, em Palamós. Tinha inclusive uma ideia absolutamente original e revolucionária para recriar Nápoles em 1839 e a epidemia de cólera que assolou a cidade, uma ideia que poderia vender aos grandes estúdios de Hollywood, mas Amalfitano não lembrava qual era.

4.

SOBRE A RUÍNA DE AMALFITANO NA UNIVERSIDADE DE BARCELONA

O reitor e o chefe do Departamento de Literatura encarregaram o professor Carrera da missão de comunicar a Amalfitano sua situação na universidade. Antoni Carrera tinha quarenta e oito anos, um passado de militante antifranquista e uma posição social à primeira vista invejável. Parecia um homem feliz e razoavelmente satisfeito. Com seu salário e o da sua mulher, professora de francês num instituto, pagava a hipoteca de uma casa velha que havia reformado de acordo com seus sonhos e um ou outro capricho de um arquiteto amigo. A casa era magnífica, tinha seis quartos, uma sala enorme e luminosa, um jardim e uma pequena sauna que era o maior orgulho doméstico do professor Carrera.

Seu filho, de dezessete anos, era um bom aluno ou pelo menos era no que os Carrera acreditavam, media um e noventa e todos os sábados à tarde iam vê-lo jogar basquete num clube de Sant Andreu. Os três gozavam de boa saúde. A relação entre Antoni Carrera e Anna Carrera havia atravessado temporadas ruins e, inclusive, numa época já distante por pouco não se divorciaram, mas isso fazia muito tempo, e o casal paulatinamente tinha se estabilizado; agora eram bons amigos, compartilhavam algumas coisas, mas em geral cada um tinha sua vida. Uma das coisas que compartilhavam era a amizade com Amalfitano. Quando ele chegou à universidade não conhecia ninguém, e Carrera, compadecido e seguindo as regras não escritas da hospitalidade docente, organizou um jantar em sua casa, sua acolhedora e magnífica casa, e convidou Amalfitano e outros três colegas de departamento. Foi uma reunião atípica. Os professores não conheciam nem tinham nenhum interesse especial em conhecer Amalfitano (a literatura latino-americana já não despertava paixões); as mulheres dos professores davam a impressão de se aborrecer soberanamente; sua própria mulher não estava de muito bom ânimo. E Amalfitano não apareceu na hora marcada. A verdade é que demorou muito para chegar e os professores, famintos, se impacientaram. Um sugeriu que começassem sem ele. A maioria o teria secundado se Anna Carrera não estivesse sem humor para começar duas vezes o mesmo jantar. Assim, trataram de comer *tapas* de queijo e presunto cru e a especular sobre a falta de pontualidade dos sul-americanos. Quando Amalfitano por fim apareceu vinha acompanhado de uma adolescente de notória beleza. A princípio os Carrera pensaram, estupefatos, que se tratava da sua mulher. Humbert Humbert, pensou aterrorizado Antoni, segundos antes de Amalfitano apresentá-la como sua filha única. Sou viúvo, disse depois sem ninguém perguntar.

O jantar, como Anna temia, transcorreu segundo a rotina de sempre. Os Amalfitano, pai e filha, mostraram-se pouco loquazes. Os professores falavam de seminários, livros, política universitária e de fofocas, sem que ninguém soubesse com exatidão quando se referiam a cada coisa: as fofocas se transformavam em seminários, a política universitária em livros, os seminários em política universitária, os livros em fofocas, até se esgotarem todas as variantes. Na realidade, só falavam de uma coisa: do seu trabalho. Nas ocasiões que tentaram que Amalfitano contasse anedotas similares da sua universidade anterior (uma bem pequenina onde só me dediquei a preparar um curso sobre Rodolfo Wilcock, disse entre recatado e envergonhado), o resultado foi decepcionante. Ninguém havia lido Rodolfo Wilcock, ninguém se interessava por ele. Sua filha falava menos, as mulheres dos professores recebiam monossílabos apesar de todos os seus esforços para saber se Rosa gostava de Barcelona, sim, se já entendia um pouco de catalão, não, se tinha vivido em muitos países, sim, se era difícil tomar conta da casa do seu pai viúvo e distraído como todos os professores de literatura, não. Mas na hora do café (*depois* de comer, pensou Carrera, como se o pai e a filha estivessem acostumados a comer em silêncio) os Amalfitano começaram a participar das conversas. Alguém, piedosamente, trouxe à baila um tema relacionado com a literatura latino-americana e deu ensejo às primeiras tiradas de Amalfitano. Falaram de poesia. Para surpresa de todos e desgosto de alguns (surpresa e desgosto fingidos, certamente), Amalfitano tinha Nicanor Parra em maior consideração que Octavio Paz. A partir de então, no que concernia aos Carrera, que não tinham lido Parra nem davam muita bola para Octavio Paz, tudo começou a ir bem. Na hora dos uísques Amalfitano estava francamente simpático, divertido, brilhante, e Rosa Amalfitano, à medida que a alegria do pai crescia e seduzia, adotou por sua vez uma atitude mais dialogante, mais aberta, embora mantendo sempre uma espécie de cautela, de vigilância que por contraste lhe proporcionava um encanto extra, encanto que pareceu a Anna Carrera dos mais singulares. Uma garota inteligente, uma garota bonita e responsável, pensou, dando-se conta de que imperceptivelmente já tinha começado a gostar dela.

Uma semana depois, os Carrera convidaram novamente os Amalfitano para jantar, mas desta vez, em lugar dos professores e suas esposas, o quinto comensal era Jordi Carrera, orgulho da mãe, um adolescente esbelto e com uma timidez em certos aspectos parecida à de Rosa.

Como Anna esperava, viraram amigos na hora. E a amizade dos filhos correu paralela à amizade dos pais, pelo menos enquanto os Amalfitano viveram em Barcelona. Rosa e Jordi começaram a se ver pelo menos duas vezes por semana. Amalfitano e os Carrera uma vez por semana ou uma vez a cada quinze dias se telefonavam, jantavam juntos, iam ao cinema, a exposições e concertos, ficavam horas a fio, os três, na sala dos Carrera, junto da lareira no inverno ou no jardim no verão, falando e contando-se histórias de quando tinham vinte anos, trinta, e uma coragem à prova de espanto. Sobre o passado, sobre seus passados particulares, os três tinham opiniões divergentes. Anna sentia tristeza ao recordar aqueles dias, uma tristeza doce e em certo sentido calma, mas tristeza mesmo assim. Antoni Carrera via seus anos heroicos com indiferença, como algo necessário mas quase inexistente; desprezava a nostalgia e a melancolia como sentimentos inúteis e estéreis. A Amalfitano, pelo contrário, recordar lhe dava náuseas, excitava-o, deprimia-o, era capaz de chorar diante dos amigos ou rir às gargalhadas.

As reuniões costumavam terminar de madrugada, quando Carrera enfiava Amalfitano no carro e levava-o de volta a seu apartamento no outro extremo de Barcelona, pensando como era possível que chegasse tão facilmente com ele às confidências, àquela confiança que geralmente lhe custava tanto outorgar a alguém. Por sua vez, Amalfitano costumava fazer essa viagem meio adormecido, olhando com os olhos semicerrados as avenidas vazias, os anúncios amarelos, os edifícios iluminados e escuros, em paz consigo mesmo dentro do automóvel de Carrera, certo de chegar são e salvo em casa, onde entraria sem fazer barulho, o paletó no cabide, um copo d'água antes de ir para a cama, uma última olhada, por puro costume, no quarto de Rosa.

E agora o reitor e o chefe do departamento, sempre tão prudentes, tão discretos, punham nas mãos de Carrera, porque o senhor o frequenta, poderíamos considerar que é seu amigo, ele vai ouvir o senhor (havia aí uma ameaça? Uma piada que só o reitor e o chefe de departamento entendiam?), essa missão tão delicada, que deve ser levada a cabo com tato, comedimento, persuasão e ao mesmo tempo firmeza. Uma firmeza inquebrantável. E quem melhor que o senhor, Antoni. Quem melhor que o senhor para solucionar esse problema.

Assim, Amalfitano não se surpreendeu quando Carrera lhe disse que tinha de deixar a universidade. Jordi, por recomendação dos pais, tinha se trancado no quarto de Rosa e do fundo do corredor chegavam os ruídos abafados do aparelho de som. Por um instante Amalfitano permaneceu calado, olhando para o tapete e para os pés dos Carrera sentados lado a lado no sofá. Com que então querem se desfazer de mim, disse por fim.

— Querem que você saia voluntariamente, da forma mais discreta possível — disse Antoni Carrera.

— Se não fizer isso, vão te processar — disse Anna Carrera.

— Estive falando com umas pessoas do departamento e isso é o melhor que você tem a fazer — disse Antoni Carrera —, do contrário vai se expor a tudo.

— O que é tudo? — quis saber Amalfitano.

Os Carrera fitaram-no com pena. Depois Anna se levantou, foi à cozinha e voltou com três copos. Quando seu marido, na noite anterior, lhe disse que os dias de Amalfitano na universidade estavam contados e por que estavam contados, ela desatou a chorar. Onde está o conhaque?, perguntou. Depois de alguns segundos durante os quais Amalfitano não conseguiu entender que diabos queria aquela mulher, respondeu que não bebia mais conhaque. Parei, disse fechando os olhos, os pulmões cheios de ar como se se preparasse para subir um morro. Um morro não, pensou Amalfitano, enquanto imaginava toda a faculdade a par dos seus deslizes, uma montanha. A montanha da minha culpa. No aparador havia uma garrafa de licor de maçã.

— Agora não se queixe — disse Antoni Carrera como se lesse o pensamento dele —, a culpa, no fim das contas, foi sua. Devia ter sido mais prudente na hora de escolher seus amigos.

— Não os escolhi — sorriu Amalfitano —, eles é que me escolheram, ou a vida.

— Não seja cafona, pelo amor de Deus — disse Anna Carrera, no fundo irritada com que um homem ainda tão bonito, e ela o achava bonito de verdade, com aqueles cabelos brancos e abundantes, um corpo esbelto e musculoso e uma estatura de galã de cinema, tenha preferido ir para a cama com garotos provavelmente cheios de espinhas em vez de com mulheres. — Você fez uma cagada e agora tem de arcar com as consequências, tem de pensar no melhor para você, mas sobretudo no melhor para sua filha. Se bancar o durão, o pessoal do Departamento de Letras vai te cobrir de merda — disse enquanto enchia até a borda os três copos de licor de maçã Viuda Canseco.

Que maneira mais categórica e clara de se expressar, pensou admirado e deprimido Antoni Carrera.

Anna passou-lhes os copos:

— Tomem, vamos precisar. Devíamos é mandar as crianças para o cinema e nos embriagarmos os três.

— Não é má ideia — disse Amalfitano.

— A universidade está podre — disse sem convicção Antoni Carrera.

— Mas o que isso quer dizer? — Amalfitano voltou a perguntar.

— Quer dizer que no melhor dos casos sua carreira ficará com uma mancha difícil de apagar. No pior, você pode ir parar na cadeia por corrupção de menores.

Quem era menor, santo Deus?, pensou Amalfitano, e se lembrou dos rostos do poeta Pere Girau e de outro que de vez em quando aparecia no estúdio de Padilla, um estudante de economia com o qual nunca foi para a cama mas que viu nos braços de Padilla, a lembrança o excitou, o rapaz se entregava a Padilla com uma força que ele jamais teria, entre soluços e súplicas, pedindo-lhe aos gritos que não tirasse, que continuasse se mexendo, como se o desgraçado fosse uma mulher, pensou Amalfitano, e tivesse orgasmos múltiplos. Que nojo me dá, pensou, embora na verdade não lhe desse nojo nenhum. Também se lembrou de outros rapazes que nunca tinha visto e que no entanto diziam ser seus alunos, a pandilha do Padilla, as rosquilhas do Padilla, que ele favorecia nas provas (mas não muito) e com os quais depois o viam nas festas e nas romarias da madrugada pelo James Dean, o Roxy, o Simplicissimus, o Gardel, o Encuentros Fortuitos, o Doña Rosita e o Atalante.

— Como pôde se arriscar tanto? — disse Antoni Carrera.

— Sempre usei camisinha — disse Amalfitano, rememorando o corpo de Padilla.

Os Carrera olharam perplexos para ele. Anna mordeu o lábio inferior. Amalfitano fechou os olhos. Refletia. Sobre Padilla e suas camisinhas. E de repente se deu conta de que aquele ato estava iluminado por uma luz terrorífica. Padilla *sempre* usou camisinhas em suas relações com ele. E eu nem me dei conta! Que horror, que delicadeza se escondiam por trás desse gesto?, pensou Amalfitano com um nó na garganta. Por um instante temeu desmaiar. A música que chegava do quarto de Rosa o dissuadiu de fazê-lo.

— O reitor, no fundo, se comportou civilizadamente — disse Antoni Carrera.

— Ponha-se no lugar dele — disse Anna Carrera, ainda pensando nas camisinhas.

— Eu me ponho — respondeu Amalfitano abatido.

— Vai fazer então o que indicarmos? Vai ser razoável?

— Vou. Qual é o plano?

O plano era que pedisse oficialmente uma licença alegando qualquer tipo de doença. Um estresse, por exemplo, disse Antoni Carrera, qualquer coisa. Ele continuaria recebendo o salário integralmente por dois meses, ao fim dos quais pediria demissão. A universidade, claro, forneceria todos os documentos pertinentes com um parecer favorável e estenderia um espesso véu sobre o assunto. Claro, não devia aparecer, em hipótese alguma, na faculdade. Nem para pegar minhas coisas?, perguntou Amalfitano. Suas coisas estão no porta-malas do nosso carro, disseram os Carrera, acabando também em uníssono seus licores de maçã.

5.

Eu, pensou Amalfitano, que fui um menino inventivo, carinhoso e alegre, o mais inteligente da minha turma do curso preparatório perdido nos lodaçais e o mais corajoso do meu liceu perdido entre as montanhas e a bruma, eu que fui o mais covarde dos adolescentes e que durante as tardes de combates com atiradeira me dediquei a ler e a sonhar reclinado sobre os mapas do meu livro de geografia, eu que aprendi a dançar o rock 'n' roll e o twist, o bolero e o tango, mas não a *cueca*, embora mais de uma vez tenha me lançado no centro do salão, lenço em riste e incentivado por minha própria alma, pois naquela hora patriótica não tive amigos, só inimigos, uns puristas broncos escandalizados com minha *cueca* com sapateado, a heterodoxia gratuita e suicida, eu que dormi meus porres debaixo de uma árvore e que conheci os olhos desamparados da Carmencita Martínez, eu que numa tarde de tormenta nadei em Las Ventanas, eu que preparava o melhor café do meu apartamento compartilhado com outros estudantes no centro de Santiago, e meus colegas, do sul como eu, me diziam, que café bom, Óscar!, que bom seu cafezinho, italiano demais, para sermos francos, eu que ouvi o canto dos Babacões Integrais, várias vezes, nos micro-ônibus e nos restaurantes, como se tivesse pirado, como se a Natureza, apurando meu ouvido, houvesse querido me avisar de algo tremendo e invisível, eu que entrei no Partido Comunista e na Associação de Estudantes Progressistas, eu que escrevi panfletos e li *O capital*, eu que amei e me casei com Edith Lieberman, a mulher mais bonita e carinhosa do hemisfério Sul, eu que não soube que Edith Lieberman merecia tudo, o sol e a lua e mil beijos e depois outros mil e mais mil, eu que bebi com Jorge Teillier e que falei de psicanálise com Enrique Lihn, eu que fui expulso do Partido e que continuei acreditando na luta de classes e na luta pela Revolução Americana, eu que fui professor de literatura na Universidade do Chile, eu que traduzi John Donne e peças de Ben Jonson e Spenser e Henry Howard, eu que assinei manifestos e cartas de grupos esquerdistas, eu que acreditei na mudança, uma coisa que limpasse um pouco tanta miséria e tanta abjeção (sem saber ainda, inocente, o que eram a miséria e a abjeção), eu que fui um sentimental e que no fundo só queria passear por avenidas luminosas com Edith Lieberman, várias vezes, sentindo sua mão quente na minha mão, tranquilos, nos amando, enquanto às nossas costas crescia a tempestade e o furacão e os terremotos do porvir, eu que predisse a queda de Allende e que no entanto não tomei nenhuma medida a esse respeito, eu que fui preso e levado para o interrogatório de olhos vendados e que suportei a tortura enquanto outros mais fortes fraquejaram, eu que ouvi os gritos de três estudantes do Conservatório enquanto elas eram torturadas e violadas e assassinadas, eu que passei vários meses no campo de concentração de Tejas Verdes, eu que saí com vida e que me reuni à minha mulher em Buenos Aires, eu que continuei mantendo laços com grupos de esquerda, uma galeria de românticos (ou de modernistas), pistoleiros, psicopatas, dogmáticos e imbecis, todos no entanto valentes, mas para que serve a valentia? Até quando teremos de seguir sendo valentes? Eu que dei aulas na Universidade de Buenos Aires, eu que traduzi do francês *A rosa ilimitada* de J. M. G. Arcimboldi para uma editora de Buenos Aires enquanto ouvia como minha Edith adorada dizia quem sabe o nome da nossa filha não era uma homenagem ao título do romance de Arcimboldi e não, como eu lhe assegurava, uma forma de recordar Rosa Luxemburgo, eu que vi minha filha sorrir na Argentina, engatinhar na Colômbia e dar seus primeiros passos na Costa Rica e depois no Canadá, de universidade em universidade, saindo dos países por questões políticas e entrando por imperativos docentes, com os restos da minha biblioteca nas costas, com os poucos vestidos da minha mulher, cada vez mais delicada de saúde, com os pouquíssimos brinquedos da minha filha, com meu único par de sapatos que chamava de Os Invencíveis, couro milagroso forjado na oficina de um velho sapateiro italiano do bairro de La Boca, eu que falei em tardes sufocantes com os novos carbonários da América Latina, eu que vi sair fumaça de um vulcão e mamíferos aquáticos com forma de mulher brincando num rio cor de café, eu que participei da Revolução Sandinista, eu que deixei minha mulher e minha filha e entrei na Nicarágua com uma coluna guerrilheira, eu que trouxe minha mulher e minha filha para Manágua e quando me perguntaram de que combates havia participado disse que de nenhum, que sempre fiquei na retaguarda, mas que vi feridos e agonizantes e muitos mortos, disse que vi os olhos dos que voltavam e que tanta beleza misturada com tanta merda me fez vomitar o tempo todo que a campanha durou, eu que fui professor de literatura em Manágua e que não tive outros privilégios além de dar seminários de literatura elisabetana e ensinar a poesia de Huidobro, Neruda, De Rokha, Borges, Girondo, Martín Adán, Macedonio Fernández, Vallejo, Rosamel del Valle,

Owen, Pellicer, em troca de um salário miserável e da indiferença dos meus pobres alunos que viviam à beira da fome, eu que acabei indo para o Brasil, onde ganharia mais dinheiro e poderia pagar o tratamento médico de que minha mulher necessitava, eu que me banhei com minha filha nos ombros nas praias mais bonitas do mundo enquanto Edith Lieberman, que era mais bonita que essas praias, nos contemplava da beira d'água, descalça na areia, como se soubesse coisas que eu jamais iria saber e que ela nunca me diria, eu que fiquei viúvo uma noite como que de plástico e vidros quebrados, uma noite às três horas e quarenta e cinco minutos quando estava sentado na beira da cama de Edith Lieberman, chilena, judia, professora de francês, e na cama ao lado uma brasileira sonhava com um jacaré, um jacaré mecânico que perseguia uma menina num morro de cinzas, eu que tive de seguir em frente, agora pai e mãe da minha filha, mas que não soube como fazê-lo e acrescentei mais dor à minha dor, eu que contratei uma empregada pela primeira vez na vida, Rosinha, nordestina, de vinte e um anos, mãe de duas criaturas que ficaram em sua cidade e que foi uma fada madrinha para minha filha, eu que uma noite depois de ouvir suas mágoas fui para a cama com Rosinha e que provavelmente fui um bruxo para ela, eu que traduzi Osman Lins e que fui amigo de Osman Lins, mas minhas traduções nunca se venderam, eu que conheci no Rio os esquerdistas mais simpáticos do orbe, eu que por simpatia, por gosto, por desafio, por amor à arte, por um fodido senso do que devia fazer, por convicção, porque sim, para rir um pouco tornei a me meter nas encrencas de sempre e tive de cair fora do Brasil a tempo apenas de empacotar o pouco que pudemos levar, eu que no aeroporto do Rio vi minha filha chorando, Rosinha chorando e Moreira perguntando o que acontece com estas mulheres e Luiz Lima dizendo escreva assim que chegar e as pessoas que iam e vinham pelas salas do aeroporto e o fantasma de Edith

Lieberman mais alto que o Cristo Redentor, mas que ninguém via nem as pessoas que chegavam ou partiam, nem meus amigos, nem Rosinha, nem minha filha, o fantasma de Edith Lieberman silencioso e sorridente que deixávamos para trás, eu que cheguei a Paris sem trabalho e com umas poucas economias, eu que trabalhei colando cartazes e limpando o chão de escritórios enquanto minha filha dormia em nossa *chambre de bonne* na rue des Eaux, eu que batalhei, batalhei até arranjar um trabalho num instituto, eu que consegui trabalho numa universidade alemã, eu que levei minha filha de férias à Grécia e à Turquia, eu que levei minha filha de férias pelo Nilo, sempre ela e eu, com amigos e amigas que se aproximavam mas que não podiam chegar ao coração secreto do nosso carinho, eu que consegui trabalho numa universidade holandesa e dei um seminário sobre Felisberto Hernández que me granjeou consideração e certa fama, eu que escrevi no semanário *Tanto Pior* que anarquistas franceses e esquerdistas latino-americanos publicavam em Paris e que descobri como era agradável estar na dissidência num país civilizado, eu que descobri os primeiros sinais da velhice (ou do cansaço) que já estavam havia anos no meu corpo mas que até então eu não tinha notado, eu que fui viver na Itália e viajar pela Itália, a pátria dos meus avós, eu que escrevi sobre Rodolfo Wilcock, o filho dileto de Marcel Schwob, eu que participei de conferências e colóquios por toda a Europa, pegando avião como se fosse um alto executivo, dormindo em hotéis cinco estrelas e jantando em restaurantes recomendados pelo guia Michelin, tudo por causa de contar coisas sobre a literatura, eu que finalmente fui parar na Universidade de Barcelona, onde me entreguei a meu trabalho com entusiasmo e honestidade, eu que descobri minha homossexualidade ao mesmo tempo que os russos descobriam sua vocação capitalista, eu que fui descoberto por Joan Padilla como quem descobre um continente, eu que fui arrastado ao delírio e redescobri o prazer e paguei por isso, eu que sou motivo de escárnio, a vergonha do corpo docente e por isso sou chamado de *sudaca* sem-vergonha, de *sudaca* bicharoca, de *sudaca* corruptor de menores, de drag queen do Cone Sul, eu que permaneço agora trancado no meu apartamento escrevendo cartas, acionando minhas amizades, procurando um emprego em alguma universidade, e o tempo passa, os dias, as semanas e ninguém me responde, como se de repente eu houvesse deixado de existir, como se nestes tempos de crise em lugar nenhum precisassem de professores de literatura, eu que fiz tantas coisas e que acreditei em tantas coisas, agora querem me fazer acreditar que sou apenas um velho asqueroso e que ninguém vai me arranjar trabalho, que ninguém vai se interessar por mim...

6.

Horacio Guerra, catedrático de literatura e cronista oficial de Santa Teresa, polígrafo ilustre segundo alguns amigos da Cidade do México, aonde ia uma vez a cada quatro meses *empapar-se de ideias*, tinha, como Amalfitano, cinquenta anos, mas ao contrário deste começava a desfrutar de um prestígio conseguido, Deus sabe, a pulso.

De família humilde, sua vida inteira havia sido um obstinado esforço para progredir. Com bolsa do governo de Sonora, terminou os estudos universitários aos vinte e oito anos; não foi bom aluno, mas era curioso e, a seu modo, aplicado. Aos vinte e um anos publicou um livro de sonetos e catáforas (*Encanto da alvorada*, Tijuana, 1964) que lhe valeu a consideração de alguns influentes resenhistas de jornais do norte do país e a inclusão, seis anos depois, na antologia da jovem poesia mexicana feita por uma senhorita de Monterrey que conseguiu enfrentar numa breve luta dialética Octavio Paz e Efraín Huerta (ambos desprezaram a antologia, embora por motivos que se anulavam e se contrapunham mutuamente).

Em 1971 mudou-se para Santa Teresa, em cuja universidade começou a trabalhar. De início, o contrato era somente de um ano, tempo que Horacio Guerra utilizou para concluir um estudo e uma antologia da obra de Orestes Gullón (*O templo e o bosque: a poesia de O. Gullón*, prefaciada e anotada por H. Guerra, Universidade de Santa Teresa, 1973), malogrado poeta de Oaxaca e velho amigo do reitor da universidade. O contrato se estendeu por outro ano, depois por cinco, depois indefinidamente. A partir de então seus interesses se ampliaram muito. Era como se de repente o professor Guerra se houvesse metamorfoseado num escritor renascentista. Da obra escultórica e arquitetônica da escola do mestre Garabito até a poesia de Sor Juana Inés de la Cruz e de Ramón López Velarde, pilares da mexicanidade, tudo abordou, tudo quis conhecer, tudo estudou. Escreveu um tratado sobre a flora e a fauna do noroeste mexicano e não demorou a ser nomeado presidente honorário do Jardim Botânico de Santa Teresa. Escreveu uma breve história do bairro antigo da cidade, manteve uma coluna de jornal chamada "Lembranças das ruas da cidade" e finalmente foi nomeado cronista oficial, distinção que o encheu de satisfação e orgulho. Por toda a vida se lembraria da cerimônia, uma reunião informal, mas de que participou o bispo de Sonora e o governador do Estado.

Nos ambientes acadêmicos sua presença era inevitável: talvez fosse lento e não excessivamente simpático, mas se deixava ver nos lugares onde devia se deixar ver. Os outros professores se dividiam entre os que o admiravam e os que o temiam; rebater sua ideias, suas iniciativas, sua concepção da docência era fácil mas não recomendável, se você não quisesse ser marginalizado das atividades e da vida social da universidade. Apesar de ser um homem sério, estava a par de todas as fofocas e de todos os segredos.

Em 1977 deu ao prelo um livro sobre a escola potosina do

mestre Garabito que tantas marcas deixara nos edifícios públicos e nas praças do norte do México (*Estátuas e casas da fronteira*, Universidade de Santa Teresa, com trinta fotos e ilustrações). Pouco depois de ser nomeado catedrático, veio a lume aquela que ele considerava sua obra-prima: *Estudos ramonianos*, sobre a obra e a vida de Ramón López Velarde (Universidade de Santa Teresa, 1979). No ano seguinte, apareceu seu livro sobre Sor Juana Inés de la Cruz (*O nascimento do México*, Universidade de Santa Teresa, 1980), obra dedicada ao reitor da universidade, que suscitou certa polêmica: em dois jornais do DF foi acusado de plágio, mas a difamação não prosperou. Na época, entre ele e Pablo Negrete, o reitor, tinha se consolidado algo que superficialmente se podia chamar de amizade. Viam-se, é claro, às vezes tomavam um drinque juntos, mas não eram amigos. Guerra sabia ser o arquipâmpano do reitor — *arquipâmpano*,* o nome o feria e lhe fazia bem, pomposo e miserável, mas o único que podia se acomodar à sua situação — e não obstante pensava que ele também, chegada a hora, seria reitor e protegeria sob as asas outro professor em circunstâncias parecidas com as suas. Fazia alguns anos, aliás, que desconfiava que Pablo Negrete delegava a ele somente os assuntos pertinentes à *carne*, solucionando as coisas do *mundo* sem seu concurso.

Vivia em sobressalto permanente.

Na época em que Amalfitano o conheceu, Horacio Guerra era um homem bem vestido (nisso como em tantos outros aspectos se assemelhava ao reitor, que os anos transformaram num dândi) entre professores e alunos malvestidos ou vestidos de qualquer maneira. Era cordial embora às vezes levantasse excessivamente a voz. Seus trejeitos, nos últimos anos, tendiam a ser peremptó-

* A expressão jocosa *arquipâmpano* é utilizada desde o Século de Ouro espanhol para designar um personagem dotado de grande autoridade unicamente imaginária. (N. T.)

rios. Diziam que estava doente, mas ninguém sabia de quê. Provavelmente dos nervos. Nunca faltava às suas aulas. Vivia num apartamento de cento e cinquenta metros quadrados no centro de Santa Teresa. Continuava solteiro. Fazia um tempo que seus alunos o chamavam pelo mais simpático e aprazível nome de Horacio Tregua.

7.

Depois de cinquenta solicitações de emprego e de incomodar os poucos amigos que lhe restavam, a única universidade que se interessou pelos serviços de Amalfitano foi a de Santa Teresa. Durante uma semana inteira Amalfitano hesitou se aceitava ou esperava junto da caixa de correio a chegada de uma oferta melhor. No que se refere à qualidade, só eram piores uma universidade guatemalteca e outra hondurenha, se bem que nenhuma das duas sequer se dignou a rejeitar por escrito sua candidatura. Na verdade, as únicas universidades que responderam, negativamente, foram as europeias com que Amalfitano tivera um contato anterior. Só restava a Universidade de Santa Teresa, e ao fim de uma semana pensando no assunto, mergulhado numa depressão que se agravava a cada dia, Amalfitano respondeu afirmativamente e não demorou a receber uma cópia do seu contrato, os papéis e formulários que devia preencher para seu visto de trabalho e a data em que esperavam vê-lo aparecer em Santa Teresa.

Mentiu a Rosa, dizendo que seu trabalho estava chegando

ao fim e que tinham de ir embora. Rosa pensou que voltariam para a Itália, mas não lhe desgostou saber que iam para o México.

Às noites, Amalfitano e a filha falavam da viagem. Faziam planos, estudavam mapas do norte do México e do sul dos Estados Unidos, decidiam que lugares visitariam nas primeiras férias, o automóvel que comprariam (um de segunda mão, como a gente via nos filmes, num daqueles lugares ao ar livre com um vendedor de terno azul-celeste, gravata vermelha e botas de pele de cobra), a casa que alugariam, não queriam mais apartamentos, uma casa pequena de dois ou três quartos, mas com jardim na frente e nos fundos para fazer *barbacoas*, embora nem Amalfitano nem sua filha soubessem direito como era a *barbacoa*: Rosa afirmava que era uma grelha instalada no jardim (se possível, ao lado da piscina) para assar carne e até peixe; Amalfitano achava que no México consistia num buraco, um buraco cavado no campo, de preferência, onde se jogavam brasas ardendo, depois uma camada de terra, depois pedaços de cabrito, depois mais uma camada de terra e por fim as brasas ardendo; os pedaços de carne, segundo Amalfitano, eram enrolados em folhas de uma árvore milenar de cujo nome não se lembrava. Ou em papel-alumínio.

Nos últimos dias em Barcelona Amalfitano ficava horas a fio sentado em seu escritório, aparentemente trabalhando, mas na realidade sem fazer nada. Pensava em Padilla, em sua filha, em sua falecida mulher, em cenas desconexas da juventude e da infância. Rosa, pelo contrário, não parava em casa, como se logo agora que ia deixar Barcelona um desejo incontido de percorrer as ruas da cidade, de conhecer e memorizar cada canto, a possuísse. Geralmente saía sozinha, mas às vezes Jordi Carrera a acompanhava, silencioso e distante. Amalfitano ouvia-o chegar e, depois de um breve intervalo em que parecia não acontecer nada, escutava os dois saindo e era então que mais se arrependia de ter de abandonar Barcelona. Depois permanecia acordado, mas sem acender a luz, até uma da manhã ou duas ou três, que era a hora em que Rosa costumava voltar.

Para Amalfitano, Jordi parecia um rapaz tímido e formal. Rosa gostava da sua maneira de ser silenciosa, que confundia com uma atitude reflexiva quando na realidade era apenas uma das manifestações da confusão que fervilhava em sua cabeça. Cada dia que passava era, para os dois jovens, como que um sinal, o anúncio de um porvir próximo carregado de achados; Rosa suspeitava que a viagem ao México marcaria o fim da sua adolescência; Jordi intuía que aqueles dias iam atormentá-lo no futuro e não sabia como evitar isso.

Uma noite foram a um show. Outra noite a uma discoteca, onde dançaram um tempão como dois desconhecidos.

8.

Quem foi ao aeroporto? Os Carrera e, trinta minutos antes de embarcar, Padilla e o poeta Pere Girau. A despedida de Jordi e de Rosa foi silenciosa. A dos Carrera e de Amalfitano, tradicional, um abraço e boa sorte, escreva. Antoni Carrera conhecia de nome o poeta Pere Girau mas cumprimentou-o educadamente. Anna Carrera, pelo contrário, perguntou-lhe se havia publicado algo e, se sim, onde poderia comprar. Jordi olhou para a mãe com incredulidade. Mas você não lê poesia, disse. Rosa, que de pé ao lado de Jordi parecia muito menor do que era, disse: nunca é tarde para começar, mas eu escolheria algo mais clássico, mais sólido. O quê, por exemplo?, disse o poeta Pere Girau, que ao lado de Jordi parecia consideravelmente mais baixo (até do que Rosa) e a quem a palavra sólido magoou. Padilla ergueu a vista para o céu. Amalfitano parecia interessado em ler a letra miúda dos seus cartões de embarque. Catulo, disse Rosa, que é curto e divertido. Ai, Catulo, disse Anna, eu li há tanto tempo, acho que na universidade, foi lá, não foi? Sim, disse Antoni Carrera, lemos, claro. Viu, disse Anna ao filho, viu como eu li poesia? Jordi deu de ombros, mas isso foi há muito tempo, garanto que você não se lembra. Ainda sou inédito, sorriu o poeta Pere Girau, mas este ano vai sair um livro de poemas meus, pela Cavall amb Barretina, uma editora nova. O senhor também escreve poesia?, Anna perguntou a Padilla. Sim, senhora, mas em castelhano, de modo que acho muito difícil publicar pela Cavall amb Barretina. Mas há outras editoras onde pode publicar, não? Ou é o que me parece, o que você acha, Toni? Claro que há outras editoras, disse Antoni Carrera, tentando explicar a ela com o olhar quem era Padilla. Todos os seus alunos são poetas?, perguntou Rosa. Amalfitano sorriu sem fitá-la. Nem todos, disse ele. Jordi pensou: eu devia convidar Rosa para tomar alguma coisa na cafeteria, devia falar a sós com ela, devia levá-la à revistaria e lhe dizer alguma coisa, qualquer coisa. Ah, são seus alunos, disse Anna Carrera, compreendendo enfim quem eram. Sim, disse Amalfitano, e depois sorriu: ex-alunos. Vamos tomar alguma coisa?, perguntou Jordi. Rosa, depois de hesitar alguns segundos, disse que não, que não dava mais tempo. Não, não dá tempo, disseram os Carrera e Amalfitano. Sim, é verdade, disse Jordi. Amalfitano foi o único que percebeu a expressão de tristeza do rapaz e sorriu, juventude fodida. Bom, bom, bom, disse Anna Carrera. É, está chegando a hora, disse Amalfitano. Que inveja, disse o poeta Pere Girau, eu iria com muito prazer para o México esta noite, vocês não? Vontade eu tenho, admitiu Antoni Carrera. Padilla olhou para eles com um sorriso que pretendia ser irônico mas que era apenas terno. Deve ser por causa da lua, disse Anna Carrera. Lua?, disse Amalfitano. Lua, lua, disse Anna Carrera, faz uma lua enorme. Dessas que convidam a cometer loucuras ou longas viagens a países exóticos. Não há mais países exóticos na América Latina, disse Rosa. Não?, disse Anna, que sempre admirava as tiradas da moça. Não, Anna, não há mais países exóticos em nenhum lugar do mundo, disse Jordi. Não é bem assim, disse Amalfitano, ainda existem países exóticos e um ou outro deve ficar na América Latina. A Catalunha é um lugar exótico, disse Padilla. A Catalunha?, disse o poeta Pere Girau. A lua sim é exótica, disse Antoni Carrera com melancolia. Nem a lua, disse Jordi, a lua é só um satélite. Acho a lua cheia linda quando estou na praia, gosto de ouvir o mar que sobe ou baixa, nunca soube direito, e olhar para a lua, disse o poeta Pere Girau. Sobe, disse Antoni Carrera, se chama preamar. Eu achava que a preamar assinalava o fim da subida da água, disse Padilla. Na verdade, designa o tempo que dura, disse Antoni Carrera. Adoro o fluxo e o refluxo, disse o poeta Pere Girau revirando os olhos, embora a baixa-mar seja mais prática porque a gente pode encontrar tesouros. Revirou os olhos, pensou Rosa, que nojo! Você se lembra da nossa lua de mel em Peniche, Toni?, disse Anna Carrera. Sim, disse Antoni Carrera. O mar se retirava muito, centenas de metros, e a praia iluminada pelo primeiro sol da manhã parecia uma paisagem do outro mundo, disse Anna. Na Bretanha essas coisas acontecem todos os dias, disse o poeta Pere Girau. Mas lá eu acho que a lua não tem nada a ver, disse Antoni Carrera. Claro que tem a ver, disse Amalfitano. Creio que não, disse Antoni Carrera. Claro que sim, disse Amalfitano. Peniche também é um lugar exótico, disse Padilla, a seu modo e com seus funcionários públicos. O senhor já esteve em Peniche?, perguntou Anna Carrera. Não, mas um terço dos barcelonenses já acampou por lá, disse Padilla. É verdade, que curioso, agora todo mundo foi a Portugal, mas quando nós fomos era raro encontrar um catalão, disse Anna Carrera. Era turismo político, reconheceu a meia-voz Antoni Carrera. Meu pai me levou de férias ao Alentejo, disse Rosa. Amalfitano sorriu, na realidade só tinham estado lá de passagem para Lisboa, mas o mau humor tão sutil da sua filha o encantava, parece brasileira, pensou feliz. Em resumo, o que é um país exótico?, disse Jordi. Um lugar pobre mas alegre, disse Amalfitano. A Somália não é exótica, é claro, disse Anna Carrera. Nem o Marrocos, disse Jordi. Também pode ser um país pobre de espírito, mas alegre de coração, disse Padilla. Como a Alemanha, que pelo menos para mim é bastante exótica, disse Rosa. O que a Alemanha tem de exótico?, perguntou Jordi. As cervejarias, a comida e as ruínas do campo de concentração, disse Padilla. Não, não, disse Rosa, isso não, a riqueza. O México é um país exótico de verdade, disse o poeta Pere Girau, o país preferido de Breton, a terra prometida de Artaud e dos maias, a pátria de Alfonso Reyes e de Atahualpa. Atahualpa era inca, inca do Peru, disse Rosa. É verdade, é verdade, disse o poeta Pere Girau. Depois se calaram até que chegou o momento dos abraços e das despedidas. Cuide bem do seu pai, disse Anna Carrera a Rosa. Cuide-se bem e às vezes pense em nós, disse Padilla a Amalfitano. O plural, como uma flor atirada no rosto, atingiu suavemente Amalfitano. Que humilde, pensou com tristeza. Boa sorte e boa viagem, disse o poeta Pere Girau. Jordi olhou para Rosa, fez uma cara de resignação e não soube o que dizer. Rosa se aproximou dele e disse deixe eu te dar um beijo, bobinho. Claro, disse Jordi, e se inclinou desajeitadamente e se beijaram nos dois lados do rosto. O de Jordi ardia como se estivesse com febre, o de Rosa estava morno e recendia a alfazema. Anna também beijou Rosa e Amalfitano. No fim, todos se abraçaram e se beijaram, inclusive o poeta Pere Girau e Anna Carrera, que não iam a lugar nenhum. Quando estavam na fila de embarque, Amalfitano levantou a mão e deu adeus pela última vez. Rosa não se virou. Depois, e com pressa, os Carrera, o poeta Pere Girau e Padilla subiram ao terraço, mas não viram o avião dos Amalfitano, e sim uma lua enorme, e passado um instante, sem saberem o que dizer, cada grupo foi para o seu lado.

9.

COMO A PARTIDA DE AMALFITANO AFETOU OS CARRERA?

No começo ambos estavam ocupados demais em seus respectivos trabalhos e de alguma maneira, sobretudo no caso de Antoni, a partida de Amalfitano não deixava de ser um alívio, mas depois de uns dois meses, durante um pós-almoço particularmente tedioso, os dois começaram a sentir falta dele. Lentamente se deram conta de que Amalfitano e suas histórias disparatadas eram como a imagem das suas próprias adolescências perdidas. Pensavam nele pensando neles: jovens, pobres, decididos, corajosos, generosos, investidos de uma forma talvez ridícula e frágil de dignidade e nobreza. De tanto recordar Amalfitano através de imagens mortas deles mesmos, deixaram finalmente de pensar nele. Instalados no melhor dos mundos possíveis, só de tempos em tempos, quando chegava uma carta de Rosa, se lembravam daquela bicha estranha e riam, subitamente contentes e recordando-o com carinho breve mas sincero.

COMO A PARTIDA DE ROSA AMALFITANO AFETOU JORDI CARRERA?

Muito pior que aos seus pais. Até então Jordi acreditava viver no polo Norte. Ele e seus amigos e alguns que não eram seus amigos e outros que ele nem sequer conhecia mas que via em revistas juvenis, todos viviam harmoniosamente, mas não felizes pois a felicidade é uma tapeação, no polo Norte. Lá, ele jogava basquete, aprendia inglês, mexia cada vez melhor no computador, comprava camisas xadrez e ia ao cinema e a shows com assiduidade. Seus pais costumavam comentar entre si quão pouco expressivo era o rapaz, mas essa falta de expressão era seu olhar real. A ausência de Rosa mudou tudo. De um dia para o outro, Jordi se viu navegando a toda a velocidade numa grande prancha de gelo rumo a mares mais quentes. O polo Norte estava cada vez mais longe e era cada vez menos importante, e sua prancha de gelo era cada vez menor. Não demorou a ter insônias e pesadelos.

COMO A PARTIDA DE AMALFITANO AFETOU PADILLA?

Em quase nada. Padilla vivia numa constante expressão amorosa e seu sentimentalismo era transbordante mas não durava mais de um dia. À sua maneira, Padilla era um cientista que não dava a Deus a menor oportunidade de entrar em seu laboratório. Acreditava com Burroughs que o amor não passa de um misto de sentimentalismo e sexo e o encontrava em toda parte, e por isso era incapaz de se lamentar mais de vinte e quatro horas por um amor perdido. No fundo, era forte e aceitava os movimentos e flutuações do objeto amado com um estoicismo que, vencendo as distâncias, compartilhava com seu pai. Numa ocasião o poeta Pere Girau lhe perguntou como era possível, depois de amar e trepar com um deus grego, amar e trepar com pessoas de beleza inferior, com as putas feias e os michês horrorosos de sempre. A resposta de Padilla foi que a gente amava as pessoas bonitas por comodidade, que era como comer o pão previamente mastigado por outro, que tudo dependia do espírito e da pessoa e que ele era capaz de encontrar beleza até no andar de um burro. Ele e muitos outros. Basta você pensar, disse a ele, nos líricos apolíneos da França que no século passado se fartaram dos picas curtas do Magreb, jovenzinhos de modo algum conformes aos cânones estritos da beleza clássica. Picas curtas?, bom, concedeu o incrédulo poeta Pere Girau, mas eu também sou apolíneo, não?, e gostaria de tornar a amar alguém no mínimo tão bonito quanto o filho da puta que me largou. Girau, disse Padilla, eu amo as pessoas e estou arrebentando por dentro, e você só ama a poesia.

COMO, FINALMENTE, A PARTIDA DE AMALFITANO AFETOU O POETA PERE GIRAU?

Em nada, embora de vez em quando ele se lembrasse quanto Amalfitano sabia de poesia elisabetana, como conhecia bem a obra de Marcel Schwob, quão simpático e agradável era quando conversavam sobre a poesia italiana contemporânea (Girau havia vertido para o catalão vinte e cinco poemas de Dino Campana), como sabia ouvir e quão oportunas costumavam ser suas opiniões. Na cama era outra coisa, um veado tardio e pouco prático, excessivamente pouco prático. Se bem que, no fundo, pensava amargamente o poeta Pere Girau, é mais prático que a gente, pois sempre será um professor de literatura, tarefa que pelo menos o salvaguarda economicamente, enquanto nós estamos fadados a um fim de século vulgar e selvagem.

10.

Durante o voo ambos se deram conta de que o outro estava assustado, ainda que não muito, e ambos compreenderam com um sentimento de fatalidade que só tinham um ao outro: o planeta Amalfitano começava em Óscar e terminava em Rosa, e no meio não havia nada. Ou talvez sim: uma sucessão de países, um frenesi de cidades e ruas que se escureciam e se iluminavam arbitrariamente na memória, o fantasma de Edith Lieberman no Brasil, um país imaginário chamado Chile que dava nos nervos de Amalfitano, embora de vez em quando ele procurasse se informar do que acontecia por lá e que era completamente indiferente a Rosa, nascida na Argentina. Se o avião caísse envolto em chamas sobre o Atlântico, se o avião explodisse, se o avião desaparecesse naquele espaço ilimitado dos Amalfitano, não restaria memória alguma no mundo, pensava Amalfitano com tristeza. E também pensava: somos dois ciganos sem clã, aborrecidos, gastos, explorados, sem amigos verdadeiros, eu um palhaço e minha filha uma pobre menina indefesa. O que o levava a pensar: se em vez de ambos morrermos num acidente aéreo só eu morrer, de um ataque cardíaco ou de um câncer do estômago ou numa briga de veados (Amalfitano suava ao relembrar essas possibilidades), que será do meu anjo, do meu tesouro querido, da minha menina maravilhosa e inteligente? E o tapete de nuvens que ele via quando espichava um pouco o pescoço (estava numa poltrona de corredor) se abria como a porta dos pesadelos, como uma ferida imaculada, Israel, pensava, Israel, que ela vá à primeira embaixada israelense que encontre e peça a nacionalidade, sua mãe era judia, o direito está do seu lado, que viva em Tel-Aviv e estude na Universidade de Tel-Aviv, onde certamente encontrará o Magro Bolzman (quantos anos faz que não o vejo? Vinte?), que se case com um israelense e que viva feliz, ai, pensava, se em vez de Israel fosse a Suécia eu ficaria mais tranquilo, mas Israel não é nada mal, aceito Israel. E também pensava: se ninguém morrer mas nos dermos mal em Santa Teresa, se eu perder o emprego e não arranjar outro, se só puder dar aulas particulares de francês e nos virmos obrigados a viver numa pensão de ínfima categoria, se começarmos a envelhecer e envilecer numa província abandonada sem dinheiro para ir embora e sem lugar para onde ir, se um tempo lento, interminável, sem perspectivas nem ilusões nos envolver e anestesiar, se eu acabar como aquela viúva espanhola que conheci numa cafeteria de Colón, a vítima perfeita, a Justine mental que todo dia receava que os panamenhos (os negros, aqueles negros grandes e atléticos) violentassem sua deliciosa filha de quinze anos, e ela sem poder fazer nada, apenas uma estrangeira, uma mulher sem marido e sem dinheiro gerenciando uma cafeteria minúscula que não dava lucro e sem esperança de voltar à Espanha, presa num filme de Buñuel dos anos 1950, que fazer então?, pensava Amalfitano, aturdido, esquivando imagens de Padilla que não tinham nada a ver e paisagens desoladas e esquemáticas do Novo Mundo onde ele era apenas um gato entre matilhas de cachorros, um sabiá entre águias e pavões.

11.

Um mês depois de ter se instalado em Santa Teresa, uma das secretárias da reitoria lhe entregou uma carta de Padilla, que trazia o endereço da universidade. Na carta, Padilla falava do tempo que fazia em Barcelona, do quanto estava bebendo, do seu novo amante, outro, um operário da Seat de vinte e oito anos, casado e pai de três filhos. Dizia que deixara a universidade (sem você aquilo perdeu muito) e que por fim tinha trabalho, era revisor de uma editora, um amigo lhe conseguiu o emprego, meio chato mas garantido e nada mal pago, apesar de umas linhas depois dizer que sim, que na realidade era mal pago mas dava para viver. Dizia também que havia deixado o estúdio e que o pintor que às vezes passava por lá, o que tinha uma cigarreira de ouro cheia de cigarros de maconha, tinha se suicidado recentemente em Nova York. A vida, segundo Padilla, embora se chateasse soberanamente revisando romances mais falsos que uma nota de três mil pesetas, continuava sendo estranha e cheia de oferendas misteriosas. Por último comunicava que havia começado a escrever seu primeiro romance. Sobre a trama, no entanto, não fornecia nenhum dado.

Amalfitano respondeu a ele naquela mesma noite, em seu quarto, recostado na cama por fazer, enquanto sua filha devorava outro vídeo na sala. Em linhas gerais, relatava como era sua vida em Santa Teresa, o trabalho, como seus alunos eram receptivos, *interessados pela literatura como poucas vezes vi*, na realidade interessados por tudo o que acontecia no mundo, sem excetuar nem continentes nem raças. Em compensação, não falava do seu novo amante, um tal de Castillo, nem de como sua relação com a filha estava difícil. Terminava a carta dizendo que sentia falta dele. Pode parecer estranho (e é possível que não te pareça estranho), mas sinto sua falta. No postscriptum dizia que é claro que se lembrava do cara da cigarreira de ouro, o que sempre usava roupas de couro, e perguntava pelo motivo do seu suicídio. No segundo postscriptum dizia que era sensacional que estivesse escrevendo um romance, vá em frente, vá em frente.

A resposta de Padilla não demorou a chegar. Foi sucinta e monotemática. Meu romance, disse, será como uma emissão de luz estroboscópica, com muitos personagens (mas esfumaçados ou desenhados com traços arbitrários e ditados pelo acaso) e muita violência e muitas luas de lobos e de cachorros e muitos paus eretos e azeitados, muitos paus duros e muitos uivos.

A resposta de Amalfitano, em papel timbrado da universidade, escrita entre uma aula e outra na máquina elétrica do seu cubículo de professor, tentou ser ponderada. O excesso de personagens podia converter qualquer romance num conjunto de contos. Os paus duros, salvo gloriosas exceções, não costumavam ser literários. Os uivos sim, mas sua disciplina, seu meio natural era geralmente a poesia e não a prosa. Esse caminho não é isento de perigos, avisava-o, e insistia, algumas linhas à frente, em conhecer os fatos que cercaram o suicídio do pintor. Quanto ao mais, voltava a garantir que sentia falta dele e que lhe desejava tudo de bom deste mundo. Da sua nova vida em Santa Teresa, praticamente não dizia nada.

A notícia seguinte de Padilla foi um cartão-postal do porto de Barcelona. Lá nos vimos pela última vez e às vezes desconfio que definitivamente pela última vez, dizia. E adiantava o título do seu romance: *O deus dos homossexuais*.

Amalfitano devolveu a bola. Num postal de Santa Teresa onde se apreciava a estátua do general Sepúlveda, herói da Revolução, admitia que o título lhe parecia um acerto, um título triste, sem dúvida, mas adequado. E sobre o deus dos homossexuais, quem poderia ser? Não a deusa do amor nem o deus da beleza, e sim outro, mas quem? Sobre se os dois se veriam ou não outra vez, deixava essa resposta nas mãos do deus dos viajantes.

A resposta de Padilla foi rápida e extensa: o pintor das roupas de couro aparentemente não tinha motivos para se suicidar. Sua estada em Nova York se devia a uma exposição na prestigiosa galeria de Gina Randall, de quem você com certeza nunca ouviu falar em toda a sua vida mas que para os entendidos é uma das galeristas mais poderosas da Babilônia. Sendo assim, descartados os motivos econômicos e artísticos (nessa ordem, insistia Padilla), ficavam os sentimentais ou amorosos, mas o supracitado era famoso por sua frieza à prova de quadris e de romantismos mais ou menos admitidos, de modo que também se devia descartar essa possibilidade. E sem o econômico, o artístico e o amoroso, o que sobra que possa levar um homem ao suicídio? Elementar, o tédio ou a doença, um desses dois criminosos o matou, escolha você qual deles. Sobre a identidade do deus dos homossexuais, Padilla era categórico: o deus dos mendigos, o deus que dorme no chão, nas portas do metrô, o deus dos insones, o deus dos que sempre perderam. Aqui falava (caoticamente) de Belisário e de Narses, dois generais bizantinos, o primeiro jovem e bonito, o segundo velho e eunuco, mas ambos excelentes para os propósitos militares do imperador, e falava de como Bizâncio os recompensou. É um deus desamparado, feio e refulgente, que ama, mas cujo amor é terrível e sempre, sempre *mesmo*, se volta contra ele.

A recompensa do Chile, lembrou-se Amalfitano e também pensou, mas, porra, ele está me descrevendo o deus dos poetas pobres, o deus do conde de Lautréamont e de Rimbaud.

O romance está avançando, dizia Padilla no postscriptum, mas o trabalho de revisor o estava matando. Eram horas demais cotejando originais e provas, na certa logo teria de usar óculos. Esta última notícia entristeceu Amalfitano, os únicos óculos que combinavam com o rosto de Padilla eram os óculos escuros, e estes unicamente pelo efeito perturbador que produziam quando Padilla os tirava com um gesto que era ao mesmo tempo provocador e terno.

A resposta foi uma série de boas razões para que continuasse contra ventos e marés a redação de *O deus dos homossexuais*. Quando terminar, sugeria de forma pretensamente casual, você pode vir nos visitar. Dizem, escrevia ele, que o norte do México é encantador. Esta carta não teve resposta. Por um tempo Padilla se manteve em silêncio.

12.

Pouco depois Amalfitano começou a se sentir vigiado. Em outras épocas da vida, já tinha experimentado essa sensação: a da presa no bosque que fareja o caçador. Mas fazia tanto tempo que ele havia esquecido as indicações e os conselhos recebidos em sua juventude, a forma indicada de se comportar numa situação como a que agora, mais que se apresentar, se insinuava vagamente a ele.

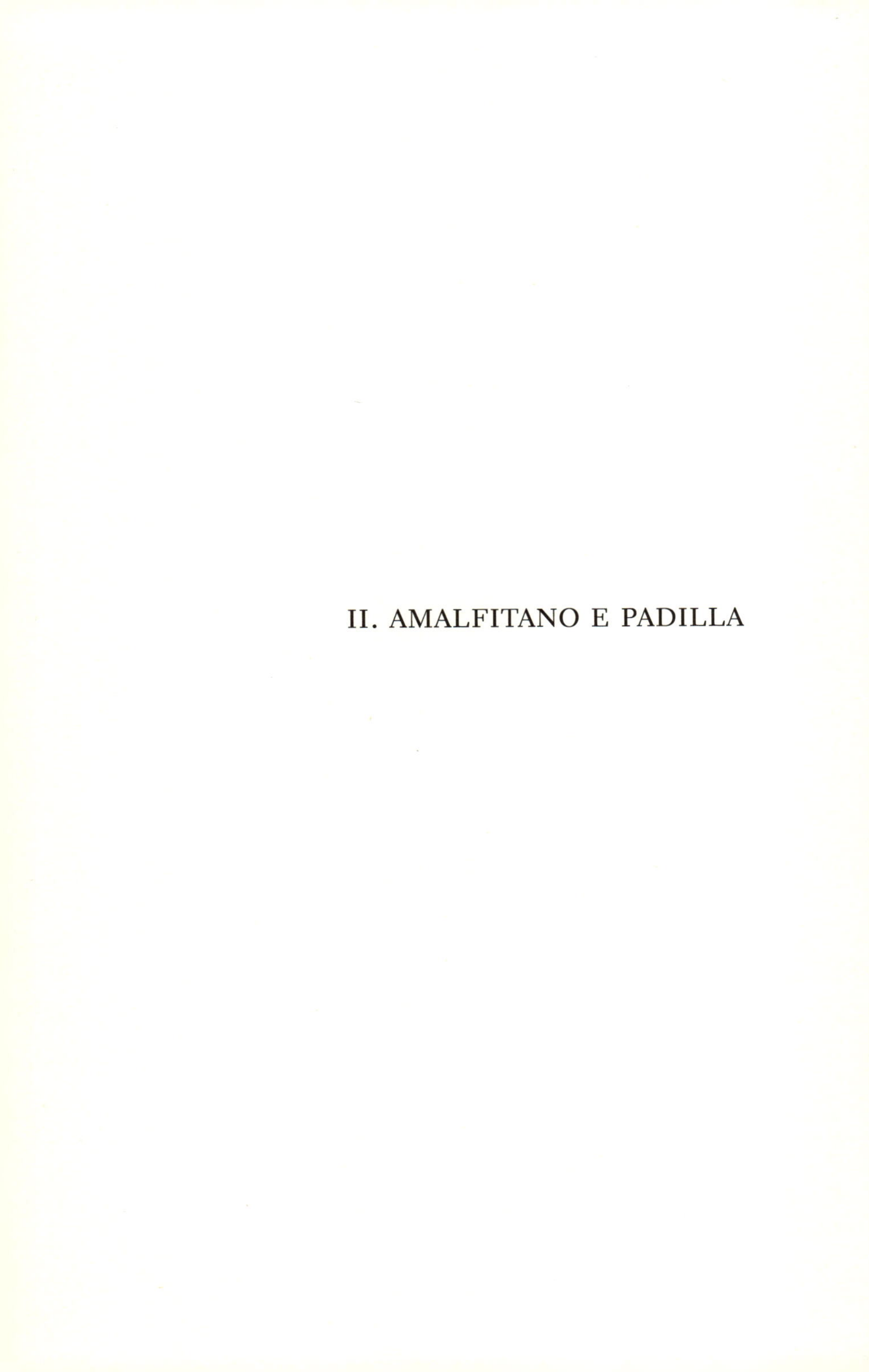

II. AMALFITANO E PADILLA

1.

Padilla disse me conte, me conte as coisas perigosas da sua vida, e Amalfitano pensou num adolescente a cavalo, ele mesmo, lindíssimo, e depois se pôs a pensar num cobertor preto, o cobertor com que se enrolava nas madrugadas do campo de detenção, pensou primeiro na cor, depois no cheiro que ele desprendia e finalmente na textura, no prazer que sentia ao cobrir o rosto com ele e deixar que seu nariz, os lábios, a testa, seus pômulos tão machucados entrassem em contato com o tecido rugoso. Era um cobertor elétrico, lembrou com alegria, mas lá não havia tomada para ligá-lo. E Padilla disse meu amor, deixe que meus lábios sejam como seu cobertor preto, me deixe cobrir de beijos estes seus olhos que viram tanto. E Amalfitano se sentia feliz com Padilla. Dizia-lhe: Joan, Joan, Joan, só agora estou me libertando do tormento, quanto tempo perdido, quantos dias arruinados, e também pensava: se eu tivesse te conhecido antes, mas só pensava, ou dizia a Padilla, mas telepaticamente, de tal maneira que ele não pudesse dizer idiota, antes?, quando?, num tempo fora do tempo, pensava Amalfitano enquanto Padilla beijava docemente seus ombros, num tempo ideal, onde estar acordado fosse estar sonhando, no país onde os homens amam os homens, era o título de um romance, não?, disse Padilla, sim, disse Amalfitano, mas não me lembro do nome do autor. E depois, como se cavalgasse em ondas sucessivas à noite, lá vinha de novo o cobertor elétrico preto, com seu rabicho e suas manchas, e entre os gritos, gritos que anunciavam a iminência de um furacão, a voz de Padilla se impôs como a do capitão de um navio que naufraga. Isso vai acabar mal, pensava Amalfitano, vai acabar mal, vai acabar mal, enquanto a piroca de Padilla se afundava suavemente em seu cu velho.

Depois, de maneira usual, chegou o delírio. Padilla lhe apresentou um adolescente gordo e de olhos azuis, o poeta Pere Girau, um rapaz maravilhoso, disse Padilla, você precisa ouvi-lo lendo seus poemas, sonoro e profundo como Auden. E Amalfitano escutou os poemas de Pere Girau, depois foram dar uma volta de carro, beber no Camionero Asesino e no Hermanos Poyatos, e acabaram os três no estúdio de Padilla e na cama de Padilla, e Amalfitano, transformado num mar de dúvidas, pensou que não era isso o que ele queria, embora depois, mais tarde, fosse isso mesmo o que queria. Mas de todo modo teria gostado de outro tipo de relação, passar as tardes com Padilla falando de literatura, por exemplo, dar tempo à confiança e à amizade.

E depois do poeta Pere Girau houve mais dois, colegas de turma de Padilla, e a surpresa de Amalfitano ao encontrá-los e saber a razão e o motivo do encontro foi enorme. Aquilo já não era ir escutar peças de teatro. Sentiu-se envergonhado, corou, tentou ser casual e frio mas não conseguiu. E Padilla parecia se divertir com sua perturbação, parecia mudar e crescer, tornar-se repentinamente velho e cínico (malfalado sempre tinha sido), enquanto ele a cada minuto ficava mais moço, mais apatetado, mais tímido. Um adolescente num país desconhecido. Não se preocupe, Óscar, eles entendem, estão nesta muito antes de você se desvirginar, você agrada a eles, dizem que nunca tiveram um professor tão lindo, dizem que você é incrível, que para a idade que você tem, o que você gostaria de fazer esta noite, ria Padilla, feliz da vida, senhor dos seus atos e das suas emoções, antes da doença, antes do seu encontro com o deus dos homossexuais.

Me conte, me conte as coisas perigosas que você fez na vida, disse Padilla. O mais perigoso foi ir para a cama com você, pensou Amalfitano, mas tomou o cuidado de não dizer.

2.

Amalfitano também se lembrou da última vez que fez amor com Padilla. Dias antes de partir para o México, Padilla ligou. Tremendo dos pés à cabeça, Amalfitano aceitou o que supôs ser o último encontro. Uma hora depois um táxi o deixou no porto e Padilla, com seu blusão preto abotoado até o pescoço, avançou em sua direção.

Será melhor eu parar de sorrir, pensou Amalfitano enquanto olhava sem pestanejar, enfeitiçado, para o rosto de Padilla e o achava definhado, a pele mais branca, quase translúcida, como se ultimamente nunca tomasse sol. Depois, quando sentiu seus lábios no rosto, roçando as comissuras dos seus próprios lábios, experimentou por seu ex-aluno uma sensação que, nas raras vezes que se detinha a pensar nela, o perturbava. Um misto de desejo, de afeto filial e de tristeza, como se Padilla encarnasse uma trindade impossível: amante, filho e reflexo ideal de si mesmo. Sentia pena por Padilla, por Padilla e por seu pai, pelos mortos de Padilla e pelos amores perdidos de Padilla que lançavam sobre ele uma luz de solidão: ali, naquele lamentável palco, Padilla era moço demais e frágil demais, e Amalfitano nada podia fazer para remediar isso. E embora ao mesmo tempo soubesse com certeza, e isso o mais das vezes o deixava perplexo, que existia um Padilla invulnerável, arrogante como um deus mediterrâneo e forte como um boxeador cubano, a dor continuava presente, a sensação de perda e impotência.

Por um instante caminharam sem rumo por calçadas estreitas, desviando de terraços de café, vendedores de peixe frito e turistas do norte. As poucas palavras que se dirigiram os fizeram sorrir.

— Você acha que tenho pinta de gay alemão? — perguntou Padilla enquanto percorriam o porto em busca de um hotelzinho.

— Não — disse Amalfitano —, os alemães homossexuais que conheço, e minhas referências são exclusivamente literárias, são bárbaros e felizes como você, mas eles rumam para a autodestruição enquanto você parece feito de material incombustível.

Arrependeu-se de imediato das suas palavras, com frases como essa se destrói qualquer amor, pensou.

3.

Da viagem de avião, Rosa lembrava que no meio do Atlântico seu pai parecia doente e enjoado e que de repente apareceu uma aeromoça sem que ninguém a chamasse e lhes ofereceu um líquido dourado escuro, brilhante e de aroma agradável. A aeromoça era morena, estatura regular, cabelos negros e curtos, e quase não usava maquiagem, mas tinha unhas muito bem cuidadas. Pediu que eles provassem e lhe dissessem que suco era aquele. Sorria com todo o rosto, como se estivesse brincando.

Amalfitano e Rosa, desconfiados por natureza, tomaram um gole.

— *Melocotón* — disse Rosa.

— *Durazno** — murmurou Amalfitano quase em uníssono.

Não, disse a aeromoça, e seu sorriso de bom humor restituiu ao velho espírito de Amalfitano uma parte do valor perdido, é manga.

* *Melocotón*: pêssego na Espanha; *durazno* é o nome usual da fruta na América Latina. (N. T.)

Pai e filha tornaram a beber. Desta vez degustaram o suco lentamente, como sommeliers que reencontraram a pista perdida. Manga, já tinham provado alguma vez?, perguntou a aeromoça. Sim, disseram Rosa e Amalfitano, mas tínhamos esquecido. A aeromoça quis saber onde. Em Paris, provavelmente, disse Rosa, num bar mexicano de Paris, faz tempo, quando eu era pequena, mas ainda me lembro. A aeromoça tornou a sorrir. É uma delícia, disse Rosa. Manga, manga, pensou Amalfitano, e fechou os olhos.

4.

Pouco depois de começar a dar aula, Amalfitano conheceu Castillo.

Foi uma tarde, quase ao anoitecer, quando o céu de Santa Teresa passa do azul-escuro brilhante a uma gama de vermelhos e roxos que dura apenas alguns minutos para depois se transformar outra vez em azul-escuro e depois em negro.

Amalfitano saía da biblioteca da faculdade e ao atravessar o campus distinguiu um vulto debaixo de uma árvore. Pensou que podia ser um vagabundo ou um estudante doente e se aproximou. Era Castillo, que dormia placidamente e que a presença de Amalfitano despertou: ao abrir os olhos viu uma figura alta, de cabelos brancos, rosto com expressão preocupada, magro e anguloso, parecido com Christopher Walken, e soube na mesma hora que se apaixonaria por ele.

— Pensei que você estava morrendo — disse Amalfitano.

— Não, estava sonhando — disse Castillo.

Amalfitano sorriu satisfeito e fez que ia embora, mas não foi. Aquele lugar do campus era como um oásis, três árvores e um montículo rodeados por um mar de grama.

— Sonhava com as pinturas de um pintor americano — disse Castillo —, estavam expostas numa avenida bem larga, ao ar livre, numa rua sem calçamento, com casas e lojas dos dois lados, todas as construções de madeira, e as pinturas pareciam a ponto de derreter com tanto sol e tanta poeira. Me dava muita pena. Acho que era um sonho sobre o fim do mundo.

— Ah — fez Amalfitano.

— O mais esquisito é que eu é que tinha pintado alguns quadros.

— Bom, não sei o que dizer, é um sonho estranho.

— Não, não é — disse Castillo —, eu não devia contar essas coisas a um desconhecido, mas você me inspira confiança: alguns eu pintei de verdade.

— Alguns? — disse Amalfitano enquanto a noite começava a cair de repente sobre Santa Teresa, e de um prédio da universidade, um prédio que parecia vazio, surgia uma música de tambores e trompas e algo que podia ser ou não uma harpa.

— Alguns quadros — disse Castillo — eu é que pintei, falsifiquei.

— É mesmo?

— Sim, ganho a vida assim.

— E você conta ao primeiro que passa ou é de domínio público?

— Você é o primeiro a quem digo, ninguém sabe, é segredo.

— Sei — fez Amalfitano. — E por que conta para mim?

— Não sei, não sei — disse Castillo —, realmente não sei, quem é você?

— Eu?

— Bem, não importa, é uma pergunta impertinente, não responda — disse Castillo com um tom de voz protetor que deixou Amalfitano arrepiado —, mexicano é que não é, dá para ver.

— Sou chileno — disse Amalfitano.

A resposta e a expressão do seu rosto ao confessar sua nacionalidade eram humildes ao extremo. Depois ambos permaneceram em silêncio, de pé um diante do outro, Castillo um pouco mais alto pois estava no topo do montículo, Amalfitano como um passarinho ou como uma ave rara notando em cada poro o cair da noite, as estrelas que começavam a cobrir velozmente (e também *violentamente*, Amalfitano percebeu isso com clareza e pela primeira vez) o céu de Santa Teresa, imóveis, à espera de um sinal debaixo das robustas árvores que se erguiam como uma ilha entre a Faculdade de Filosofia e Letras e o prédio da Reitoria.

— Vamos tomar um café? — disse finalmente Castillo.

— Tudo bem — disse Amalfitano, grato sem saber por quê.

Percorreram as ruas do centro de Santa Teresa no carro de Castillo, um Chevrolet 1980 amarelo. Pararam primeiro no Dallas e falaram educadamente de pintura, de falsificações e de literatura, depois saíram de novo porque Castillo achou que havia estudantes demais. Sem falar, rodaram por ruas que Amalfitano não conhecia até pararem no Solamente Una Vez e, depois, andando por ruas luminosas e becos onde era difícil estacionar, no Dominio Tamaulipeco e na Estrella del Norte e mais tarde no Toltecatl. Castillo não parava de rir e de beber mescal.

O Toltecatl era um lugar grande, de forma retangular, com as paredes pintadas de azul-celeste. Na parede posterior, um mural de 2 × 2 representava Toltecatl, deus do *pulque** e irmão de Mayahuel. Sobre um fundo de índios vagabundos, vaqueiros e manadas, policiais e viaturas da polícia, postos de alfândega significativamente abandonados, parques de diversões de um lado e outro da fronteira, crianças que saem de uma escola que tem por nome — escrito com tinta azul numa parede caiada — o do

* Espécie de cerveja feita de agave. (N. T.)

Benemérito das Américas, Benito Juárez, um mercado de frutas e outro de cerâmica, turistas americanos, engraxates, cantores de rancheira e de bolero (os de rancheira parecem pistoleiros, os de bolero suicidas ou cafetões, indicou-lhe Castillo), mulheres que vão à missa e putas que conversam, correm ou fazem sinais ininteligíveis, o deus Toltecatl, no primeiro plano, um índio de cara meio gorducha cruzada por cicatrizes e suturas, ri às gargalhadas. O dono do bar, informou Castillo, se chamava Aparicio Montes de Oca e em 1985, um ano depois de ter comprado a casa, matou um homem na hora de maior afluência diante de todos os frequentadores. Durante o julgamento, foi absolvido alegando legítima defesa.

Quando Castillo indicou a ele quem era Aparicio Montes de Oca, ali, detrás do balcão, Amalfitano se deu conta da grande semelhança entre o dono do bar e a figura de Toltecatl pintada na parede.

— É o retrato dele — disse Amalfitano.

— Sim — disse Castillo —, mandou fazer depois que saiu da prisão.

Depois Castillo levou-o à sua casa para mostrar que não mentia, que era falsificador mesmo.

Morava no segundo andar de um velho casarão arruinado de três andares num bairro do subúrbio. No primeiro estava dependurado o letreiro de uma loja de ferramentas; no terceiro não morava ninguém. Feche os olhos, disse Castillo ao abrir a porta. Amalfitano sorriu mas não fechou os olhos. Vamos, feche os olhos, insistiu Castillo. Amalfitano obedeceu e penetrou cautelosamente no santuário que lhe era franqueado.

— Não os abra até eu acender a luz.

Amalfitano abriu os olhos de imediato. A luz da lua que penetrava pelas janelas sem cortinas deixava ver os contornos de um cômodo grande imerso numa bruma acinzentada. No fundo distinguiu uma grande pintura de Larry Rivers. O que estou fazendo aqui?, pensou Amalfitano. Quando ouviu o clique do interruptor, fechou automaticamente os olhos.

— Já pode olhar — disse Castillo.

O estúdio era muito maior do que ele havia imaginado a princípio, iluminado por numerosas lâmpadas fluorescentes. Num canto estava a cama de Castillo, de aparência espartana; no outro canto, a cozinha reduzida à sua expressão mais simples: um fogareiro elétrico, uma pia, algumas panelas, copos, pratos, talheres. O resto da mobília, à parte as telas que se empilhavam por todos os lados, se compunha de duas poltronas velhas, uma cadeira de balanço, duas mesas de madeira maciça e uma estante com livros em que primavam os de artes plásticas. Perto da janela e numa das mesas, as falsificações. Gosta delas? Amalfitano mexeu a cabeça afirmativamente.

— Conhece o pintor?

— Não — disse Amalfitano.

— É americano — disse Castillo.

— Dá para ver. Mas não sei quem é. Prefiro não saber.

Castillo deu de ombros.

— Quer beber alguma coisa? Acho que tenho de tudo.

— Um uísque — disse Amalfitano, sentindo-se subitamente tristíssimo.

Vim fazer amor, pensou, vim arriar as calças e foder com um jovenzinho ingênuo, com um estudante de belas-artes, com um falsificador de Larry Rivers, da primeira ou segunda fase de Larry Rivers, sei lá eu, e que se gaba disso quando na realidade devia se arrepiar, vim fazer o que Padilla vaticinou que eu faria e que ele com toda certeza não deixou de fazer em nenhum momento, em nenhum segundo.

— É Larry Rivers — disse Castillo —, um pintor de Nova York.

Amalfitano bebeu o uísque com desespero.

— Eu sei — falou. — Conheço Larry Rivers, conheço Frank O'Hara e portanto conheço Larry Rivers.

— E por que me disse o contrário? Acha tão malfeito assim? — disse Castillo sem se ofender nem um pouco.

— Sinceramente, não sei quem pode comprá-los — disse Amalfitano, sentindo-se cada vez pior.

— Pois eu os vendo, pode crer. — A voz de Castillo era suave e persuasiva. — Um texano gorducho os compra, um tipo, você devia conhecer, e depois vende a outros texanos cheios da grana.

— Deixe para lá — disse Amalfitano. — Desculpe. Estamos aqui para ir para a cama, não é? Vai ver que me engano. Desculpe outra vez.

Castillo deu uma bufada.

— Sim, se você quiser. Se não quiser, eu te levo para casa e não aconteceu nada aqui. Acho que você bebeu demais.

— E você, quer?

— Quero estar com você, na cama ou conversando, para mim tanto faz. Ou quase.

— Desculpe — murmurou Amalfitano, deixando-se cair num sofá. — Não estou me sentindo bem, acho que estou de porre.

— Não há de quê — disse Castillo, sentando-se perto dele, no chão, num velho tapete indígena. — Vou fazer um café.

Passado um instante, os dois se puseram a fumar. Amalfitano contou que tinha uma filha de dezessete anos. Falaram também de pintura e de poesia, de Larry Rivers e de Frank O'Hara. Depois Castillo levou-o de carro para casa.

No dia seguinte, ao sair da última aula, Castillo o esperava no corredor. Naquela mesma tarde foram para a cama pela primeira vez.

5.

Certa manhã um jardineiro apareceu na aula de Amalfitano e entregou um bilhete de Horacio Guerra. Ele queria vê-lo em seu escritório às duas da tarde. Sem falta. Não foi fácil encontrar o escritório de Guerra. A secretária de Guerra e outra mulher fizeram um mapa para ele. Ficava no primeiro andar da faculdade, na parte de trás, perto do pequeno teatro — apenas maior que uma sala de aula — onde uma vez por mês atores universitários interpretavam obras para estudantes, familiares, professores e outros intelectuais de Santa Teresa. O diretor era Horacio Guerra, que havia instalado seu escritório junto do vestiário, no que antes deve ter sido a sala de adereços: um espaço carente de luz natural, com cartazes alusivos às obras representadas revestindo as paredes, uma estante com a coleção de livros da editora da universidade, uma mesa grande de madeira nobre em que se amontoavam papéis e três cadeiras dispostas em arco voltadas para a poltrona giratória de couro preto.

Quando Amalfitano chegou, a sala estava às escuras. Encontrou Guerra afundado na poltrona e por um instante achou que ele estava dormindo. Ao acender a luz, viu que Guerra estava completamente acordado: tinha os olhos alertas e brilhantes como se tivesse se drogado e os lábios distendidos num sorriso de raposa. A apresentação, apesar do modo como o encontro se deu, foi formal. Falaram do ano escolar, dos professores que precederam Amalfitano e da carência que a universidade tinha de bons docentes. Em Ciências, os melhores desertavam para Monterrey, Cidade do México ou davam o salto para alguma universidade americana. Em Filosofia e Letras a coisa é diferente, disse Guerra, não é qualquer um que me ferra, mas para isso tenho de estar de olho em tudo, supervisionar pessoalmente tudo, o senhor não sabe o peso do trabalho que carrego nos ombros. Imagino, disse Amalfitano, que havia decidido sentir em que terreno pisava. Depois falaram de teatro. Horacio Guerra desejava relançar as atividades teatrais da faculdade e para isso contava com a colaboração de todos. De absolutamente todos. A faculdade tinha dois grupos teatrais, mas ambos francamente indisciplinados. Embora não fossem maus atores. Amalfitano quis saber em que consistia a indisciplina. Anunciar uma estreia e não estrear, perder um ator e não ter substituto, começar a função com meia hora de atraso, não saber se ajustar às verbas. Meu trabalho, explicou Guerra, é descobrir o mal e arrancá-lo pela raiz. E eu o encontrei, meu senhor, e o arranquei pela raiz. Quer saber qual era? Sim, claro, disse Amalfitano. Os diretores! Sim, esses rapazolas incultos, mas sobretudo indisciplinados, que ignoram que a montagem de uma obra teatral é como um campo de batalha, com sua logística, sua artilharia, sua infantaria, sua cavalaria cobrindo os flancos (ou, na falta desta, a cavalaria blindada ligeira, não vá imaginar que sou antiquado, e inclusive, se for o caso, a própria cavalaria aérea), seus tanques, seus engenheiros, seus batedores etc.

— Na realidade — disse Guerra —, este não é meu escritório, como o senhor já deve ter desconfiado, meu escritório tem ar e luz e sua decoração é algo de que me orgulho, mas os bons generais devem estar junto da tropa, de modo que me mudei para cá.

— Já sabia — disse Amalfitano —, sua secretária me contou.

— O senhor esteve no meu outro escritório?

— Sim — disse Amalfitano —, lá me deram estas indicações, demorei um pouco para encontrá-lo, de início me perdi.

— Bem, bem, sempre acontece. Inclusive é comum os espectadores se extraviarem quando vêm às nossas estreias. Talvez devesse pôr umas setas sinalizando.

— Não é má ideia — disse Amalfitano.

Continuaram falando de teatro, mas Guerra evitou perguntar sua opinião sobre o repertório que estava planejando. Os únicos autores incluídos que Amalfitano conhecia eram Salvador Novo e Rodolfo Usigli. Os outros soaram como uma descoberta ou uma caverna. O tempo todo, Guerra falou do seu projeto como se estivesse preparando um menu delicado que só uns poucos provariam sabendo o que era. Do trabalho de Amalfitano não disseram uma palavra. Ao se despedir, ao fim de uma hora, Guerra lhe perguntou se conhecia o Jardim Botânico. Ainda não, respondeu Amalfitano. Mais tarde, enquanto tentava arranjar um táxi para voltar para casa, se perguntaria por que Guerra mandou um jardineiro buscá-lo, e não um office boy. Parece bom sinal, pensou.

6.

O texano, as pessoas que compravam os falsos Larry Rivers do texano, Castillo que acreditava sinceramente fazer bem seu trabalho, o mercado de arte do Novo México, Arizona e Texas, todos juntos, pensava Amalfitano, no fundo eram personagens de romance filosófico do século XVIII exilados num continente semelhante à lua, à face oculta da lua, o lugar ideal para que crescessem e se desenvolvessem, inocentes e cobiçosos, singulares e valentes, fantasiosos e rematadamente ingênuos. De que outra forma, pensava, pode-se explicar que esses quadros não só sejam encomendados e pintados, mas que até se vendam, que exista gente que os compre e que, ainda por cima, não haja ninguém que os desmascare e denuncie? A arte percorre o Texas, pensava Amalfitano, como uma revelação, como uma lição de humildade que deixa indiferentes os marchands de Larry Rivers, como a bondade que tudo perdoa, inclusive as más falsificações, e imaginava ato contínuo aquelas falsas Berdie, aqueles falsos camelos e aqueles falsíssimos Primo Levi (alguns com traços faciais inegavelmente mexicanos) nos salões e pinacotecas particulares, nas salas de estar e nas bibliotecas de cidadãos não muito ricos, proprietários unicamente das suas bem fornidas casas e dos seus carros, e talvez de um lote de ações petrolíferas, mas não muitas, o bastante, imaginava-os indo e vindo pelos cômodos repletos de troféus e fotografias de vaqueiros, dando uma olhada a cada ida ou vinda na tela pendurada na parede. Um Larry Rivers certificado. E depois imaginava a si próprio indo e vindo pelo estúdio quase vazio de Castillo, nu como Frank O'Hara, com uma xícara de café na mão direita e um uísque na esquerda, o coração em calma, em paz consigo mesmo, avançando confiante para os braços do seu novo amante. E a essa imagem, outra vez, se sobrepunham os Larry Rivers falsos dispersos numa geografia plana, com grandes casas bem espaçadas uma da outra e, no meio, nos jardins geométricos e artificiais, a arte, a arte trêmula e frágil como uma falsificação: os cavaleiros chineses de Larry Rivers percorrendo uma paisagem de cavaleiros brancos e turbulentos. Pô, pensava Amalfitano excitado, estou no centro do mundo. O lugar onde as coisas acontecem de verdade.

Mas logo depois voltava à realidade e contemplava com ceticismo os quadros de Castillo e não podia evitar a dúvida: ou ele havia esquecido como Larry Rivers pintava ou os compradores de arte do Texas eram um bando de cegos desesperados. Também pensava no infame Tom Castro e dizia a si mesmo que sim, que talvez a autenticidade daquelas telas consistisse em não se parecer exatamente com as de Larry Rivers e assim, paradoxalmente, passar por originais. Mediante um ato de fé. Porque os texanos *precisavam* das pinturas e porque a fé reconforta.

Depois imaginava Castillo pintando, com tanto esforço, com tanta dedicação, um rapaz bonito que dormia sem maior problema no campus da universidade ou onde quer que fosse e que sonhava com exposições mestiças em que se abraçavam e caminhavam juntos rumo à destruição o autêntico e o falso, o sério e o brincalhão, a obra real e a sombra. E pensava nos olhos sorridentes de Castillo, em sua risada e em seus dentes grandes e brancos, em suas mãos que lhe mostravam a cidade desconhecida, e se sentia apesar de tudo feliz, afortunado, e chegava até a apreciar os camelos.

7.

Em certa ocasião, depois de discutir com Castillo sobre a identidade peculiar da arte, Amalfitano reproduziu para ele uma história que tinham lhe contado em Barcelona. A história era sobre um *sorche** da Divisão Azul espanhola que combateu na Segunda Guerra Mundial, na frente russa, precisamente no Grupo de Exércitos do Norte, numa zona próxima de Novgorod. O *sorche* era um sevilhano baixote, magro como um palito e de olhos azuis que, por essas coisas da vida (não era um Dionisio Ridruejo nem mesmo um Tomás Salvador, e, quando tinha de cumprimentar à romana, cumprimentava, mas também não era propriamente um fascista nem tampouco um falangista), foi parar na Rússia. Lá alguém disse ao *sorche* venha aqui ou *sorche* faça isto ou aquilo, e ficou na cabeça do sevilhano a palavra *sorche*, mas na parte escura da cabeça, e com o passar do tempo, naquele lugar tão grande e desolador e os sustos diários, se transformou na palavra chantre. De modo que o andaluz pensava

* Soldado raso, recruta. (N. T.)

mesmo nos termos e obrigações de um chantre, embora conscientemente não tivesse a menor ideia do significado dessa palavra, que designa o encarregado do coro em algumas catedrais. Mas de alguma maneira e à força de se imaginar chantre, ele se transformou em chantre: durante o terrível Natal de 1941 ele se encarregou do coro que cantava *villancicos* enquanto os russos massacravam os homens do Regimento 250. Quanto ao mais, ele se comportou como um valente, embora seu humor tenha ido azedando com o passar do tempo. Não demorou a ser ferido. Durante duas semanas ficou internado no hospital militar de Riga, aos cuidados de robustas e sorridentes enfermeiras do Reich e de algumas feíssimas enfermeiras espanholas voluntárias, provavelmente irmãs, cunhadas ou primas distantes de José Antonio. Quando lhe deram alta aconteceu algo que, para o sevilhano, teria graves consequências: em vez de receber um bilhete com o destino correto lhe deram um que o levou aos quartéis de um batalhão das SS destacado a uns trezentos quilômetros do seu regimento. Ali, rodeado por alemães, austríacos, letões, lituanos, dinamarqueses, noruegueses e suecos, todos muito mais altos e fortes que ele, tentou desfazer o equívoco, mas os SS não lhe deram bola e enquanto esclareciam o caso puseram-lhe uma vassoura na mão e mandaram-no varrer o quartel, e com um balde d'água e um pano de chão lavar a comprida e enorme instalação de madeira onde retinham, interrogavam e torturavam toda classe de prisioneiros. Sem se resignar de todo, mas cumprindo conscientemente com sua nova tarefa, o sevilhano viu passar o tempo em seu novo quartel, comendo muito melhor que antes e sem se expor a novos perigos, já que o batalhão das SS estava posicionado na retaguarda, em luta contra aqueles a quem chamavam bandidos. Então, no lado escuro da sua cabeça voltou a se tornar legível a palavra *sorche*. Sou um *sorche*, disse consigo, um recruta bisonho e devo aceitar meu destino. A palavra chantre, pouco a pouco, desapareceu, embora algumas tardes, sob um céu sem limites que o enchia de saudades sevilhanas, ainda ecoasse por ali, perdida sabe-se lá onde. E um belo dia aconteceu o que tinha de acontecer. O quartel do batalhão das SS foi atacado e tomado por um regimento de cavalaria russo, segundo uns, por um grupo de guerrilheiros, segundo outros. O resultado foi que os russos encontraram o sevilhano escondido no edifício comprido, vestindo o uniforme de auxiliar das SS e rodeado pelas não tão pretéritas infâmias ali cometidas. Como se diz, com a mão na massa. Não demorou a ser amarrado numa das cadeiras que os SS usavam nos interrogatórios, essas cadeiras com correias nas pernas e no encosto, e a tudo o que os russos perguntavam o espanhol respondia em castelhano que não entendia e que ali só cumpria ordens. Também tentou dizer em alemão, mas nessa língua só conhecia quatro palavras e os russos nenhuma. Estes, depois de uma rápida sessão de tapas e pontapés, foram buscar um que sabia alemão e que interrogava prisioneiros em outra cela do edifício comprido. Antes de eles voltarem o sevilhano ouviu disparos, soube que estavam matando alguns SS e perdeu grande parte das suas esperanças; apesar disso, quando os disparos cessaram, voltou a se aferrar à vida com todo o seu ser. O que sabia alemão perguntou o que ele fazia ali, qual era sua função e sua patente. O sevilhano, em alemão, tentou explicar, mas em vão. Os russos então abriram sua boca e com as tenazes que os alemães destinavam a outras partes da anatomia humana começaram a puxar e apertar sua língua. A dor que sentiu o fez lacrimejar e disse, ou antes gritou, a palavra *coño*. Com as tenazes dentro da boca, o xingamento espanhol se transformou e saiu ao espaço convertido na ululante palavra *kunst*. O russo que sabia alemão fitou-o espantado. O sevilhano gritava *kunst*, *kunst*, e chorava de dor. A palavra *kunst*, em alemão, significa arte, e o soldado bilíngue assim a entendeu e disse que aquele filho da puta era artista ou algo parecido. Os que torturavam o sevilhano retiraram a tenaz com um pedacinho de língua e esperaram, momentaneamente hipnotizados pela descoberta. A palavra arte. O que amansa as feras. E assim, como feras amansadas, os russos deram um tempo e esperaram algum sinal enquanto o *sorche* sangrava pela boca e engolia seu sangue misturado com grandes doses de saliva e engasgava. A palavra *coño*, no entanto, metamorfoseada na palavra arte, tinha lhe salvado a vida. Os russos o levaram junto com o escasso resto de prisioneiros e pouco depois outro russo que sabia espanhol ouviu a história do sevilhano e este foi parar num campo de prisioneiros na Sibéria, enquanto seus acidentais companheiros eram passados pelas armas. Permaneceu na Sibéria até já bem avançada a década de 1950. Em 1957 instalou-se em Barcelona. Às vezes abria a boca e contava suas pequenas batalhas com muito bom humor. Outras abria a boca e mostrava a quem quisesse ver o pedaço de língua que lhe faltava. Mal era perceptível. O sevilhano, quando lhe diziam isso, explicava que a língua, com os anos, havia crescido. Amalfitano não o conheceu pessoalmente, mas quando lhe contaram a história o sevilhano ainda morava num quarto de porteiro em Barcelona.

8.

Castillo levou Amalfitano algumas vezes para visitar Juan Ponce Esquivel, estudante de belas-artes e numerologista nas horas vagas, que morava num dos bairros mais pobres de Santa Teresa, a colônia* Aquiles Serdán, a oeste da colônia El Milagro, por onde passavam os trilhos da antiga via férrea. A ideia original era que Ponce adivinhasse o futuro deles, mas ao chegar o encontraram absorto nos números do destino pátrio. Creio que vão se repetir os heróis, disse Ponce servindo-lhes uma xícara de café. Carranza, por exemplo, já nasceu. Morrerá em 2020. Villa também: agora é um adolescente que anda misturado com narcotraficantes, putas e emigrantes clandestinos. Morrerá baleado em 2023. Obregón nasceu em 1980 e será assassinado em 2028. Elías Calles nasceu em 1977 e morrerá em 2045. Huerta nasceu no ano em que jogaram a bomba atômica em Hiroshima e morrerá em 2016. Pascual Orozco nasceu em 1982 e morrerá em 2016. Madero nasceu em 1973, no ano em que Allende caiu,

* Bairro. (N. T.)

e será assassinado em 2013. Tudo tornará a se repetir. O povo mexicano observará enfeitiçado novos rios de sangue, o ano de 2015 me dá más vibrações. Zapata já nasceu, em 1983, ainda é um garoto que brinca na rua ou aprende de cor dois ou três poemas de Amado Nervo ou quatro poemínimos de Efraín Huerta. Morrerá crivado de balas em 2019. Os números dizem que tudo vai se repetir. Voltarão a nascer os heróis, os soldados, as vítimas inocentes. Já nasceram os mais importantes e os que vão morrer em primeiro lugar. Mas faltam alguns. Os números dizem que voltarão a matar Aquiles Serdán. Sorte filha da puta e destino filho da puta.

Viva o México, disse Castillo.

Amalfitano não disse nada, mas teve a impressão de que alguém, uma quarta pessoa, dizia algo no quarto ao lado ou dentro de um baú muito grande que Juan Ponce Esquivel tinha no fundo do quarto: ei, tem alguém aí? Ei, ei?

9.

Entre a Faculdade de Medicina e a planície pela qual a rodovia deslizava em direção ao leste, um espaço aberto e descampado interrompido apenas por morros amarelos, debaixo de um céu alto e móvel, encontrava-se o famoso Jardim Botânico da cidade de Santa Teresa, dependente da universidade.

— Venha e abra bem os olhos — disse-lhe o professor Horacio Guerra.

Ali, aos cuidados de quatro jardineiros entediados, se erguia um pequeno bosque de não mais de três exemplares por espécie. As trilhas de terra margeadas por pedras de aluvião se enroscavam e desenroscavam como cobras pelo interior do jardim; no centro erguia-se um coreto de ferro forjado e de tanto em tanto, em lugares escolhidos ao acaso, o visitante encontrava bancos de pedra calcária onde podia sentar. Pequenas tabuletas fincadas no chão designavam o nome de cada árvore ou planta.

Guerra se movimentava ali como um peixe na água, seus passos eram rápidos, não precisava consultar as placas para indicar a Amalfitano de que espécie era tal árvore e de que região do México procedia, seu senso de orientação era excelente, e no dédalo de veredas escuras, que para Amalfitano pareceram um labirinto de parque inglês, mas abarrocado e enlouquecido, Guerra podia se movimentar com os olhos fechados. É verdade, disse quando Amalfitano comentou isso não sem admiração, se o senhor quiser pode tapar meus olhos com um lenço, e tenha certeza de que o tirarei daqui sem hesitar.

— Não é preciso, acredito no senhor, acredito — disse Amalfitano, alarmado ao ver que Guerra passava das palavras aos fatos e tirava do bolso do blazer um lenço verde brilhante com o anagrama da Universidade de Charleston.

— Ponha-me a venda — bradou Guerra, com um sorriso que queria dizer eu sou assim, não se alarme, não estou louco.

Ato contínuo enxugou o suor da testa com o lenço.

— Olhe as plantas e as árvores — suspirou —, e começará a entender este país.

— São notáveis — disse Amalfitano enquanto pensava que tipo de pessoa era Guerra.

— O senhor tem aqui muitos tipos de agave e *mezquite*, nossa planta nacional — disse Guerra com as mãos estendidas.

Amalfitano ouviu o canto de um pássaro: era um som agudo, como se alguém estivesse sendo estrangulado.

— Várias espécies de cactos, como a gigante *pitahaya* (*Cereus pitajaya*), os *órganos*, que são diversas espécies de *cereus*, e as *tunas*, tão abundantes e saborosas.

Guerra encheu os pulmões de ar.

— Este é um *Cereus pringlei* de Sonora, bastante crepuscular, se o senhor observar bem.

— Sim, de fato — disse Amalfitano.

— Ali, à esquerda, pés de iúca, que beleza e que humildade, não é? E aqui nosso senhor o *Agave atrovirens*, do qual se extrai o pulque, bebida que o senhor devia experimentar, mas não a ponto de virar um fã incondicional, professor, he, he, a vida é bem difícil, veja o senhor, se nós mexicanos pudéssemos exportar o pulque ferraríamos com os produtores de uísque, conhaque ou vinho. Mas desgraçadamente o pulque fermenta depressa demais e não pode ser engarrafado, que podemos fazer?

— Vou experimentar — assegurou Amalfitano.

— Isso, isso — disse Guerra —, um dia desses levo o senhor a uma pulqueria, é melhor que eu o acompanhe, nem pense em ir sozinho, não esqueça o que estou dizendo e não sucumba à tentação.

Passou um jardineiro com um saco cheio de terra e cumprimentou-os. O professor Guerra pôs-se a andar de costas. Ali, disse, outras espécies de agave, o *Agave lechuguilla*, do qual se extrai a pita, o *Agave fourcroydes*, do qual se extrai o sisal. A trilha não parava de ziguezaguear. Por momentos, entre a ramagem, apareciam pedacinhos de céu e nuvens pequenas e rápidas. De vez em quando, Guerra procurava algo na penumbra: olhos escuros que o professor escrutava com seus olhos castanhos sem se incomodar em dar a Amalfitano a menor explicação. Ah, dizia, ah, e depois se calava e contemplava o Jardim Botânico com uma careta que oscilava entre o desgosto e a certeza de ter encontrado alguma coisa.

Amalfitano reconheceu um abacateiro e pensou nos abacateiros da sua infância. Como estou longe, pensou com satisfação. Também: como estou perto. O céu, acima da cabeça deles e da copa das árvores, parecia tramado como um quebra-cabeça. Por momentos e conforme o observava, resplandecia.

— Ali, um abacateiro — disse Guerra — e um pau-brasil e mogno e dois cedros vermelhos, não, três, e um *Lignum vitae*, e lá o quebracho e o sapotizeiro e a goiabeira. Nesta trilha, o *cocoyol* (*Cocos butyracea*) e, neste jardinzinho, amarantos, batatas-doces, begônias arborescentes e mimosas espinhosas (*Mimosa cornigera*, *plena* e *asperata*).

Alguma coisa se mexeu em meio à ramagem.

— Gosta de botânica, professor Amalfitano?

De onde estava, Amalfitano mal podia distinguir a figura de Guerra. As sombras e os galhos de uma árvore tapavam completamente sua cara.

— Não sei, professor Guerra, sou leigo na matéria.

— Mas, digamos, aprecia as figuras, as formas exteriores das plantas, sua graça, sua elegância ou sua beleza? — A voz do mexicano tremeu como o canto do pássaro estrangulado.

— Sim, claro.

— Isso é muito bom, pelo menos é *alguma coisa* — ouviu Guerra dizer, abandonando a vereda para os visitantes e internando-se no Jardim Botânico.

Amalfitano, depois de uma breve hesitação, seguiu-o. Guerra estava parado junto do tronco de uma árvore, urinando. Surpreso, desta vez foi Amalfitano que permaneceu na sombra, sob as folhas de um carvalho. Esse carvalho, disse Guerra sem parar de urinar, não deveria estar aí. Amalfitano olhou para cima: pareceu-lhe ouvir ruídos, patinhas que deslizavam pelos galhos. Siga-me, ordenou Guerra.

Pegaram um novo caminho. A noite estava caindo, e as nuvens que antes se desfaziam em direção ao leste voltavam a se juntar e a engordar. Este é um *oyamel*, disse Guerra caminhando à frente de Amalfitano, e estes são abetos. Aquele ali é um zimbro comum. Ao passar por uma volta, Amalfitano viu três jardineiros que tiravam seus trajes e se desfaziam das suas ferramentas de trabalho. Estão indo embora, pensou enquanto seguia Guerra pelo interior cada vez mais escuro do jardim. A hospitalidade deste homem está além do meu entendimento, pensou Amalfitano. A voz de Guerra, monocórdia, continuava enumerando as joias do Jardim Botânico:

— O *oyamel*. O abeto. Guaiules e *candelillas*. A erva-de-santa-maria (*Chenopodium ambrosioides*). O *zacotón* (*Epicampes macroura*). O *otate* (*Guadua amplexifolia*). E aqui — disse Guerra, detendo-se por fim —, nossa árvore nacional ou pelo menos a que assim considero, o querido e fiel cipreste de montezuma (*Taxodium mucronatum*).

Amalfitano observou Guerra e a árvore e pensou com cansaço, mas também com emoção, que estava de novo nas Américas. Seus olhos se encheram de lágrimas que mais tarde ele não saberia explicar. A três metros dele, dando-lhe as costas, o professor Guerra tremia.

10.

A carta seguinte de Padilla falava de Raoul Delorme e da seita dos escritores bárbaros criada por Delorme em meados da década de 1960. Enquanto os futuros romancistas da França quebravam com tijolos as janelas das suas escolas ou erguiam barricadas ou faziam amor pela primeira vez, Delorme e o núcleo do que no futuro seriam os escritores bárbaros se encerravam em minúsculas águas-furtadas, portarias, quartos de hotel, fundos de lojas ou de armazéns e preparavam o advento de uma nova literatura. Maio de 1968, segundo as fontes de Padilla, foi para eles um seminário de retiro e criação: não saíram às ruas (comeram os víveres acumulados ou jejuaram), só falaram entre si, exercitaram-se solitariamente ou em grupos de três em novas técnicas de escrita que iriam assombrar o mundo e previram o tempo da sua eclosão pública, que a princípio fixaram erroneamente em 1991, mas depois de novas interpretações mudaram para 2005. As fontes citadas por Padilla provinham de revistas de que Amalfitano jamais tinha ouvido falar: o nº 1 da *Gazeta Literária de Evreux*, o nº 0 do *Magazine Literário de Metz*, o nº 2 da *Revista dos Vi-*

gias Noturnos de Arras, o nº 4 da *Revista Literária e Comercial da Associação de Fruteiros do Poitou*. Uma "elegia fundacional" firmada por um tal de Xavier Rouberg ("Saudamos uma nova escola literária") havia sido duplamente reproduzida na *Gazeta Literária* e no *Magazine Literário*. A *Revista dos Vigias Noturnos* trazia uma história policial de Delorme e um poema de Sabrina Martin ("O mar interior e exterior") precedidos de uma nota introdutória de Xavier Rouberg, que não passava de um resumo da sua "elegia fundacional". Na *Revista Literária e Comercial* havia uma antologia de seis poetas (Delorme, Sabrina Martin, Ilse von Kraunitz, M. Poul, Antoine Dubacq e Antoine Madrid), cada um representado por um poema, à exceção de Delorme e de Dubacq, com três e dois, respectivamente, e com o rótulo de "Os poetas bárbaros: quando a paixão se torna profissão". Como para confirmar o nível de paixão dos poetas, sob seus nomes e ao lado de fotos curiosas do tipo 3 x 4, entre parênteses, informava-se sua ocupação cotidiana e assim o leitor podia ficar sabendo que Von Kraunitz era auxiliar de enfermagem numa clínica geriátrica de Estrasburgo, que Sabrina Martin prestava serviços domésticos em várias casas de Paris, que M. Poul era açougueiro e que Antoine Madrid e Antoine Dubacq ganhavam a vida como jornaleiros em suas respectivas bancas. Sobre Xavier Rouberg, o João Batista dos escritores bárbaros, Padilla dizia ter feito algumas averiguações: tinha oitenta e seis anos, um passado cheio de lacunas, esteve na Indochina, em certa época editou livros de pornografia, teve veleidades surrealistas (foi amigo de Dalí, sobre o qual escreveu um livrinho sem importância: *Dalí contra e a favor do mundo*), comunistas, fascistas. Ao contrário dos bárbaros, Rouberg era de família abastada e tinha estudos universitários. Tudo parecia indicar que os bárbaros eram o último cartucho que Xavier Rouberg queimava. A carta terminava, como quase todas as de Padilla, de forma abrupta. Nem um adeus, nem um até logo. Amalfitano leu-a em seu cubículo da faculdade, progressivamente achando graça e assustado. Por um momento pensou que Padilla falava sério, que existia aquele grupo literário e, horror, que Padilla participava dele ou estava disposto a comungar com seus interesses. Depois pensou que não, que nem o grupo existia nem muito menos as revistas (*Revista Literária e Comercial dos Fruteiros do Poitou*!), que possivelmente tudo fazia parte de *O deus dos homossexuais*. Mais tarde, ao acabar uma aula, voltou a pensar na carta de Padilla e teve uma certeza: se Delorme e os escritores bárbaros eram personagens do romance de Padilla, Padilla devia estar péssimo. Naquela noite, enquanto passeava com Castillo e com um amigo deste pela avenida mais arborizada e ao mesmo tempo mais escura de Santa Teresa, tentou ligar para ele de um telefone público. Castillo e seu amigo trocaram por moedas numa carrocinha de tacos uma nota de Amalfitano e acrescentaram, além destas, todas as moedas que encontraram no bolso. Mas ninguém atendeu em Barcelona. Acabou deixando de insistir e tratou de se convencer de que não havia nada. Voltou para casa mais tarde que de costume. Rosa estava acordada, no quarto, vendo um filme. Deu boa-noite a ela sem abrir a porta e ato contínuo instalou-se à sua escrivaninha e escreveu uma carta a Padilla. Querido Joan, dizia, querido Joan, querido Joan, querido Joan, como sinto sua falta, como sou feliz e infeliz, que maravilha de vida, que misteriosa, quantas vozes podemos ouvir ao longo de um dia ou de uma vida, e que bonita é a lembrança da sua voz. Etc. Terminava afirmando que tinha gostado muito da história de Delorme, dos escritores bárbaros e daquelas revistas, mas que na ideia (ideia infundada e boba, sem dúvida) que tinha feito de *O deus dos homossexuais* não figurava nenhuma escola literária *francesa*. Você tem de me contar mais do seu romance, dizia, mas também tem de me contar da sua saúde, da sua situação econômica e dos seus estados de espírito. Despedia-se rogando que não deixasse de escrever. Não teve de esperar muito, no dia seguinte chegou outra carta de Padilla.

11.

Como já vinha sendo habitual, Padilla não esperou a resposta de Amalfitano para enviar outra carta. Parecia que, depois de pôr a carta no correio, um prurido de rigor e exatidão o impulsionava a escrever de imediato uma série de explicações, dados, fontes consultadas que esclarecesse um pouco mais a missiva já postada. Desta vez Amalfitano encontrou, perfeitamente dobradas, as fotocópias das capas da *Gazeta Literária*, do *Magazine Literário*, da *Revista dos Vigias Noturnos* e da *Revista Literária e Comercial da Associação de Fruteiros*. Também: fotocópias dos artigos citados e dos poemas e narrativas dos escritores bárbaros que, depois de um exame sumário, lhe pareceram horríveis: uma mistura de Claudel e Maurice Chevalier, de enigma policial e de redação de primeira aula de oficina criativa. Mais interessantes eram as fotos (publicadas na *Revista Literária e Comercial*, que aliás parecia impressa por profissionais, ao contrário do *Magazine* e da *Gazeta*, certamente de responsabilidade dos próprios bárbaros, para não falar da *Revista dos Vigias Noturnos*, mimeografada à maneira dos anos 1960 e cheia de palavras riscadas, apagadas e erros de ortografia). As caras de Delorme e da sua turma tinham alguma coisa que chamava a atenção imperceptivelmente: em primeiro lugar, todos olhavam fixo para a câmera e portanto para os olhos de Amalfitano e de qualquer leitor; em segundo, todos, sem exceção, pareciam autoconfiantes e seguros, principalmente seguros, no extremo oposto do ridículo e da hesitação, coisa que, pensando bem, talvez não fosse incomum em se tratando de literatos franceses, mas que, apesar de tudo, saíam do comum (não esqueçamos que eram movidos pela paixão, embora talvez exatamente por ser movidos pela paixão, pensou Amalfitano, estivessem além de qualquer possível mal-estar, rubor ou o que fosse, no limbo dos inocentes); em terceiro, a diferença de idade era, mais que evidente, inquietante: entre Delorme, que aparentava seus bem vividos sessenta anos, e Antoine Madrid, que certamente ainda não chegara aos vinte e dois, que nexo, que dirá vínculo de "escola literária", podia existir? Os rostos, exceto pela expressão de segurança, se dividiam entre os *abertos* (Sabrina Martin, que parecia rondar os trinta, e Antoine Madrid, embora este também tivesse um arzinho de bonitão reservado, daqueles que costumam manter distância), os *fechados* (Antoine Dubacq, um careca de óculos grandes que devia andar pelos quarenta e muitos, e Von Kraunitz, que podia ter quarenta ou sessenta indistintamente) e os *misteriosos* (M. Poul, quase uma caveira, rosto fusiforme, cabelo escovinha, nariz comprido e ossudo, orelhas grudadas no crânio, pomo de adão pronunciado e muito provavelmente olhos saltados, uns cinquenta anos, e Delorme evidentemente o chefe, o Breton desse proletariado escrevinhador, como Padilla o definia). Não fossem as notas de Rouberg, Amalfitano os teria tomado por participantes avançados — talvez mais voluntariosos que avançados — de uma oficina literária de algum bairro operário do subúrbio. Mas não: eles escreviam fazia muito tempo, reuniam-se com periodicidade, tinham um molde comum de escrita, técnicas comuns, um estilo (que Amalfitano não percebeu), metas. A informação sobre Rouberg provinha do nº 1 da *Revista Literária e Comercial* da qual, ao que parece, embora sem figurar no expediente, era o redator-chefe. Não era difícil imaginar o velho Rouberg, sob o estigma de sabe-se lá que pecados, recluso, mas só espiritualmente, no Poitou. As revistas, claro, procedem da coleção de Raguenau, a quem chegam mensalmente exemplares de todos os cantos do mundo. No entanto, acrescentava Padilla, perguntado sobre as quatro revistas em questão e sobre a coleção completa (números 1 a 5) do órgão dos fruteiros, Raguenau admitiu — diante de Padilla e do seu sobrinho Adrià, que está informatizando sua biblioteca e que Padilla ajuda, dia sim, dia não — não ter assinatura de nenhuma delas. Como puderam então chegar às suas mãos? Raguenau não lembrava, mas adiantou uma hipótese: que as comprara num sebo ou numa feirinha de revistas durante sua última viagem a Paris. Padilla reconhecia que por várias horas submeteu Raguenau a um interrogatório bastante duro antes de chegar à conclusão da sua inocência, provavelmente o que o atraiu nas revistas foi seu ar kitsch. Não obstante, era muito estranho que em todas houvesse informação sobre os escritores bárbaros e que Raguenau as houvesse comprado por acaso. Padilla sugeria outra hipótese: que Raguenau as adquirira numa banca ambulante dos próprios escritores bárbaros, confundida em meio às outras bancas da feirinha de revistas. Pois bem, o interessante, o *verdadeiramente* interessante nesse assunto era que Padilla (memória prodigiosa, pensou Amalfitano cada vez mais intrigado) já tivera referências desse Delorme. Arcimboldi o citava numa velha entrevista de 1970 que saiu numa revista barcelonesa em 1991, e Albert Derville o mencionava num ensaio sobre Arcimboldi que pertencia a um livro sobre a narrativa francesa dos últimos anos. Na entrevista, Arcimboldi se refere a ele como "um tal de Delorme, autodidata e incrível, que escrevia contos perto de onde eu morava".

Mais adiante explicava que Delorme foi porteiro do edifício onde morou nos primeiros anos da década de 1960. O contexto em que se referia a ele era o do medo. Medo, sustos, assaltos, surpresas etc. Derville o menciona numa lista de escritores bizarros que Arcimboldi lhe dera pouco antes da publicação de *O bibliotecário*. Segundo Derville, Arcimboldi confessou que chegara a ter medo de Delorme, a quem atribuía a prática de satanismo, magias e missas negras no reduzido espaço da portaria, meio com o qual esperava melhorar seu francês escrito e seu ritmo narrativo. E isso era tudo. Padilla prometia procurar mais e que logo daria notícias. O desaparecimento de Arcimboldi estaria relacionado com os escritores bárbaros? Não sabia, mas continuaria investigando.

12.

Naquela noite, depois de reler a carta pela quarta ou quinta vez, Amalfitano não conseguiu mais ficar em casa. Pôs um casaco e saiu para caminhar. Seus passos o levaram para o centro da cidade e, depois de vagar pela praça onde se davam as costas a estátua do General Sepúlveda e o conjunto escultórico que comemorava a vitória do povo de Santa Teresa sobre os franceses, entrou num bairro que, apesar de estar a duas ruas do centro, reunia — e exibia — todos os estigmas, todas as marcas da pobreza, da sordidez e do perigo. A zona vermelha.

O nome divertia Amalfitano com um misto de ternura amarga; ele também, ao longo da vida, havia conhecido zonas vermelhas. Os bairros operários, os cinturões industriais, primeiro, os campos libertados pela guerrilha, depois. Chamar de zona vermelha um bairro de putas, no entanto, lhe parecia uma feliz designação, e ele se perguntou se aquelas remotas zonas vermelhas da sua juventude também não eram enormes bairros de putas camuflados pela Retórica e a Dialética. Campos de putas invisíveis, resplendor de cafetões e tiras, todo o nosso esforço, nosso longo motim carcerário.

De repente sentiu-se triste e também faminto. Contrariando as advertências e prevenções de caráter gastrointestinal parou junto de um carrinho, na esquina da avenida Guerrero com a General Mina, e comprou um sanduíche de presunto e uma *agua de jamaica*, que, em sua imaginação ardente, era como o néctar de jasmim ou o suco de flores de pêssego da China da sua infância. Que puta sábios, que delicados esses mexicanos, pensou enquanto saboreava um dos melhores sanduíches da sua vida: entre pão e pão, creme, pasta de feijão preto, abacate, alface, tomate, três ou quatro tiras de chile *chipotle* e uma rodela fina de presunto, o elemento que dava nome ao sanduíche e ao mesmo tempo o menos importante dele. Como uma lição de filosofia. Filosofia chinesa, claro!, pensou. O que o levou a recordar aqueles versos do *Tao Te King*: "Sua identidade é o mistério./ E nesse mistério/ se encontra a porta de toda maravilha". Qual era a identidade de Padilla?, pensou, afastando-se do carrinho em direção a um grande letreiro luminoso na metade da rua Mina. O mistério, a maravilha de ser jovem e não ter medo e de repente ter. Mas Padilla tinha medo mesmo? Ou as manifestações que Amalfitano dava por tal eram sinal de outra coisa? O letreiro, em grandes letras vermelhas, anunciava a cantora de rancheiras Coral Vidal, uma sessão de striptease comunicativo e o célebre mágico Alexander. Sob a marquise, entre um formigueiro de gente insone, vendiam cigarros, drogas, frutas secas, revistas e jornais de Santa Teresa, Cidade do México, Califórnia e Texas. Enquanto comprava um jornal do DF, qualquer um, disse ao jornaleiro, o *Excélsior*, um menino puxou-o pela manga.

Amalfitano se virou. Era um menino moreno, magro, de uns onze anos, vestia uma blusa de moletom amarela com o emblema da Universidade de Wisconsin e short esportivo. Venha, me siga, senhor, insistiu o menino em face da resistência inicial de Amalfitano. Algumas pessoas tinham parado e olhavam para os dois. Por fim, Amalfitano decidiu obedecê-lo. O menino enveredou por uma transversal cheia de cortiços que pareciam a ponto de desabar. As calçadas estavam repletas de carros mal estacionados ou, a julgar por seu estado lamentável, abandonados por seus donos. De dentro de algumas casas chegava uma zoada de televisões a todo volume e de vozes iradas. Amalfitano contou até três letreiros com o nome das pensões. Achou-os pitorescos, mas não tanto quanto o do cartaz da rua Mina. O que podia significar striptease *comunicativo*? Que os espectadores também tiravam a roupa, ou que a stripteaser anunciava a viva voz as roupas que ia tirar?

De repente a rua ficou em silêncio, como que recolhida dentro de si mesma. O menino parou entre dois carros particularmente desmantelados e olhou Amalfitano nos olhos. Este, por fim, entendeu e recusou com a cabeça. Depois forçou um sorriso e disse não, não. Puxou uma nota do bolso e pôs na mão do garoto. O menino pegou a nota e enfiou-a no tênis. Ao se agachar, Amalfitano acreditou que um raio de lua iluminava suas costas ossudas e pequeninas. Seus olhos se encheram de lágrimas. *Sua identidade é o mistério*, recordou. E agora é para fazer o quê, perguntou o menino. Agora você vai para casa dormir, disse Amalfitano, e na mesma hora se deu conta da idiotice do seu pito. Enquanto saíam, desta vez andando um ao lado do outro, enfiou a mão no bolso e lhe deu mais dinheiro. Cara, obrigado, disse o menino. Para você jantar esta semana, disse Amalfitano com um suspiro.

Antes de sair da rua, ouviram gemidos. Amalfitano se deteve. Não é nada, disse o menino, vem dali, da Chorona. A mão do menino apontou para o saguão de uma casa em ruínas. Amalfitano se aproximou com passos hesitantes. Na escuridão da entrada os gemidos se repetiram. Procediam do alto, de um dos andares de cima. O menino estava a seu lado e lhe indicava o lugar, Amalfitano deu uns poucos passos na escuridão mas não se atreveu a prosseguir. Ao voltar viu o menino de pé, equilibrando-se num monte de entulho. É a louca da rua, que está morrendo de Aids, disse olhando distraidamente para os andares de cima. Amalfitano não fez nenhum comentário. Na rua Mina os dois se separaram.

13.

Uma semana depois, Amalfitano voltou com Castillo à rua onde ouvira os gemidos. Encontrou sem dificuldade a casa: à luz do dia não lhe pareceu tão terrível como naquela noite. No saguão alguém havia tentado construir uma barricada. Não obstante, o interior se encontrava num estado ligeiramente melhor, embora as janelas não tivessem vidros e os corredores fossem uma sucessão de caliça e buracos.

Devemos entrar?, perguntou Castillo com cara de nojo. Amalfitano não respondeu e pôs-se a inspecionar a casa. Num quarto do segundo andar encontrou um colchão e um par de cobertores sujos. É aqui, suba, ele chamou Castillo. Num canto havia uma espécie de fogão improvisado com tijolos e acima dele, cavado na parede, um nicho rudimentar contendo uma panela, uma tábua de cozinha, duas colheres de sopa e um copo de plástico. Aos pés do colchão, no assoalho, mas relativamente bem cuidadas, um lote de revistas de cinema. Das mais populares às de arte e ensaio, estas em inglês mas cheias de fotos. A arrumação do colchão, do nicho e das revistas delatava uma ordem sutil e desesperada que se distanciava e preservava do caos e da ruína o resto da casa.

Amalfitano se pôs de joelhos para examinar melhor os objetos. É como ler a carta de um agonizante, disse terminado o estudo. Castillo, encostado no batente da porta, encolheu os ombros. O que diz a carta?, perguntou sem muita vontade. Não entendo, está escrita em outro idioma, mas por momentos creio reconhecer algumas palavras. Castillo riu. Que palavras: amor, solidão, desespero, raiva, tristeza, imaginação? Não, disse Amalfitano, nenhuma dessas. A palavra que encontrei me deu calafrios porque eu nunca tinha imaginado que ia encontrá-la precisamente aqui. Que palavra é essa, vamos, deixe de mistérios. Ilusão, disse Amalfitano, mas tão devagar que Castillo não ouviu direito. Ilusão, repetiu Amalfitano. Ah, essa palavra, disse Castillo, e instantes depois acrescentou: não tenho a menor ideia de onde você a vê, aqui tem muito mais imundice que ilusão. Amalfitano olhou fixamente para Castillo (Padilla teria entendido) e sorriu. Castillo devolveu o sorriso, quando você fica assim, quando você sorri assim, falou, parece Cristopher Walken. Amalfitano olhou para ele agradecido (sabia muito bem que não se parecia nem um pouco com Cristopher Walken, mas era agradável ouvir lhe dizerem) e continuou fuçando no quarto. De repente deu-lhe na telha levantar o colchão. Debaixo, como posta ali para ser passada, encontrou uma camisa havaiana. A camisa tinha fundo verde e palmeiras ondulantes e ondas azuis coroadas de espuma alvíssima e carros conversíveis vermelhos e hotéis brancos e amarelo pastel e turistas vestindo camisas havaianas idênticas à Grande Camisa Havaiana, com palmeiras ondulantes e ondas azuis e conversíveis vermelhos como num jogo de espelhos repetido até o infinito. Não, até o infinito, não, pensou Amalfitano, numa das repetições, numa das imersões, os turistas estariam estampados sem sorrisos e com camisas pretas. As imagens da camisa saltaram do chão para o lombo do espírito conturbado de Amalfitano. O cheiro de podre que sem aviso prévio invadiu o quarto obrigou-o a tapar o nariz e em seguida deu-lhe ânsias de vômito. A camisa estava podre. Da porta, Castillo fez uma careta de asco. Morreu alguém aqui, disse Amalfitano. Onde está o cadáver, Sherlock Holmes?, perguntou Castillo. No necrotério, certamente. Ah, que negativo você é às vezes, suspirou Castillo.

Quando saíram, o sol começava a descer atrás dos tetos eriçados de antenas. Estas, bicudas, pareciam incrustar-se na barriga das nuvens baixas. Na rua Mina, o teatro Carlota apresentava o mesmo espetáculo. Amalfitano e Castillo pararam debaixo da marquise e ficaram lendo o cartaz um bom tempo enquanto por cima deles passava uma grande nuvem. Naquele momento a bilheteria se abriu. Eu te convido, disse Amalfitano. Para ver o strip-tease comunicativo?, sorriu Castillo. Venha comigo, quero ver, disse Amalfitano rindo também, se não gostarmos saímos. Está bem, disse Castillo.

14.

A função no teatro Carlota começava às oito e prosseguia, em sessão contínua, até as duas da madrugada, mas o horário de fechamento costumava experimentar variações dependendo da afluência do público e do ânimo dos artistas. Se um espectador chegava às oito, podia ver o show várias vezes com o mesmo ingresso ou dormir até que o lanterninha o despejasse, já de madrugada, coisa que costumavam fazer os camponeses de passagem por Santa Teresa que se chateavam nas pensões ou, mais comumente, os cafetões das putas que trabalhavam na rua Mina. Os que iam se distrair com o espetáculo sentavam em geral na plateia. Os que iam dormir ou fazer negócios se acomodavam no balcão. Ali as poltronas estavam menos deterioradas que embaixo e a iluminação era mais fraca, de fato a maior parte do tempo o balcão ficava imerso numa penumbra impenetrável, pelo menos dos assentos da plateia, interrompida unicamente quando o iluminador de algum número dançante manejava os refletores de forma um tanto caótica. Então os fachos de luz vermelha, azul e verde iluminavam corpos de homens adormecidos, casais entrelaçados e rodas de cafifas e ladrões pés de chinelo comentando as incidências do entardecer e do anoitecer. Embaixo, na plateia, o ambiente era radicalmente distinto. As pessoas iam se divertir e chegavam procurando os melhores lugares, os mais próximos do palco, carregadas de latas de cerveja e sortidas de sanduíches e espigas de milho, que comiam, previamente besuntadas de manteiga ou creme e salpicadas de chile ou queijo, espetadas num palito. Embora o espetáculo fosse teoricamente para maiores de dezesseis anos, não era raro ver casais chegarem acompanhados dos seus filhos pequenos. As crianças, segundo o critério da bilheteira, ainda não eram grandes o bastante para que o show pudesse afetá-las em sua integridade moral, e seus pais, por não terem babá, não tinham por que perder o milagre da voz rancheira de Coral Vidal. A única coisa que se pedia — a elas e seus progenitores — era que não corressem muito pelos corredores durante os números artísticos.

Naquela temporada as estrelas eram Coral Vidal e o famoso e velho mágico Alexander. O striptease comunicativo, que foi o que levou Amalfitano ao teatro Carlota, era, de fato, um número de aparência nova, pelo menos teoricamente, fruto da invenção do coreógrafo e primo-irmão do dono e empresário do teatro Carlota. Mas na prática não funcionava, coisa que seu criador se negava a admitir. Consistia em algo bastante simples. As stripteasers saíam completamente vestidas e levando também um jogo extra de roupas, que depois de muito pelejar e porfiar enfiavam por cima da roupa de um voluntário reticente. Depois começavam a tirar a roupa enquanto o espectador que tinha se prestado ao número era convidado a fazer o mesmo. A coisa acabava quando as artistas ficavam nuas em pelo e o voluntário por fim conseguia se desfazer, desajeitada e, às vezes, violentamente, das suas ridículas túnicas e roupagens.

Era tudo, e se o famoso mágico Alexander não houvesse aparecido subitamente, quase sem transição e nenhuma apresentação, Amalfitano e Castillo teriam ido embora decepcionados. Mas o mágico Alexander era outra coisa e houve algo em sua maneira de entrar no palco, em sua forma de se movimentar e na maneira como olhou para os espectadores da plateia e do balcão (um olhar de velho melancólico, mas também um olhar de velho com visão de raio X que compreendia e aceitava igualmente os entendidos em prestidigitação, os casais de operários com filhos e os cafetões que traçavam desesperançadas estratégias de longo prazo) que fez com que Amalfitano se mantivesse colado na poltrona.

Bom dia, disse o mágico Alexander. Bom dia e boa noite, amável público. Da sua mão esquerda brotou uma lua de papel, de uns trinta centímetros de diâmetro, branca com estrias cinzentas, que começou a se elevar, sozinha, até ficar a mais de dois metros da sua cabeça. Pelo sotaque, Amalfitano percebeu rapidamente que não era mexicano nem latino-americano ou espanhol. O globo, então, estourou no ar e de dentro dele caíram flores brancas, cravos brancos. O público, que parecia conhecer o mágico Alexander de outras apresentações e gostar dele, aplaudiu generosamente. Amalfitano também quis aplaudir, mas então as flores pararam no ar e, depois de uma breve pausa em que permaneceram paradas e trêmulas, se reordenaram formando um círculo de um metro e meio de diâmetro ao redor da cintura do velho. A colheita de aplausos foi maior ainda. E agora, distinto e respeitável público, vamos jogar um pouco de baralho. Sim, o mágico era estrangeiro e de outra língua, mas de onde, pensou Amalfitano, e como veio parar nesta cidade perdida, bom como é. Vai ver que é texano, pensou.

O truque das cartas não era nada espetacular, mas conseguiu interessar a Amalfitano de uma forma estranha, que nem mesmo ele compreendia. Em seu interesse havia expectativa mas também medo. O mágico Alexander, no início, dissertava do alto do palco, com um baralho que de repente aparecia em sua mão direita bem como na esquerda, sobre as virtudes do bom jogador de cartas e sobre os perigos sem conta que os espreitavam. Um baralho, salta à vista, dizia ele, pode levar um trabalhador honrado à ruína, à indignidade e à morte. As mulheres, leva à perdição, vocês entenderam, não é?, dizia, piscando o olho mas sem perder o ar solene. Parecia, pensou Amalfitano, um pastor de tevê, porém o mais curioso é que as pessoas o escutavam interessadas. Mesmo lá em cima, no balcão, alguns rostos sinistros e sonolentos assomavam para acompanhar melhor as evoluções do mágico. Este se movimentava cada vez mais resoluto, primeiro no palco, depois pelos corredores da plateia, sempre falando das cartas, da nêmesis das cartas, do grande sono solitário do baralho, dos mudos e dos charlatães, com aquele sotaque que não era, definitivamente, texano, enquanto os olhos dos espectadores o seguiam em silêncio, sem compreender, supôs Amalfitano (ele também não entendia e talvez não houvesse nada a entender), o sentido da peroração do velho. Até que de repente parou no meio de um dos corredores e disse chega, vamos começar, não vou mais abusar da paciência de vocês, vamos começar.

O que aconteceu em seguida deixou Amalfitano boquiaberto. O mágico Alexander se aproximou de um espectador e pediu-lhe que procurasse no bolso da calça. O espectador fez o que ele pediu e, ao sair, sua mão trazia uma carta. De imediato o mágico instou outra pessoa da mesma fila, porém muito mais distante, a que fizesse a mesma coisa. Outra carta. E depois outra, em outra fila, e todas as cartas iam formando, acompanhadas em coro pelas vozes dos espectadores, uma sequência real de copas. Quando só faltavam duas cartas, o mágico olhou para Amalfitano e pediu que procurasse na carteira. Ele está a mais de três metros, pensou Amalfitano, se houver truque deve ser muito bom. Em sua carteira, entre uma foto de Rosa aos dez anos e um papel amarelado e amarrotado, encontrou a carta. Que carta é, senhor?, perguntou o mágico olhando fixamente para ele e com aquele sotaque tão peculiar que Amalfitano tinha dificuldade de identificar. A dama de copas, disse Amalfitano. O mágico sorriu como seu pai teria sorrido. Perfeito, senhor, obrigado, disse, e antes de lhe dar as costas piscou o olho. Era um olho nem grande nem pequeno, castanho com manchas verdes. Depois avançou com passo seguro, dir-se-ia triunfal, até a fila onde duas crianças dormiam no colo dos pais. Faça o favor de descalçar seu filhinho, falou. O pai, um sujeito magro e musculoso, de sorriso amável, descalçou o menino. No sapato, a carta. As lágrimas escorreram dos olhos de Amalfitano e os dedos de Castillo roçaram com delicadeza sua face. O rei de copas, disse o pai. O mágico assentiu com a cabeça. E agora o sapato da menina, disse. O pai descalçou a menina e mostrou no ar outra carta, para que todo mundo visse. Que carta é, senhor, conseguiu ver? O curinga, disse o pai.

15.

Amalfitano tinha frequentes pesadelos. O sonho (em que Edith Lieberman e Padilla tomavam o lanche das cinco chileno, com chá, pão *colisa* e abacate, geleia de tomate feita por sua mãe, broa de trigo e manteiga caseira de uma cor quase de folha de papel Ingres-Fabriano) se iniciava e cedia vez ao pesadelo. Ali, naquelas solidões, Che Guevara andava para cima e para baixo num corredor na penumbra e ao fundo umas geleiras enormes e adiamantadas se moviam, rangiam e pareciam gemer como o parto da história. Por que traduzi os elisabetanos e não Isaac Babel ou Boris Pilniak?, Amalfitano se perguntava desconsolado, sem poder sair do pesadelo, mas ainda com pedaços do sonho (para além das geleiras, todo o horizonte distante *era* Edith Lieberman e Padilla tomando o farto lanche das cinco) entre as mãos vazias, apavoradas, quase transparentes. Por que não me insinuei como um ratinho de desenho animado entre os ferros dos prêmios Lênin e dos prêmios Stálin e as Coreanas Colhendo Assinaturas para a Paz e descobri o que devia descobrir, o que só os cegos não enxergavam? Por que não disse os russos os chineses os cubanos estão cagando tudo numa dessas reuniões tão sérias de intelectuais de esquerda? Apoiar os marxistas? Apoiar os párias? Caminhar com a história justo quando a história está em trabalho de parto? Ajudá-la em silêncio a parir no meio do caminho? De alguma maneira, pensava Amalfitano do fundo do pesadelo, com um tom doutoral e uma voz enrouquecida que não era a sua, eu me culpo por crimes não cometidos, masoquista, já em 1967 tinham me expulsado do Partido Comunista Chileno, os camaradas me insultavam e caluniavam, eu não era um rapaz popular. Por que então eu me culpo? Não matei Isaac Babel. Não fodi com a vida de Reinaldo Arenas. Não fiz a Revolução Cultural nem teci loas ao Bando dos Quatro como outros intelectuais latino-americanos. Fui o filho tarado de Rosa Luxemburgo e agora sou uma bicha velha, em ambos os casos objeto de escárnio e mofa. De que me culpo, então? Do meu Gramsci, do meu situacionismo, do meu Kropotkin que Oscar Wilde listava entre os melhores homens da terra? De ter visto as Coreanas Colhendo Assinaturas para a Paz e não tê-las apedrejado? (Eu as teria enrabado, pensava Amalfitano lá do redemoinho das suas geleiras, teria metido uma a uma no cu dessas falsas coreanas até ver o que havia por trás: Ucranianas Colhendo Trigo para a Paz, Húngaras Colhendo Transeuntes para a Paz, Cubanas Colhendo Mariscos num Entardecer Latino-americano sem Remissão.) Assim, pois, de que sou culpado? De ter amado e continuar amando, não, amando não, tendo saudade, sentindo falta da conversa com meus amigos que entraram para a guerrilha porque nunca deixaram de ser crianças e acreditaram num sonho e porque eram machos latino-americanos de verdade e morreram? (E o que dizem a esse respeito suas mães, suas viúvas?) Morreram como ratos? Morreram como soldados das Guerras de Independência? Morreram torturados, com um tiro na nuca, jogados no mar, enterrados em cemitérios clandestinos? Seu sonho era o sonho de

Neruda, dos burocratas do Partido, dos oportunistas? Mistério, mistério, dizia-se Amalfitano no fundo do pesadelo. E pensava: algum dia Neruda e Octavio Paz se darão as mãos. Mais cedo ou mais tarde Paz arrumará um cantinho no Olimpo para Neruda. Mas nós sempre ficaremos fora. Longe de Octavio Paz e de Neruda. Ali, pensava Amalfitano como um louco, procure ali, cave ali, ali há rastros de verdade. Na Grande Intempérie. E também se dizia: com os párias, com os que não têm absolutamente nada a perder você achará, se não a razão, a fodida justificativa, e, se não a justificativa, o canto, apenas um murmúrio (talvez não sejam vozes, talvez seja apenas o vento entre as folhagens), mas indelével.

16.

Na raiz de todos os meus males, pensava às vezes Amalfitano, está minha admiração pelos judeus, os homossexuais e os revolucionários (os revolucionários de verdade, os românticos e os loucos perigosos, não os *aparatchiks* do Partido Comunista do Chile nem seus abjetos brutamontes, ah, esses seres espantosos e cinzentos). Na raiz de todos os meus males, pensava, está minha admiração por alguns drogados (não poetas drogados nem artistas drogados, mas drogados pura e simplesmente, tipos raros de encontrar, tipos que se alimentavam de si mesmos quase literalmente, tipos que eram como um buraco negro ou como um olho negro, sem mãos nem pernas, um olho negro que nunca se abria ou que nunca se fechava, o Testemunho Perdido da Tribo, tipos que pareciam enganchados na droga na mesma medida que a droga parecia enganchada neles). Na raiz de todos os meus males se encontra minha admiração pelos delinquentes, pelas putas, pelos perturbados mentais, pensava Amalfitano com amargura. Quando adolescente, queria ter sido judeu, bolchevique, negro, homossexual, drogado e meio louco, e manco para arrematar, mas só fui professor de literatura. Ainda bem, pensava Amalfitano, que pude ler milhares de livros. Ainda bem que conheci os Poetas e que li os Romances. (Os Poetas, para Amalfitano, eram os seres humanos brilhantes como um relâmpago, e os Romances, as histórias que manavam da fonte do *Quixote*.) Ainda bem que li. Ainda bem que ainda posso ler, dizia a si mesmo, entre cético e esperançoso.

17.

Sobre a velhice, Amalfitano mal pensava. Às vezes se via com uma bengala, percorrendo uma alameda luminosa e gargalhando entre dentes. Outras se via encurralado, sem Rosa, as janelas com as cortinas fechadas e a porta trancada com duas cadeiras. Nós chilenos, pensava, não sabemos envelhecer e em geral caímos no ridículo mais espantoso; não obstante, ridículos e tudo, em nossa velhice há algo de valentia, como se ao nos enrugar e adoecer recuperássemos a coragem da nossa infância temperada no país dos terremotos e maremotos. (Quanto ao mais, o que Amalfitano *sabia* dos chilenos eram apenas suposições, fazia tanto tempo que não os via.)

18.

Durante uma das suas aulas, Amalfitano disse: a poesia moderna latino-americana nasce com dois poemas. O primeiro é "Soliloquio del individuo", de Nicanor Parra, publicado em *Poemas y antipoemas*, Editorial Nascimento, Chile, 1954. O segundo é "Viaje a Nueva York", de Ernesto Cardenal, publicado numa revista do DF em meados dos anos 1970 (creio que em 1974, mas não façam demasiado caso) e que tenho na *Antología* de Ernesto Cardenal da Editorial Laia, Barcelona, 1978. Claro, Cardenal havia escrito antes disso "Hora o", "Salmos", "Homenaje a los indios americanos" e "Coplas a la muerte de Merton", mas é "Viaje a Nova York" que, a meu ver, marca o ponto de inflexão, a bifurcação definitiva do caminho. Ambos os textos, "Soliloquio" e "Viaje", são as duas faces da poesia moderna, o demônio e o anjo, respectivamente (e não esqueçamos, como dado curioso, mas talvez um pouco mais que isso, que em "Viaje" Ernesto Cardenal menciona Nicanor Parra), possivelmente o momento mais lúcido e terrível e a partir do qual o céu escurece e começa a tormenta.

Os que não estiverem de acordo permaneçam sentados esperando dom Horacio Tregua, os que estiverem sigam-me.

19.

NOTAS DE UMA AULA DE LITERATURA CONTEMPORÂNEA: O PAPEL DO POETA

O mais feliz: García Lorca.

O mais atormentado: Celan e, para outros, Trakl, mas havia quem sustentasse que os mais atormentados foram os poetas latino-americanos mortos na luta insurrecional dos anos 1960 e 1970. E quem dissesse: Hart Crane.

O mais bonito: Crevel e Félix de Azúa.

O mais gordo: Neruda e Lezama Lima (embora eu tenha me lembrado, mas sem dizer nada, com agradecida corpulência, do corpo de baleia de um poeta panamenho chamado Roberto Fernández, fino leitor e simpaticíssimo amigo).

O banqueiro do espírito: T. S. Eliot.

O mais branco, o banqueiro do alvor: Wallace Stevens.

O senhorzinho no inferno: Cernuda e Gilberto Owen.

O de rugas mais esquisitas: Auden.

O de pior gênio: Salvador Díaz Mirón; para outros, Gabriela Mistral.

O *de pau mais poderoso*: Frank O'Hara.

O *secretário do banqueiro do alvor*: Francis Ponge.

O *que você hospedaria em sua casa por um mês*: Amado Nervo.

O *que você nunca levaria para sua casa*: opiniões diversas e antagônicas: Allen Ginsberg, Octavio Paz, e. e. cummings, Adrian Henri, Seamus Heaney, Gregory Corso, Michel Bulteau, os irmãozinhos Campos, Alejandra Pizarnik, Leopoldo María Panero e seu irmão mais velho, Jaime Sabines, Roberto Fernández Retamar, Mario Benedetti.

O *que você levaria a seu* (,) *leito de morte*: Ernesto Cardenal.

Com quem você gostaria de ir ao cinema: Elizabeth Bishop, Berrigan, Ted Hughes, José Emilio Pacheco.

O *melhor na cozinha*: Coronel Urtecho (mas Amalfitano lembrou e leu para os alunos Pablo de Rokha, e não houve discussão).

O *mais ameno*: Borges e Nicanor Parra. Outros: Richard Brautigan, Gary Snyder.

O *mais lúcido*: Martín Adán.

O *que você não gostaria de ter como professor de literatura*: Charles Olson.

O *que você gostaria de ter como professor de literatura, mas não por muito tempo*: Ezra Pound.

O *que você gostaria de ter como professor de literatura para sempre*: Borges.

O *mais dolente*: Vallejo, Pavese.

O *que você levaria a seu leito de morte depois de Ernesto Cardenal ir embora*: William Carlos Williams.

O *mais vital*: Violeta Parra, Alfonsina Storni (embora Amalfitano tenha observado que ambas se suicidaram), Dario Bellezza.

O *mais razoavelmente vivo*: Emily Dickinson e Cavafis (embora Amalfitano tenha observado que de acordo com os cânones vigentes ambos foram uns fracassados).

O *mais elegante*: Tablada.

O que melhor interpretaria o gângster em Hollywood: Antonin Artaud.

O que melhor interpretaria o gângster em Nova York: Kenneth Patchen.

O que melhor interpretaria o gângster em Medellín: Álvaro Mutis.

O que melhor interpretaria o gângster em Hong Kong: Robert Lowell (aplausos), Pere Gimferrer.

O que melhor interpretaria o gângster em Miami: Vicente Huidobro.

O que melhor interpretaria o gângster na Cidade do México: Renato Leduc.

O mais indolente: Daniel Biga; para outros, Oquendo de Amat.

O melhor mascarado: Salvador Novo.

O mais nervoso: Roque Dalton. Também: Diane di Prima, Pasolini, Enrique Lihn.

O melhor companheiro de porres: citaram-se uns quarenta nomes, entre eles o de Cintio Vitier, Oliverio Girondo, Nicolas Born, Jacques Prévert e Mark Strand, que segundo afirmaram era perito em artes marciais.

O pior companheiro de porres: Maiakóvski e Orlando Guillén.

O que dança sem se alterar com a morte americana: Macedonio Fernández.

O mais nosso, o mais mexicano: Ramón López Velarde e Efraín Huerta. Outras opiniões: Maples Arce, Enrique González Martínez, Alfonso Reyes, Carlos Pellicer, o queridinho Villaurrutia, Octavio Paz, é claro, e a autora de *Rincones románticos* (1992), de cujo nome ninguém conseguiu lembrar.

QUESTIONÁRIO

Pergunta: Por que você hospedaria Amado Nervo em sua casa?

Resposta: Porque ele era bom, prestativo e habilidoso, dos que ajudam a pôr a mesa, a lavar os pratos. Com certeza não se negaria a varrer o chão — embora eu não fosse querer que fizesse isso. Veria os seriados da tevê comigo, depois os comentaria, escutaria minhas penas, nunca deturparia uma coisa: sempre teria a palavra justa, ponderada, o coração tranquilo para enfrentar qualquer problema, se ocorresse uma desgraça, um terremoto, uma guerra civil, um acidente nuclear, ele não sairia disparado como um rato nem ficaria histérico, me ajudaria a fazer as malas, se preocuparia com as crianças, que não saíssem correndo amedrontadas ou achando graça e se perdessem, sempre tranquilo, sempre com a cabeça no lugar, mas sobretudo sempre fiel à palavra dada, ao gesto definitivo que se espera dele.

LEITURAS

Poemas de Amado Nervo (*Los jardines interiores*; *En voz baja*; *Elevación*; *Perlas negras*; *Serenidad*; *La amada inmóvil*). Laurence Sterne, *Viaje sentimental* (coleção Austral, Espasa Calpe). Matsuo Basho, *Senda hacia tierras hondas* (Hiperión).

20.

Padilla, lembrava-se Amalfitano, dentre todos os costumes defendia o de fumar. A única coisa que um dia irmanou os catalães e os castelhanos, os asturianos e os andaluzes, os bascos e os valencianos foi a arte, a atroz circunstância de fumar em companhia. De acordo com Padilla não existia na língua espanhola frase mais bonita que a usada para pedir fogo. Frase formosa, frase serena, como para ser dita a Prometeu, cheia de coragem e de humilde cumplicidade. Quando um habitante da península dizia "me dá fogo?", um jorro de lava ou de saliva se punha de novo a fluir no milagre da comunicação e da solidão. Porque para Padilla o ato compartilhado de fumar era basicamente uma encenação da solidão: os mais duros, os mais sociáveis, os esquecidiços e os memoriosos submergiam por um instante, o que o fumo demorava para queimar, num tempo parado e que ao mesmo tempo congregava todos os tempos possíveis da Espanha, toda a crueldade e todos os sonhos desfeitos, e sem surpresa se reconheciam naquela "noite da alma" e se abraçavam. As volutas de fumaça eram o abraço. No reino dos celtas e dos bisontes, no reino dos Ducados e dos Rex, viviam de verdade seus compatriotas. O resto: confusão, gritos, de vez em quando omelete de batata. E sobre as renovadas advertências das Autoridades Sanitárias: caca. Embora cada dia, conforme constatava, as pessoas fumassem menos, embora cada dia mais fumantes passassem ao tabaco Virgínia ou *extralight*: ele próprio não fumava mais Ducados como em sua adolescência, mas Camel sem filtro.

Não era estranho, dizia, que oferecessem um cigarro aos condenados antes da execução. Piedade popular, um cigarro era mais importante que as palavras e o perdão do padre. Embora não oferecessem nada aos executados na cadeira elétrica ou na câmara de gás: o costume era latino, hispânico. E sobre isso podia se estender numa infinidade de histórias. A que Amalfitano recordava mais vivamente, a que lhe parecia mais significativa e, sob certo aspecto, premonitória, pois tratava do México e de um mexicano e ele finalmente havia ido parar no México, era a de um coronel da Revolução que por má estrela terminou seus dias diante de um pelotão de fuzilamento. O coronel pediu como último desejo um charuto. O comandante do pelotão de fuzilamento, que devia ser um bom homem, concedeu-o. O coronel pegou um dos seus charutos e pôs-se a fumá-lo sem entabular conversa com ninguém, contemplando a exígua paisagem. Ao acabar, a cinza ainda estava presa ao charuto. Sua mão não havia tremido, o fuzilamento podia ser executado. Esse deve ser um dos santos dos fumantes, disse Padilla. E a história falava do quê, do pulso de ferro do coronel ou do efeito balsâmico, da comunhão do fumo? Isso, recordou Amalfitano, Padilla não sabia ao certo nem lhe interessava saber.

21.

Às vezes Amalfitano se punha a meditar acerca da sua relativamente recente homossexualidade e procurava apoios e exemplos literários para seu consolo. O único que lhe vinha à cabeça era o de Thomas Mann e aquela espécie de borboletear lânguido e inocente de que sofreu na velhice. Mas ele não era tão velho, pensava, e além do mais Thomas Mann provavelmente já estava gagá na época, o que não era seu caso. Em alguns romancistas espanhóis que já tendo passado dos trinta inesperadamente se descobriram bichas também não encontrava consolo: quase todos eram uns boiolas tão patrioteiros que quando pensava neles chegava a ficar deprimido. Às vezes se lembrava de Rimbaud e fazia analogias contortas: em "Coração roubado", onde alguns críticos viam o relato pormenorizado do estupro de Rimbaud por um grupo de soldados quando ele se dirigia a Paris para se unir ao sonho da Comuna, Amalfitano, interpretando um texto a que se podiam dar muitas interpretações, via o fim da sua heterossexualidade afogada na ausência de algo que ele não sabia precisar, uma mulher, uma heroína, uma supermulher. E às vezes não só pensava no poema de Rimbaud como o recitava em voz alta, gosto que tanto Amalfitano como Rosa haviam herdado de Edith Lieberman:

Mon triste coeur bave à la poupe,
Mon coeur couvert de caporal:
Ils y lancent des jets de soupe,
Mon triste coeur bave à la poupe:
Sous les quolibets de la troupe
Qui pousse un rire général,
Mon triste coeur bave à la poupe,
Mon coeur couvert de caporal!

Ithyphalliques et pioupiesques
Leurs quolibets l'ont dépravé!
Au gouvernail on voit des fresques
Ithyphalliques et pioupiesques.
Ô flots abracadabrantesques,
Prenez mon coeur, qu'il soit lavé!
Ithyphalliques et pioupiesques
Leurs quolibets l'ont dépravé!

Quand ils auront tari leurs chiques,
Comment agir, ô coeur volé?
Ce seront des hoquets bachiques
Quand ils auront tari leurs chiques:
J'aurai des sursauts stomachiques,
Moi, si mon coeur est ravalé:
Quand ils auront tari leurs chiques
*Comment agir, ô coeur volé?**

* Meu triste coração baba na popa, / meu coração coberto de caporal:

Tudo estava claro, pensava Amalfitano então, o poeta adolescente degradado pela soldadesca justo quando se dirigia, a pé, ao encontro da Quimera, e como Rimbaud era forte!, pensava Amalfitano já renunciando a qualquer consolo, emocionado e admirado em partes iguais, para escrever quase imediatamente depois o poema, com o pulso firme, as rimas originais, as imagens que oscilavam entre o cômico e o monstruoso...

/ atiram nele jatos de sopa, / meu triste coração baba na popa: / sob os escárnios da tropa / que solta um riso geral, / meu triste coração baba na popa, / meu coração coberto de caporal! // Itifálicos e soldadescos / seus escárnios o depravaram! / Ao timão veem-se afrescos / itifálicos e soldadescos. / Ó jorros abracadabrantescos, / levai e lavai meu coração! / Itifálicos e soldadescos / seus escárnios o depravaram! // Quando não mais tiverem a mascar, / como agir, ó coração roubado? / Serão espasmos báquicos / quando não mais tiverem a mascar: / terei sobressaltos estomáquicos, / se meu coração for aviltado: / quando não mais tiverem a mascar, / como agir, ó coração roubado? [*Caporal* tem duplo sentido em francês: é uma variedade de tabaco, como em português, mas também cabo (patente militar). Duplo sentido semelhante vem pouco depois: *général* é tanto geral (riso geral), como general.] (N. T.)

22.

O que Amalfitano jamais saberia é que o caporal de "*mon coeur couvert de caporal*", o filho da puta que abusou de Rimbaud, tinha sido soldado do exército de Bazaine na aventura mexicana de Maximiliano e Napoleão III.

Em março de 1865, ante a falta total de notícias sobre a sorte da coluna do coronel Libbrecht, o coronel Eydoux, comandante da praça de El Tajo que servia de depósito de víveres para todas as tropas que operavam nessa zona do noroeste mexicano, enviou um destacamento de trinta cavaleiros em direção a Santa Teresa. O destacamento era comandado pelo capitão Laurent e pelos tenentes Rouffanche e González, este último um monarquista mexicano.

O destacamento chegou a Villaviciosa, no segundo dia de marcha, e nunca conseguiu encontrar a coluna de Libbrecht. Todos os homens, exceto o tenente Rouffanche e três soldados que morreram na emboscada sofrida pelos franceses quando comiam na única pensão do povoado, foram feitos prisioneiros, e entre eles havia o futuro caporal, então um recruta de vinte e dois anos. Os prisioneiros, manietados e amordaçados com cordas de cânhamo, foram levados diante daquele que exercia a função de chefe militar de Villaviciosa e de um grupo de notáveis do povoado. O chefe era um mestiço que chamavam indistintamente de Inocencio ou de El Loco. Os notáveis eram camponeses, quase todos descalços, que olharam para os franceses e se afastaram para um canto a fim de parlamentar. Passada meia hora e depois de um breve entendimento entre dois grupos claramente diferenciados, os franceses foram levados para um curral coberto, onde, depois de os despojar de roupas e calçados, um grupo de captores se dedicou a estuprá-los e a torturá-los o resto do dia.

À meia-noite degolaram o capitão Laurent. O tenente González, dois sargentos e sete soldados foram levados para a rua principal e obrigados a jogar um jogo de escape à luz das tochas. Todos morreram, lanceados ou degolados por perseguidores que montavam os próprios cavalos.

Ao amanhecer, o futuro caporal e outros dois soldados conseguiram arrebentar as cordas e fugir campo afora. Só o caporal conseguiu sobreviver. Duas semanas depois, chegou a El Tajo. Foi condecorado e ainda ficou no México até 1867, data em que regressou à França com o exército de Bazaine, que se retirava do México deixando o imperador entregue à própria sorte.

23.

Às vezes Amalfitano se via como o príncipe de Antioquia ou o nostálgico cavaleiro de Tiro, o rei de Tarso ou o senhor de Éfeso, cidades e aventureiros da Idade Média que um dia havia lido ou mal havia lido, com idêntico entusiasmo em todo caso, um senhor cristão e desafortunado em meio a balbúrdias e exílios e confusões sem conta, em companhia de uma filha bonita e de uma aura que o tempo acentuava destroçando-a. Como naquele conto de Alfonso Reyes (Deus o tenha em sua santa glória, pensou Amalfitano, que gostava de verdade dele), intitulado "Fortunas de Apolonio de Tiro", recolhido nos *Retratos reales e imaginarios*. Um rei destronado, pensava, vagando pelas ilhas do Mediterrâneo, que pintara o chamado Michelangelo dos quadrinhos, o criador do Príncipe Valente, aquelas ilhas do paraíso e do inferno em que Valente conheceu Aleta, mas também onde o cavaleiro de Épiro chorou sua perseguição injusta e o vertiginoso vagabundo de Mitilene narrou a história das suas desgraças, esses personagens que, como apontava Reyes, vinham do fundo grego ou romano da memória, e era precisamente aí que estava o lado falso do assunto, o lado inquietante e revelador: o príncipe vagabundo escondia Ulisses e o barão de Tebas de Teseu, embora ambos fossem cavaleiros cristãos e rezassem toda manhã e toda noite. Nessa impostura, Amalfitano descobria zonas desconhecidas do seu caráter. No rei grego que fugia com a filha de mosteiro em mosteiro, de ilha deserta em ilha deserta, como se viajassem para trás, de 1300 a 500 e de 500 ao ano 20 a.C., e assim, cada vez mais a fundo, via a futilidade dos seus esforços, a essencial ingenuidade da sua luta, personagem espúrio de monge escriba. Só me falta ficar cego e Rosa, querida guia, me conduzir de sala de aula em sala de aula, pensava desalentado.

24.

Quando soube que sua filha havia desaparecido em companhia de um negro, sem mais nem menos Amalfitano se lembrou de uma frase de Lugones que lera muitos anos atrás, mas muitos mesmo. As palavras de Lugones eram as seguintes: "é sabido que a juventude constitui a época mais intelectual do macaco, parecido nisso com o negro". Que animal, o Lugones! E depois se lembrou do conto, do argumento do conto de Lugones: um homem, um neurótico, o narrador, se empenha durante anos em ensinar um chimpanzé a falar. Todos os seus esforços são infrutíferos. Um dia o narrador intui que o macaco sabe falar, aprendeu a falar mas dissimula isso astutamente. Por medo ou por atavismo, Amalfitano não lembra mais. Por medo, na certa. Ante a implacabilidade do seu mestre o macaco logo adoece. Sua agonia é quase humana. O homem cuida dele como se fosse um filho. Ambos sofrem a iminência da separação. No momento final, o macaco sussurra: água, amo, meu amo, meu amo. Aí acabava Lugones (Amalfitano imaginou-o por um segundo desfechando um tiro na boca no canto mais escuro e fresco da sua biblioteca, engolindo veneno num sótão repleto de teias de aranha, enforcando-se nu na viga mais alta do banheiro, mas acaso era possível que o banheiro de Lugones tivesse vigas? Onde tinha lido ou visto isso? Amalfitano não sabia) e começava, indo de um macaco a outro, o texto de Kafka, o judeu chinês. Que óticas tão diferentes, pensou Amalfitano, o querido Kafka se punha, sem mais aquela, na pele do macaco; Lugones pretendia fazê-lo falar, Kafka o fazia falar. O conto de Lugones, que ele considerava extraordinário, era um conto de terror. O de Kafka, o texto incompreensível de Kafka, voava também pelos domínios do terror mas também era um texto religioso, cheio de humor negro, humano e melodramático, duro e insignificante como tudo o que é duro de verdade, isto é, como tudo o que é mole. Amalfitano pôs-se a chorar. Sua casinha, seu jardim totalmente seco, a televisão e o vídeo, o magnífico entardecer do norte do México, lhe pareceram enigmas que traziam consigo, escritas com giz na testa, suas próprias respostas. Tudo tão simples e tão terrível, pensou. Depois levantou do sofá amarelo desbotado e fechou as cortinas.

25.

E o que foi que os alunos de Amalfitano aprenderam? Aprenderam a recitar em voz alta. Memorizaram os dois ou três poemas de que mais gostavam para recordá-los e recitá-los nos momentos oportunos: funerais, bodas, solidões. Compreenderam que um livro era um labirinto e um deserto. Que o mais importante do mundo era ler e viajar, talvez a mesma coisa, sem nunca parar. Que ao fim das leituras os escritores saíam da alma das pedras, que era onde viviam depois de mortos, e se instalavam na alma dos leitores como numa prisão macia, mas depois essa prisão se ampliava ou explodia. Que todo sistema de escrita é uma traição. Que a poesia verdadeira vive entre o abismo e a desdita e que perto da sua casa passa o caminho real dos atos gratuitos, da elegância dos olhos e da sorte de Marcabrú.* Que

* Personagem do romance histórico juvenil *Marcabrú y la hoguera de hielo* (1985), do catalão Emili Teixidor. Marcabrú é um jovem que desconhece suas origens, junta-se a um grupo de jograis e, ao fim de inúmeras peripécias, consegue descobrir sua identidade: é filho do célebre trovador Aicart de Carcassonne. (N. T.)

o principal ensinamento da literatura era a coragem, uma coragem estranha, como um poço de pedra no meio de uma paisagem lacustre, uma coragem semelhante a um turbilhão e a um espelho. Que não era mais cômodo ler do que escrever. Que lendo aprendia a duvidar e recordar. Que a memória era o amor.

26.

O senso de humor de Amalfitano costumava andar de mãos dadas com seu senso da história, e ambos eram tênues como arame: um emaranhado onde o terror se conjugava com o olhar maravilhado, o olhar que sabe que tudo é um jogo, daí talvez que depois dessas raras efusões o espírito de Amalfitano, forjado na severidade do materialismo dialético, ficasse mais pesado, de certa forma envergonhado da sua maneira de ser. Mas seu senso de humor era assim e não tinha remédio.

Em certa ocasião, quando ensinava na Itália, ele se viu sem saber como nem por quê no meio de um Jantar Informal de novos patriotas italianos, os mesmos que anos depois criaram a Nova Direita.

O jantar transcorreu num conhecido hotel de Bolonha e entre as sobremesas e o álcool houve discursos. Em determinado momento, evidentemente objeto de uma confusão de identidades, coube a Amalfitano a vez de falar. Mais ou menos resumido, seu curto discurso, num italiano aceitável no qual não poucos acreditaram notar um real ou falso sotaque centro-europeu, versou sobre o mistério dos povos admiráveis. Com duas frases despachou os romanos e os príncipes do Renascimento (com uma ligeira alusão à tragédia dos Orsini, provavelmente se referindo aos Orsini de Mujica Láinez) e rapidamente se centrou no tema do seu brinde: a Segunda Guerra Mundial e o papel da Itália. Um papel que a história desfigurava e a Teoria ocultava: a gesta sintética, forjada no mistério, dos bravos alpinos e galhardos *bersaglieri*. Ato contínuo e sem aprofundar, perguntava-se o que fizeram, por exemplo, os franceses da Brigada Carlos Magno, os croatas, os austríacos, os nórdicos da Divisão Viking, o que fizeram *no fundo* os americanos da 82ª de paraquedistas ou da Primeira Divisão Blindada, os alemães da Sétima Panzer ou os russos do Terceiro Exército de Tanques. Despojos gloriosos que empalidecem, meditou em voz alta, ante as penalidades sem conta da Campanha da Grécia do velho Badoglio ou da Campanha da Líbia do impetuoso Graziani, incansável batalhador da italianidade, poço em que beberão os estrategistas do futuro quando o mistério for por fim desvendado. As correrias pelo deserto, disse e levantou o dedo para o teto, a defesa extrema dos fortes, o assalto e a baioneta calada dos bravos da Littorio (uma divisão de tanques) ainda avivam a paciência e a serenidade da pátria. Ato contínuo fez a recapitulação dos velhos e dos jovens generais, os mais fiéis e mais hábeis que os *bohíos* e palmeirais da África (empregou a palavra choupanas em espanhol ante a total ignorância do seu auditório, salvo um professor de literatura hispano-americana que compreendeu o termo mas que entendeu ainda menos) jamais viram. Arguiu depois que a glória do alemão obscurecia a memória de Gariboldi, para citar um, que, para sua maior desgraça, era perseguido por uma errata pertinaz: em quase todos os livros de história não italianos ou franceses ou alemães, que nisso eram meticulosos, costumava-se citá-lo como Garibaldi, mas a história, deixava escapar Amalfitano, era reescrita dia a dia e, como uma humilde e santa remendeira, ia preenchendo as lacunas. Advertiu depois que a África não devia desmerecer a tenaz resistência da Sicília nem a surda batalha nas estepes que lhe suscitara a admiração aos eslavos. Chegando a este ponto, alguns, os que não cochichavam entre si ou permaneciam como que distraídos com um havana na boca, se deram conta de que era uma gozação e começaram os protestos e os gritos. Mas Amalfitano não se deixou intimidar e continuou dissertando sobre a coragem ímpar dos que finalmente lutaram na península, a divisão San Marco, a Monte Rosa, a Itália, a dos Granadeiros da Sardenha, a Cremona, a Centauro, a Pasubio, a Piacenza, a Mântua, a Sassari, a Rovigo, a Lupi di Toscana, a Nembo. O exército traído e em desvantagem e que, não obstante, em certa ocasião parecia um milagre ou uma anunciação, faz cair no ridículo os arrogantes de Chicago e da City.

O final foi rápido. O sangue, perguntou-se Amalfitano, com que fim? O que o justifica, o que o redime? E respondeu a si mesmo: o despertar do colosso italiano. Esse colosso que desde Napoleão todos tentam anestesiar. A nação italiana que ainda não disse sua mais engenhosa palavra. Sua última e mais luminosa palavra na Europa e no mundo. (Xingamentos, empurrões, acusações de estrangeiro indesejável, aplausos dos professores vagamente anarquistas.)

27.

Sentado no alpendre da sua casa no México, ao anoitecer, Amalfitano pensou que tinha sido estranho não ler Arcimboldi em Paris, quando os livros do escritor estavam mais à mão. Como se de repente o nome dele tivesse sido apagado da sua cabeça, quando o lógico era procurar e ler todos os seus romances. Traduziu A *rosa ilimitada* num momento em que ninguém fora da França, salvo uns poucos leitores e editores argentinos, se interessava por Arcimboldi. E gostou tanto, foi tão estimulante. Aqueles dias, lembrava, os meses que antecederam o nascimento da filha, foram talvez os mais felizes da sua vida. Edith Lieberman tinha se tornado uma mulher tão bonita que às vezes parecia brilhar com uma luz densa: deitada na cama, de lado, nua e suave, as pernas um pouco encolhidas, os lábios cerrados com uma expressão de segurança que o desarmava, como se atravessasse instantaneamente todos os pesadelos. Sempre ilesa. Ficava olhando para ela um tempão. O exílio, a seu lado, parecia uma aventura sem fim. Sua cabeça fervilhava de projetos. Buenos Aires era uma cidade à beira do abismo, mas todos pareciam alegres, todos gostavam de viver, falar, fazer planos. *A rosa ilimitada* e Arcimboldi foram, ele soube então, mas depois esqueceu, uma dádiva. Uma dádiva antes de entrar com a mulher e a filha no túnel. O que pode ter acontecido para que não continuasse procurando essas palavras? O que foi que o adormeceu até esse extremo? A vida, seguramente, que nos põe diante do nariz os livros necessários só quando são estritamente necessários, ou quando lhe dá a vontade verdadeira. Agora ia ler, com atraso, os outros romances de Arcimboldi.

III. ROSA AMALFITANO

1.

Na primeira semana se hospedaram no motel Sinaloa, nos arredores de Santa Teresa, junto da rodovia do norte. Todas as manhãs Amalfitano chamava um táxi que o levava à universidade. Ao fim de uma ou duas horas Rosa fazia a mesma coisa e passava o resto da manhã vagabundando pelas ruas de Santa Teresa. Na hora do almoço, se encontravam no restaurante universitário ou numa taberna descoberta por Rosa e chamada El Rey y la Reina, onde só se comia comida mexicana.

De tarde, procuravam casa. Pegavam um táxi e começavam a visitar apartamentos e casas no centro da cidade ou nos bairros, aos quais Rosa invariavelmente levantava objeções, ou eram horrorosos ou caros demais ou não gostava do bairro. Enquanto iam de um lado para o outro de táxi, Amalfitano aproveitava para ler e se atualizar em seu novo trabalho, e Rosa não desgrudava os olhos da janela. À sua maneira, pai e filha pareciam viver em outro mundo, um mundo enfeitiçado, provisório e feliz.

Até que finalmente encontraram uma casa de dois quartos, com sala de jantar espaçosa e ensolarada, banheiro com banheira e cozinha americana, na colônia Mancera, um bairro de classe média no sul da cidade.

A casa tinha um pequeno quintal na parte da frente, onde antigamente houve um jardim mas em que agora só havia ervas daninhas e buracos na terra, como se ali vivessem ratos. Na entrada havia um alpendre com piso de cerâmica e parapeito de madeira onde se podia sonhar com cadeiras de balanço e tardes aprazíveis. Na parte de trás havia outro quintal, menor, de uns vinte metros quadrados e um quarto de despejo cheio até o teto de objetos imprestáveis. É a casa ideal, papai, disse Rosa, e ali ficaram.

Amalfitano se instalou no quarto maior. À cama, à mesa de cabeceira e ao armário embutido Rosa acrescentou uma escrivaninha, trouxe uma cadeira da sala de jantar e encomendou numa carpintaria duas grandes estantes para os livros despachados de Barcelona por via marítima e que ainda demorariam bastante para chegar. No quarto que reservou para si, Rosa pôs uma estante menor e, depois de decorá-la apressadamente com seus velhos pertences de menina nômade, pintou outra vez as paredes dando-se todo o tempo do mundo: duas de tabaco e duas de um verde bem claro.

Quando quis fazer o mesmo com as paredes de Amalfitano, este recusou. Gostava das paredes brancas e ficava angustiado de ver a filha o dia todo metida em camiseta e calças velhas fazendo o trabalho que supunha devesse ele fazer.

Nunca antes tinham vivido numa casa com cozinha americana e, nas primeiras noites, deslumbrados com a novidade, cozinhavam juntos, conversando e se movimentando sem parar da cozinha para a sala, limpando a bancada, observando-se mutuamente cozinhar e comendo encarapitados nos bancos altos enquanto o outro servia, como se estivessem num bar e fossem sucessivamente garçom e garçonete, o cliente ou a cliente.

2.

Quando a vida voltou a ser cotidiana, Rosa teve tempo para se apaixonar pelas ruas de Santa Teresa, ruas frescas, ruas que de um modo secreto anunciavam um campo de transparências e cores indígenas, e nunca mais voltou a pegar um táxi.

Acostumada às ruas de Barcelona, variadas, perfeitamente delimitadas ou, no caso da cidade velha, perfeitamente historiadas, ruas de uma civilização, isto é, ruas reais, as de Santa Teresa, pelo contrário, lhe pareceram ruas como que recém-nascidas, ruas com uma lógica e uma estética secretas, ruas de cabelos soltos por onde ela podia andar e se sentir viva e andando e una, e não parte de.

Além disso, descobriu surpresa, eram ruas projetadas para fora, urbanas e ao mesmo tempo abertas para o campo, um campo de grandes espaços misteriosos que se prolongava durante as primeiras horas do entardecer nas ruas sombreadas de árvores raquíticas ou poderosas, numa trama que ela não podia explicar, como se Santa Teresa estivesse imbricada até com o mais humilde dos morros aldeões, exposta como uma perspectiva impossível. Como se as ruas fossem os tubos de múltiplos telescópios focados no deserto, nos campos cultivados, nos capinzais e apriscos, ou nas colinas descalvadas que nas noites de lua pareciam feitas de miolo de pão.

3.

Rosa Amalfitano e Jordi Carrera começaram a se escrever uma semana depois que os Amalfitano chegaram ao México. O primeiro a escrever foi Jordi. Ao fim de uma semana estranha na qual mal conseguiu pregar os olhos resolveu fazer uma coisa que nunca antes, em seus dezessete anos de vida, tinha feito. Comprou, depois de muita hesitação, o cartão-postal que lhe pareceu mais apropriado, a reprodução de uma charge de Tamburini e Liberatore (um dos dois, pensava saber mas tudo era tão vago, tinha morrido de overdose), e depois de escrever uma ou duas frases que lhe pareceram idiotas, espero que esteja bem, sentimos sua falta (por que o maldito plural?), pôs no correio e tentou em vão esquecê-lo.

A resposta de Rosa, escrita à máquina, ocupava três folhas. Dizia mais ou menos que estava ficando adulta em marcha forçada e que a sensação que isso lhe produzia era, no início, maravilhosa e estimulante, mas depois, como sempre, a gente se acostumava. Também falava de Santa Teresa e de como alguns imóveis eram bonitos, construções da época colonial, uma igreja, um mercado com arcadas e a casa-museu do toureiro Celestino Arraya, que visitou mal chegou, como que atraída por um ímã. O tal de Celestino, além de bonitão, era uma glória local morto na flor da idade (aqui Rosa se estendia com piadas, não de todo inteligíveis nem bem-sucedidas, sobre a flor do desejo e a flor do pecado) e no cemitério de Santa Teresa se erguia uma estátua impressionante dele, mas só pensava visitá-lo mais tarde. Parece uma escultora ou uma arquiteta, pensou Jordi com desalento ao ler pela décima vez a carta.

Levou vinte dias para responder. Desta vez mandou um postal enorme com um desenho de Nazario. Ante a impossibilidade de dizer o que de fato precisava dizer tratou de narrar, sem pé nem cabeça, mas cingindo-se estritamente à verdade, sua última partida de basquete. Parece um poema do absurdo, pensou Rosa quando leu o postal. A partida era descrita como uma sucessão de fragmentos eletrocinéticos e eletromagnéticos, os corpos se moviam rápidos e nebulosos, a bola às vezes era grande demais, pequena demais, luminosa demais, escura demais, e os gritos do público que Jordi comparava entusiasmado (até que enfim) aos gritos do circo romano eram como um metrônomo dentro das suas costelas. Espero não exagerar muito, pensou. Sobre si mesmo insinuava que tinha jogado mal, distraído, sem vontade de correr, e com isso queria dizer que estava um pouco triste e sentia falta dela.

Desta vez a resposta de Rosa se limitou a duas folhas. Escreveu sobre suas aulas de inglês, os passeios que dava ao acaso pelos bairros de Santa Teresa, a solidão que considerava um dom precioso e que dedicava à leitura e ao autoconhecimento, a comida mexicana (aqui, de passagem, mencionou o feijão com linguiça catalão, num tom que pareceu despeitoso e injusto a Jordi), algumas das quais já se animava a fazer para seu pai, frango com *mole rojo*, por exemplo, que era relativamente fácil, dizia, bastava ferver um frango ou pedaços de frango e preparar o *mole* (um pó vermelho terra), que se comprava semipronto e a granel ou em lata, numa frigideira com um pouco de óleo e, depois, um pouco de água, de preferência o próprio caldo de frango, e numa panela à parte, claro, se fazia um pouco de arroz para acompanhar o frango abundantemente banhado no molho de *mole*. Era um prato picante e forte (talvez um pouco exagerado para que seu pai, não ela, comesse *de noite*), mas que a tinha conquistado desde o primeiro momento e de que agora não podia prescindir. Possivelmente, dizia, me tornei uma fanática do frango com *mole*, que na realidade e de acordo com a tradição, deveria ser *peru* — chamado aqui *guajolote* — com *mole*.

Em poucas palavras, escrevia ela no fim da carta, era feliz e a vida não podia ser melhor. Nesse aspecto, confessava, me pareço um pouco com Cândido, e meu mestre Pangloss é este ambiente mexicano fascinante. E meu pai também, mas não muito, na realidade nada, não, meu pai não se parece nem um pouco com Pangloss.

Jordi leu a carta no metrô. Não tinha a menor ideia de quem eram Cândido e Pangloss, mas pareceu-lhe que sua amiga estava nos portões do Paraíso enquanto ele continuava para sempre no Purgatório.

4.

De noite, depois de assistirem juntos a um filme na tevê, perguntou ao pai quem era Cândido e quem era Pangloss.

— Dois personagens de Voltaire — disse Antoni Carrera.

— Sei, mas quem são — disse Jordi, a quem o nome de Voltaire remetia a cabaré e a grupo de rock.

— Os personagens de um conto filosófico — disse Antoni Carrera —, você já deveria saber. Algum trabalho para a escola?

— Não. É pessoal — disse Jordi, enquanto sentia sua casa sufocá-lo. Os móveis, a tevê, o jardim com as luzes acesas, tudo era bruscamente angustiante.

— Cândido é o cândido por excelência e Pangloss vem a ser mais ou menos a mesma coisa.

— Pangloss é seu mestre?

— Sim, é um filósofo. O clássico tipo otimista. Como Cândido, só que Cândido é otimista por natureza e Pangloss é otimista mediante a razão. No fundo, um cretino.

— O romance se desenrola no México?

— Não. Acho que não. Pangloss ensinava teologia, metafísica, cosmologia e nigologia, que não me pergunte o que é porque não sei.

— Nigologia, é? — disse Jordi.

Naquela noite , procurou no *Diccionario de la Real Academia* o vocábulo "*nigología*". Não encontrou. Que o diabo carregue esses madrilenhos de merda, pensou com raiva. O mais próximo era "*nigola*". F. *Mar*. Cordas horizontais de enxárcias e gáveas, que servem de degraus para subir nas vergas. Navegar num veleiro junto das enxárcias e das gáveas! Também trazia "*nigromancia*" ou "*nigromancía*", cujo significado Jordi sabia graças aos jogos de RPG, e também a palavra "*nigérrimo*" (do lat. *nigerrimus*), adj. sup. de *negro*. Negríssimo, muito negro.

Também não estava no *Diccionario ideológico de la lengua española* de Julio Casares nem no *Pompeu i Fabra*.

Muito mais tarde, enquanto seus pais dormiam, levantou pelado da cama e com passos cautelosos, como se estivesse numa quadra de basquete de fantasmas, dirigiu-se à biblioteca do pai e procurou até dar com um exemplar do *Cândido* numa tradução castelhana.

Leu: "Está demonstrado, dizia Pangloss, que as coisas não podem ser de outra maneira que não como são, pois, como tudo é feito para um fim, tudo é necessariamente para o melhor fim. Note-se que os narizes foram criados para usar óculos, e por isso temos óculos; que as pernas foram visivelmente instituídas para que as vestíssemos, e temos calças. As pedras, feitas para ser talhadas e construir castelos com elas, e por isso meu senhor possui um castelo suntuosíssimo, porque o maior barão da província é quem tem de estar mais bem alojado; e como os porcos nasceram para ser comidos, comemos porco o ano todo; por conseguinte, os que afirmam que 'tudo vai bem', afirmaram uma tolice, pois deveriam dizer que tudo é 'o melhor possível'".

Permaneceu um instante acocorado no tapete da biblioteca

se balançando ligeiramente e com os cinco sentidos voltados para outro lugar. Será que me apaixonei por você?, pensou. Estou me apaixonando? E se for assim, o que posso fazer? Não sei escrever cartas. Estou condenado. Depois sussurrou ferido: porra, Rosa, porra, que sacanagem, que sacanagem…

5.

Naqueles dias, Jordi Carrera sonhou que jogava no Palau Sant Jordi defendendo as cores do Barcelona junto com os astros do basquete catalão. Enfrentavam o Real Madrid, mas não era um Real Madrid normal. O único jogador da equipe contrária que ele reconheceu foi Sabonis, um Sabonis, isso sim, muito envelhecido e lento, cujas mãos tremiam ao receber a bola. Os outros jogadores madrilenhos eram desconhecidos, mas não só desconhecidos, até seus corpos eram nebulosos, suas pernas eram pernas mas ao mesmo tempo tinham atributos estranhos num par de extremidades, como se estivessem se apagando e se desenhando continuamente. A mesma coisa acontecia com os braços e os rostos, onde era impossível captar uma expressão definida, um perfil estável, mas esse fenômeno raro parecia não ter importância para os jogadores do Barcelona. O Palau estava lotado e os gritos dos espectadores eram tão fortes que, por um momento, Jordi achou que ia desmaiar. Sem muita estranheza, se deu conta de que sua posição era a base, e não a costumeira, de pivô. Os jogadores do Madrid logo começaram a fazer faltas e quase todas nele. Não sabia o resultado, estava tão concentrado no jogo que em nenhum momento levantava a cabeça para o placar eletrônico. Na verdade, não tinha *a menor ideia* de onde estava o placar, mas desconfiava, e isso o fazia imensamente feliz, que estavam ganhando. Quando se deu conta de que sangrava pelo nariz, pelas sobrancelhas e pelo lábio superior, o cenário sofreu uma mudança radical.

Já não se encontrava na quadra do Palau mas num vestiário em penumbra, de paredes de cimento sem reboco, com bancos compridos e úmidos, e um barulho constante de água, como se um rio corresse por cima do vestuário. Não estava só. Uma sombra, num canto, o observava. Jordi apalpou seu rosto ensanguentado e amaldiçoou a sombra em catalão. Disse filho da puta em catalão, depois disse *cabrón*, embora a palavra fosse a mesma em castelhano. A sombra vibrou como um ventilador estropiado. Jordi pensou que devia tomar uma chuveirada, mas a sinistra presença no canto fazia com que o ato de se despir fosse penoso. Sentindo cãibras nas pernas, sentou-se e tapou o rosto com as mãos. Incompreensivelmente, viu seu pai, sua mãe e Amalfitano tomando uísque no jardim numa tarde de outono, felizes, aparentemente sem nenhum problema no horizonte. A tarde, o céu, os telhados e os tetos dos edifícios vizinhos eram, também, de uma beleza comovente. Onde está Rosa?, perguntou, ansioso e tomando cuidado para não romper o equilíbrio, que intuiu precário, da cena. Mas seus pais não deram a impressão de ouvi-lo. Não demorou muito para entender que eles estavam em outra dimensão. Depois, o sonho se elevava, ia num globo ou numa nuvem, e abaixo, nas ruas de Barcelona, os nacionalistas catalães lutavam casa por casa contra o exército espanhol. Jordi sabia o nome desse exército sem que ninguém lhe houvesse dito: chamava-se Exército do Rei, Exército da Pátria, e lutava com uma tenacidade exemplar contra ele e os seus. Mas desta vez não só os soldados do Centro tinham as caras e as extremidades nebulosas, também os milicianos catalães se esfumavam entre os escombros e mesmo os gritos dos feridos ou dos chefes mandando avançar ou retroceder assumiam essa característica, apagavam-se no ar, escapavam do idioma catalão e do idioma castelhano para um reino onde as palavras eram como eletrocardiogramas, onde as vozes eram como os sonhos do tártaro.

Na última imagem do seu sonho, Jordi se via encolhido num canto, abraçando os joelhos com toda a força de que era capaz e pensando em Rosa, Rosa, Rosa, tão longe.

6.

Celestino Arraya, cuja casa-museu Rosa Amalfitano visitou no terceiro dia da sua estadia em Santa Teresa, nasceu em Villaviciosa em 1900 e morreu no boteco Los Primos Hermanos, em 1933, meses depois da ascensão de Hitler ao poder. Sobre sua infância, escasseiam os dados: a lenda se encarregou de fazer dele um aguerrido Dorado juvenil, quando na realidade passou os anos em Villaviciosa recluso no rancho de reses bravias do seu amigo Federico Montero, conhecido político e fazendeiro que soube tourear com firmeza e bom instinto os procelosos anos da Revolução. A praça que contemplou seu primeiro triunfo foi a de Piedras Negras, em 1920. A partir dessa data se sucederam as apresentações coroadas de êxito em cidades e povoados da fronteira: Ojinaga, Nogales, Matamoros, Nueva Rosita são algumas das praças que o veem sair carregado nos ombros, segurando com as mãos, como um náufrago transido de frio, o rabo e as orelhas. Destríssimo na arte de matar, a consagração definitiva chegou na arena de touros de Monterrey e, em 1928, na Cidade do México, onde é aclamado na praça e admirado nos passeios públicos.

Era alto e de compleição magra, segundo alguns cadavérica; vestia-se bem, tanto de toureiro como à paisana. A elegância com que se movimentava na arena, não obstante, se transmutava em sua vida diária num andar amaneirado, de gângster fanfarrão. Com Federico Montero e outros amigos pertenceu ao clube de solteiros chamado Los Charros de la Muerte, aparentemente inofensivo e gastronômico, embora de sinistra memória. A morte, a de verdade, chegou pelas mãos de um rapaz de dezesseis anos que, sem que se saibam os motivos, foi procurá-lo no boteco Los Primos Hermanos e descarregou nele dois tiros certeiros com sua velha carabina antes de cair por sua vez, vítima das balas dos que acompanhavam o toureiro. A escultura que vela seu mausoléu foi criada por iniciativa de Montero e outros amigos, que desembolsaram a totalidade da encomenda. O escultor foi Pablo Mesones Sarabia (1891-1942), da escola potosina do mestre Garabito.

7.

O conjunto escultórico chamado Vitória do Povo de Santa Teresa sobre os Franceses, situado na Plaza del Norte a trinta e cinco metros da estátua do general Sepúlveda, herói da Revolução, e obra de Pedro Xavier Terrades (1899-1949) e Jacinto Prado Salamanca (1901-75), ambos escultores formados na escola potosina do mestre Garabito, apresentava uma espécie de inexatidão ou errata histórica inicial. A obra, em si, não era desprezível; composta de cinco figuras de ferro negro, possuía o elã característico da escola potosina, audácia sublime e como que transida, e figuras histéricas, dir-se-ia contorcidas pelo alento da História. O conjunto compreendia, em tamanho natural, um miliciano de Santa Teresa apontando com a mão na direção sudeste para algo que o espectador podia intuir ser a retirada das tropas inimigas. O rosto do miliciano, lábios apertados, feições contraídas numa careta que pode ser de dor ou de ira, está em parte desfigurado por uma venda excessiva ao redor da cabeça. Na mão esquerda porta um mosquetão. Atrás, no chão, junto das suas pernas, jaz morto um francês. Os braços do francês estão abertos em cruz e suas mãos se contorcem como se o fogo as queimasse. Seu rosto, no entanto, tem aquilo que os velhos artistas chamavam de placidez dos mortos. De um lado, um guerrilheiro mexicano agoniza nos braços de uma moça com não mais de quinze anos. O olhar do guerrilheiro, olhos de louco alucinado, se ergue para o céu enquanto os olhos da rapariga, metade madona, metade cigana goiesca, permanecem graves e piedosamente fechados. A mão esquerda do agonizante está enlaçada à mão direita da jovem. Mas não são duas mãos juntas, não, e sim duas mãos que se procuram na escuridão, duas mãos que se repelem, duas mãos que se compreendem e que fogem desesperadas. Finalmente, a última figura corresponde a um velho, meio de lado, a cabeça inclinada para o chão como se não quisesse ver o que aconteceu, os lábios franzidos numa expressão que podia muito bem significar dor, mas também o ato de assobiar (e assim o chamam os meninos que brincam na praça: o Assobiador). O velho está parado, a mão direita junto ao coração mas sem chegar a tocar o peito, a esquerda solta de lado, como que inutilizada. O conjunto escultórico foi encomendado em 1940 e terminado em 1945. Para alguns críticos é a obra-prima de Terrades e Prado Salamanca, e a última em que trabalharam juntos. Pois bem, a falha da obra está no título. Nunca houve uma batalha contra os franceses, simplesmente porque os homens que o povo de Santa Teresa enfrentou a mando dos senhores José Mariño e Amador Pérez Pesqueira não eram franceses, mas belgas. A campanha e posterior batalha, segundo o documentado livro *Benito Juárez contra Maximiliano: la derrota de Europa*, do historiador mexicano Julio V. Anaya, transcorreu assim: em agosto de 1865, um batalhão de quatro companhias, cada uma de cem homens, composto por voluntários da Legião Belga e liderado pelo coronel Maurice Libbrecht, tentou tomar Santa Teresa, então desguarnecida de tropas republicanas. A coluna chegou primeiro a Villaviciosa, onde não encontrou resistência. Depois de se aprovisionarem, partiram de Villaviciosa deixando no dito povoado uma guarnição de vinte homens. Alertados em Santa Teresa, rapidamente se organizou a defesa, a mando do senhor Pérez Pesqueira, prefeito da cidade, e de dom José Mariño, rico fazendeiro da localidade, liberal com fama de aventureiro e excêntrico, que recrutou quantos homens fossem capazes de manejar uma arma para engrossar a milícia. No dia 28 de agosto, ao meio-dia, os belgas de Libbrecht alcançaram os arredores e, depois de enviar um grupo de batedores, que voltou com a notícia de que as defesas da cidade eram inexistentes e que na escaramuça tinham perdido três cavaleiros, decidiu dar uma hora de descanso à tropa e em seguida atacar frontalmente. A batalha foi um dos piores desastres das tropas invasoras no noroeste mexicano. Os milicianos de Santa Teresa esperaram os belgas no interior da cidade. Uns poucos fustigadores nos limites do povoado, que recuaram imediatamente e inclusive algumas sacadas engalanadas com flores e vários lençóis a modo de cartazes pendurados de sacada em sacada com a legenda "Vivam os franceses" ou "Viva o Imperador" bastaram para que o crédulo Libbrecht caísse na ratoeira. A batalha, a vitória, foi feroz, e os contendentes lutaram sem dar nem pedir trégua. Os belgas se fortaleceram no Mercado Central e nas ruas que confluíam na Plaza Mayor; os milicianos, na prefeitura e na catedral, assim como nas ruas que se interpunham entre os belgas e o campo, o campo ocre que, salvo as poucas tropas de intendência de Libbrecht e alguns pastores que se moviam nas cercanias ou nas lonjuras, em apriscos e morros como figuras de uma pintura flamenga, assistiu vazio e como que imobilizado de puro pasmo ao fragor e aos canhoneios que ressoaram no interior da cidade, um ente abstrato em cujo interior se debatiam vontades e sofrimentos. De noite, com os belgas desmoralizados depois de várias tentativas de romper o cerco, os milicianos de José Mariño realizaram o último ataque. Libbrecht caiu na investida e pouco depois os belgas se renderam. Entre eles figurava o capitão Robert Lecomte, natural de Bruges, que depois se casaria com a filha de dom Marcial Hernández, em cuja casa passou o resto da guerra mais como convidado que como cativo. Em suas memórias, publicadas em quatro partes no *Monitor de Bruges*, Lecomte deixa entrever que a derrota se deveu à confiança de Libbrecht e ao desconhecimento da idiossincrasia mexicana. Seu relato coincide em quase tudo com o de J. V. Anaya, que o reproduz: a batalha foi cruel mas dentro dos limites do cavalheirismo e da galhardia; o grosso dos prisioneiros foi levado para Piedras Negras, onde se encontrava a divisão do general Arístides Mancera; o tratamento dos mexicanos foi excelente. Não difere, tampouco, das reminiscências de outra testemunha excepcional, José Mariño, mecenas e homem do mundo que em 1867 assistiu como convidado do general Mariano Escobedo à batalha de Querétaro e ao posterior fuzilamento do Imperador; em suas *Memorias*, Nova York, 1905, Mariño relata extensamente os preparativos da batalha e sucintamente o desenrolar desta. A verdade é que o livro de Mariño está cheio de tantas coisas, batalhas, duelos, intrigas políticas, amores, relações com grandes artistas (foi amigo pessoal de Martí e de Salvador Díaz Mirón, algumas de cujas cartas estão intercaladas no volume de mais de oitocentas páginas), que o episódio da batalha de Santa Teresa necessariamente ocupa um espaço secundário, dir-se-ia que está incluído só para provar, mais uma vez, a iniciativa pessoal e a coragem à prova de fogo do autor. Não obstante, Mariño dedica quase quatro páginas inteiras à perseguição que se iniciou pouco depois de concluída a batalha, perseguição de que ele não participa. Quem é perseguido? As tropas que não entraram em Santa Teresa e os poucos soldados que conseguiram escapar do cerco. Um tal de Emilio Hernández (filho de dom Marcial

Hernández?) lidera os perseguidores. Primeiro, dão caça aos fugitivos de Santa Teresa, que oferecem breve resistência. Depois, aos homens da intendência e seus apetrechos, que se entregam sem combater. Avisado da presença de tropas "francesas" em Villaviciosa, Emilio Hernández devolve os prisioneiros e os apetrechos capturados à cidade e com apenas trinta cavaleiros se dirige para Villaviciosa, a fim de libertá-la. Chega na madrugada do dia seguinte e não há nem "franceses" nem belgas. Os camponeses saíram do povoado e se dispersaram pelos campos vizinhos. Outros dormem em suas casas baixas e escuras, e não se levantarão antes do meio-dia. Perguntados, os camponeses informam que os soldados se foram. Para onde, em que direção?, indaga Emilio Hernández. Para casa, dizem os camponeses. Embora corajosos e decididos, metade rancheiros e senhores, metade vaqueiros e empregados, os homens de Emilio Hernández se inquietam, sentem-se vigiados e à beira de algo que preferem desconhecer (isso José Mariño deixa patente, exímio narrador de cenas de alcova e de finais de ópera, e tradutor amador de contos de Poe). Mas Emilio Hernández não se dá por vencido e manda parte dos seus homens buscarem o rastro deixado pelos soldados na fuga, enquanto com o resto passa um pente-fino no povoado. Os primeiros encontram um cavalo morto a facão. Os segundos só gente dormindo, crianças como que alucinadas e mulheres lavando roupa. Conforme avança a tarde, um cheiro de podre invade tudo. Ao anoitecer, Emilio Hernández decide regressar a Santa Teresa, os belgas de Villaviciosa evaporaram no ar. Conclui Mariño: "o povoado parecia ter mil anos, dois mil anos, e as casas eram como tumores surgidos da terra, um povoado perdido e no entanto coroado com a auréola invicta do mistério...".

8.

Na narrativa de Mariño, como que num aparte extravagante, há uma coisa que se destaca de maneira notória.

Descreve o diálogo, difícil diálogo, de Emilio Hernández com os notáveis do povoado. Hernández, impaciente e inquieto, não desmonta. Seu cavalo caracoleia em frente ao portal onde os velhos de Villaviciosa se protegem do sol. Estes conversam num tom cheio de gravidade e indiferença. Suas palavras remetem ao tempo, às estações, às colheitas. Seus rostos parecem de pedra. Hernández, pelo contrário, grita e prorrompe em ameaças ambíguas que nem ele mesmo compreende. Mariño sugere que Hernández tem medo. Sua cara está coberta de suor e da poeira da longa cavalgada. Seu revólver permanece na cartucheira mas Hernández em várias ocasiões faz menção de sacá-lo. Os velhos o irritam. Está cansado e é jovem e impetuoso. Não obstante, um resquício de cautela lhe indica que é melhor não conduzir a situação a um beco sem saída. Seus homens procuram sem nenhum ânimo no povoado algo impreciso, ante a impassibilidade e a absoluta falta de cooperação dos aldeões. Hernández os recrimina por sua atitude. Viemos ajudar, esbraveja, e é assim que vocês nos retribuem. Os velhos parecem lagartas. Então Mariño põe na boca de Hernández a seguinte pergunta, simples e definidora: o que é que vocês querem? E os velhos respondem: queremos *nos superar*. Isso é tudo. Os notáveis de Villaviciosa falaram, e suas palavras entram para a história: querem se superar.

9.

Sua mãe lhe inculcou o amor pelos poetas franceses. Lembrava dela sentada numa poltrona verde-escura, com um livro nas mãos (mãos magras e compridas, muito brancas, quase translúcidas), lendo em voz alta. Lembrava-se de uma janela e da silhueta de três edifícios de construção moderna, seus pais sabiam o nome dos arquitetos, atrás dos quais estavam a praia e o mar. Os três arquitetos se odiavam ferozmente e os pais faziam piada desse ódio. Quando o sol se punha, sua mãe sentava na poltrona e se punha a ler poemas franceses. Não se lembrava do nome dos livros, mas do nome dos poetas sim. Às vezes sua mãe chorava. As lágrimas escorriam por seu rosto e então ela deixava o livro aberto no colo, sorria-lhe (ela estava a seu lado, sentada num pufe ou estirada no tapete, pintando), enxugava as lágrimas com um lenço ou com a manga da blusa e por uns instantes, já sem chorar, permanecia quieta observando as silhuetas dos três edifícios e os telhados e mirantes das casas mais baixas. Depois pegava o livro e voltava a ler como se não houvesse acontecido nada. Os poetas eram Gilberte Dallas, Roger Milliot, Ilarie Voronca, Gérald Neveu…

Quando se foram do Rio deixaram os livros para trás, salvo *Fournaise obscure*, de Neveu. Em Paris (ou na Itália?) tornou a encontrá-los: estavam, todos, na antologia *Poètes maudits d'aujourd'hui*: 1946-1970, de Pierre Seghers. Um ramalhete de suicidas e fracassados, de alcoólatras e doentes mentais. Os poetas da sua mãe.

Também, é verdade, lia para ela os versos de Éluard, de Bernard Noël (de quem gostava muito e muitas vezes a fazia rir), de Saint-John Perse, e até de Patrice de la Tour du Pin, mas era dos malditos *d'aujourd'hui* que se lembrava ou acreditava se lembrar com maior inquietação, nomes que poucos conheciam no Brasil ou na Argentina ou no México e que faziam Edith Lieberman chorar, recordar-se talvez de outra vida, do ponto de ruptura com aquela outra vida, quando estudava no Colégio Francês e andava com os rapazes da colônia judaica, quando ouvia Brahms e não perdia um só filme de Audrey Hepburn. Talvez sua mãe se visse, daquele apartamento no Rio, como outra poeta maldita da França e gostasse, como só gostam os malditos, de contemplar as cenas de uma felicidade desprezada mas por fim tristemente perdida. E Rosa pensava: perdida no momento em que apareceu aquele que depois seria meu pai com sua vanguarda proletária e seus projetos extravagantes. E se não houvesse aparecido, estariam agora, sua mãe e ela, no Chile, vivendo em Santiago folgadamente, felizes da vida, contando-se suas coisas à noite, sempre perto uma da outra? Mas o sacana da vanguarda proletária se materializou de repente, como teletransportado pelo destino, isso era um fato, não dava mais para mudar. Provavelmente tampouco estariam no Chile, ou melhor, o pouco que sabia desse país a deixava arrepiada, inclusive o sotaque chileno, esse sotaque que apesar dos anos seu pai ainda conservava, achava chocante, desagradável, falso. Ela, claro, não falava assim. Uma vez se perguntou qual era *seu* sotaque e chegou à conclusão de que não tinha nenhum: falava um espanhol tipo Nações Unidas.

Dos malditos, Gilberte Dallas era a que preferia. Sua mãe gostava mais de Gérald Neveu ou Ilarie Voronca, mas Gilberte Dallas, *la* Gilberte, era a melhor. Imaginava-a alta e ossuda, a cara como a de Greta Garbo mas com duas cicatrizes em cada face, como as mulheres de algumas tribos africanas. Às vezes não sorria e parecia triste mas em geral estava sempre de bom humor e tinha o corpo e a língua ágeis. Muito elegante, o que melhor combinava com ela eram as gazes, as túnicas de seda, os chapéus de plumas e as roupas esporte. Quando, anos mais tarde, leu a introdução de Anne Clancier para os poemas de Gilberte H. Dallas, 1918-60, pensou que era o destino que a fazia amar a poeta. Dizia Anne Clancier:

> *Une fillette de dix ans, allongée dans une barque, flotte sur la mer, à midi. Elle essaie de fixer le soleil, attendant de ses rayons la mort et la délivrance. Elle se croit mal aimée, abandonnée de tous, elle espère retrouver au-delà de la mort la mère à jamais perdue. Lorsqu'on découvre l'enfant, après des heures de recherches, elle est inconsciente, frappée par l'insolation; on réussit à la sauver et il lui faut poursuivre sa route. Ce souvenir d'enfance nous livre la clef de la vie et de l'oeuvre de Gilberte Dallas. Perpétuellement à la recherche d'une mère disparue précocement, désespérant de trouver un contact sécurisant avec un père malade…**

* Uma menina de dez anos, deitada num barco, flutua no mar, ao meio-dia. Tenta fitar o sol, esperando de seus raios a morte e a libertação. Ela se crê mal-amada, abandonada por todos, espera encontrar para além da morte a mãe para sempre perdida. Quando descobrem a criança, depois de horas de buscas, ela está inconsciente, vítima da insolação; conseguem salvá-la, e ela tem de seguir seu caminho. Essa recordação da infância nos fornece a chave da vida e da obra de Gilberte Dallas. Perpetuamente em busca da mãe morta precocemente, sem esperança de encontrar em seu pai doente um contato que lhe dê segurança… (N. T.)

Poetas cuja leitura deveria ser proibida para crianças. Aos quinze anos ela também encontrou seus próprios malditos. Primeiro, Sophie Podolski e *Le pays où tout est permis*, depois Tristan Cabral, depois Michel Bulteau e Matthieu Messagier. Aos dezesseis anos se cansou e voltou a Gilberte Dallas. O som das suas palavras a fazia lembrar da mãe. Ela a lia em voz alta, sozinha, quando seu pai havia saído ou estava dando aulas, e a música de Gilberte lhe trazia de volta a poltrona verde-escura do Rio e sua mãe olhando pela janela para aquelas três silhuetas rivais, para as copas das árvores à beira-mar e para o mar, alguns metros adiante. E depois sua mãe lhe contava histórias de como fora em bebê e de como seria quando fosse grande e linda. E não precisava mais ler Gilberte porque os beijos que trocavam e os olhos que se fechavam eram mais fortes e mais plácidos que as palavras.

10.

Rosa Amalfitano descobriu que seu pai ia para a cama com homens um mês depois de chegarem a Santa Teresa, e o achado agiu nela com o efeito de um estimulante. Que ópio!, disse consigo, citando inconscientemente a heroína de um conto de Bioy Casares que estava lendo. Depois se pôs a tremer como uma folha e horas mais tarde, por fim, conseguiu chorar. Antes, Amalfitano havia comprado uma televisão e um vídeo que não conseguiram despertar seu entusiasmo. A partir daquele dia, como um malefício, Rosa parou de ler livros e passou a consumir dois e até três filmes por dia. Amalfitano, que procurava falar livremente com a filha de qualquer tema, havia tentado preveni-la. Numa longa e caótica conversa antes de viajar para o México procurou explicar a ela, usando uma parábola que nem ele entendeu e raciocínios que depois lhe pareceram na melhor das hipóteses frágeis, na pior idiotas, que as apetências sexuais não são estáveis nesta vida ou não têm por que ser. No fundo do seu argumento, Amalfitano se consolava e, de passagem, consolava hipoteticamente sua filha sustentando que, se o Bloco do Leste havia vindo abaixo, isso também podia acontecer com sua até então inequívoca heterossexualidade, como se os dois fenômenos estivessem ligados ou como se um fosse a consequência lógica do outro. Uma espécie de efeito dominó, embora esquisitíssimo, pois Amalfitano sempre foi crítico em relação ao socialismo real, no plano das inclinações afetivas. Mas Rosa literalmente não o ouviu, distraída por natureza e acostumada aos longos solilóquios do pai, de modo que teve de descobrir por si mesma, uma tarde em que voltou mais cedo que de costume, os exercícios a que ele se dedicava quando ela estava estudando. Ainda que Amalfitano tenha se dado conta — horrorizado — de que sua filha o havia descoberto, e Rosa sabia que ele sabia, nunca tocaram no assunto. Amalfitano, naquela mesma noite, quis lhe explicar quem era Castillo, o que havia acontecido em Barcelona, o que acontecia dentro dele, mas Rosa se mostrou taxativa. Daquilo não se falava. Angustiado, Amalfitano obedeceu-a e com o passar dos dias, à sua maneira, esqueceu ou quis pensar que esquecia o incidente. Rosa não pôde.

Por algumas noites teve pesadelos em que acreditava morrer. Parou de comer e passou uns dias com febre, sentia-se traída: por seu pai e pelo mundo em geral. Tudo lhe dava nojo, depois voltou a sonhar com a mãe, morta de câncer oito anos antes. Sonhou que Edith Lieberman caminhava pelas ruas poeirentas de Santa Teresa e que ela, ao volante de um Ford Falcon preto, a seguia devagarinho. A mãe ia vestida como nas fotos e seu aspecto era chique, embora fora de moda.

No sonho, Rosa temia que sua mãe fosse para casa e descobrisse seu pai na cama com aquele rapaz, mas os passos de Edith Lieberman a conduziam diretamente ao cemitério.

O cemitério de Santa Teresa era grande e de uma brancura de iogurte caseiro. Rosa acreditava que sua mãe se perderia por aquelas ruas labirínticas, margeadas por paredes de mais de seis metros de nichos malcuidados, mas a mãe parecia conhecer o lugar melhor que ela e sem dificuldade chegava a uma pracinha onde se destacavam as bicas d'água e a estátua do toureiro Celestino Arraya.

Puseram-me para fora do meu túmulo, anunciava a morta laconicamente e Rosa entendia. Por vicissitudes econômicas e também burocráticas, Amalfitano não pôde cremar o corpo da mulher e teve de se conformar com alugar um nicho num cemitério popular do Rio de Janeiro. Antes de vencer o prazo da primeira locação, Amalfitano e a filha partiram do Brasil acossados pela polícia, pelos credores e por colegas que o acusavam de várias heterodoxias. Que fim levaram os restos de Edith Lieberman? Pai e filha sabiam e aceitavam com resignação qual foi seu fim. O destino dos devedores era a vala comum. Às vezes Rosa sonhava com um Brasil de lenda onde existiam somente duas paisagens estanques: a selva e a vala comum. A selva era superpovoada de pessoas e animais copulando. A vala comum era como um teatro de ópera vazio. Ambas desembocavam, através de um longo túnel, no ossário. Usualmente acordava chorando apesar de não lhe causar nenhuma inquietude saber que os restos da sua mãe repousavam confundidos com os ossos de inúmeros brasileiros anônimos. Tal como seu pai, Rosa era ateia e como ateia acreditava que não devia dar importância ao fato mínimo de ser enterrado num ou noutro lugar.

— Puseram-me para fora do meu túmulo como uma inquilina despejada — sussurrava a mãe no sonho.

— Não tem importância, mamãe, assim você será mais livre.

— Não tenho mais nada de meu. Vivo na sordidez e na promiscuidade. Eu pedi para me cremarem e jogarem minhas cinzas no Danúbio, mas seu pai é um moloide que nunca cumpre o prometido.

— Nunca ouvi falar nisso.

— Tudo bem, filhinha querida, agora meu espírito vai finalmente alcançar a felicidade concêntrica.

— A felicidade concêntrica?

— É, a generosidade clássica.

— E o que significa isso, mamãe?

— Significa que estou me transformando rapidamente num espírito vigilante. E significa que ainda permanecerei algum tempo junto desta estátua horrível e te protegerei nos perigosos dias vindouros.

Depois sua mãe, ignorando-a, punha-se a falar em francês. Parecia se dirigir à estátua.

Quando acordou, em sua cabeça ainda ecoavam os fragmentos de um poema. As poesias que sua mãe recitava para ela quando era pequena:

Des soleils noirs
Les soleils noirs
Millions de soleils noirs
Girent dans le ciel
Dévorent le ciel
S'abattent sur les pavés
Éventrent les églises du Bon Dieu
Éventrent les hôpitaux
*Éventrent les gares...**

Versos de Gilberte Dallas!, recordou com melancolia. Pouco depois parou de ler livros e se tornou videomaníaca.

* Sóis negros / os sóis negros / milhões de sóis negros / giram no céu / devoram o céu / deixam-se cair nas ruas / estripam as igrejas do Bom Deus / estripam os hospitais / estripam as estações de trem... (N. T.)

11.

A educação de Rosa, não é demais dizer, foi prática e racional, por momentos progressista e por momentos sublime. Suas mudanças constantes de escola e de país contribuíram para tal. Apesar de tudo, foi uma aluna aplicada. Aos dez anos falava espanhol, português e francês com certa desenvoltura. Aos doze podia acrescentar também, embora com mais dificuldade, o inglês. Dos seus professores, o mínimo que se pode dizer é que foram comoventes. Setenta por cento deles em algum momento das suas vidas escreveram ou tentaram escrever ensaios críticos, monografias ou resenhas jornalísticas sobre Makarenko, A. S. Neill, Freinet, Gramsci, Fromm, Ferrer i Guardia, Paulo Freire, Peter Taylor, Pestalozzi, Piaget, Suchodolski e Johan Friedriech Herbart. Um deles, um nicaraguense tímido, professor da única escola ativa que havia em Manágua, escreveu um livro sobre Hildegart Rodríguez e sua terrível mãe, Aurora, intitulado *Los espejismos de la educación* (México, Pedagogía Libre, 1985) que teve certo eco em sua época: propunha a vida ao ar livre, longe das salas de aula e das bibliotecas, como a escola ideal para crianças e adolescentes; um dos requisitos prévios, no entanto, era a destruição das cidades, o que o autor chamava de o Grande Regresso e que no fundo era uma espécie de Longa Marcha disparatada e milenarista. Outro dos seus professores publicou um livro chamado *A escola dos parricidas* (Brasil, Atas do Sur, 1980); até mesmo sua mestra mais querida, a senhorita Agnès Rivière da Escola Ativa de Montreal, era uma especialista em Paulo Freire, sobre cuja obra escrevia periodicamente ensaios e interpretações em várias revistas de pedagogia canadenses e americanas. Os que não eram teóricos da educação, isto é, os trinta por cento restantes, se revelaram fanáticos pela Arte. Antes de fazer treze anos, Rosa teve um professor que acreditava nas virtudes lenitivas da dança de Merce Cunningham e Martha Graham, um professor convencido das qualidades proféticas da poesia de Rimbaud e Lautréamont, uma professora devota das mensagens cifradas de Klee. Quer dizer: professores apóstolos, esquerdistas, pacifistas, ecologistas, anarquistas encafuados em pequenas escolas progressistas que quase ninguém conhecia — ninguém trabalhador e normal. Pequenos santuários parecidos com as igrejas minoritárias e os arrogantes clubes ingleses onde os rebentos dos que haviam perdido a Revolução (refinada fração) se preparavam para o banquete e para a dor do mundo.

IV. J. M. G. ARCIMBOLDI

1.

OBRAS DE J. M. G. ARCIMBOLDI (CARCASONNE, 1925)

Romances

O enigma dos ciclistas da Volta da França — Gallimard, 1956.
Vertumno — Gallimard, 1958.
Hartmann von Aue — Gallimard, 1959.
A busca de Sam O'Rourke — Gallimard, 1960.
Riquer — Gallimard, 1961.
A perfeição ferroviária — Gallimard, 1964.
O bibliotecário — Gallimard, 1966.
A rosa ilimitada — Gallimard, 1968.
Os negros de Fontainebleau — Gallimard, 1970.
Racine — Gallimard, 1979.
Doctor Dotremont — Gallimard, 1988.

Ensaio

Os miseráveis: *Artigos e notas sobre literatura* — Gallimard, 1975. (Recopilação de textos críticos escritos entre 1950 e 1960 em jornais e revistas de literatura.)

Teatro

Só para apaixonados — Gallimard, 1975. (Datada de 1957 e encenada pela primeira vez pelo Pequeno Teatro de Ação Revolucionária, Carcasonne, 1958.)

O espírito da ficção científica — Gallimard, 1975. (Datada de 1958 e encenada pela primeira vez pela Companhia Colombiana dos Amotinados e Esforçados, Cáli, 1977.)

Poesia

A *perfeição ferroviária ou Os desdobramentos do perseguido* — Pierre-Jean Oswald, 1959.

Doctor Dotremont ou Os paradoxos da doença — Le Pont de l'Épée, 1960.

Traduções

Canções de Hartmann von Aue — Millas Martin, 1956. (Seleção, tradução, prólogo e notas sobre a obra do trovador Von Aue.)

2.

DOIS ROMANCES DE ARCIMBOLDI LIDOS EM CINCO DIAS

Hartmann von Aue (Gallimard, 1959, 90 páginas).

Hartmann von Aue aparentemente rememorava alguns momentos da vida do trovador alemão, mas na realidade o personagem central era outro: Jaufré Rudel.

Rudel, segundo a lenda, se apaixonou pela condessa de Trípoli porque os peregrinos que regressavam de Antioquia falavam muito, e bem, dela. Sobre ela escreveu versos que agradaram a todos e aumentaram sua fama. Mas nada disso bastava para o príncipe de Blaye, e um dia, movido pelo desejo de conhecer sua amada, se fez cruzado e embarcou para a Terra Santa. Durante a viagem, adoeceu gravemente. Quis a providência que pudesse desembarcar ainda vivo e que fosse levado para um hospital de Trípoli. A condessa soube e foi vê-lo. Surpreendentemente Jaufré Rudel recobrou a consciência, louvou a Deus por ter lhe permitido conhecer sua amada e ato contínuo morreu em seus braços. Foi enterrado na casa da Ordem do Templo. Pouco depois a condessa entrou para um convento.

Von Aue ouve essa história várias vezes e reflete sobre o amor e a morte. Por momentos sente inveja do príncipe de Blaye e por momentos obscuramente o despreza. Ele é nobre e soldado, e o destino de Rudel lhe parece indigno, quase uma traição. Mas no instante seguinte, Rudel sulcando os mares e morrendo nos braços da amada se reveste dos melhores ornatos. Von Aue queria para si esse destino. Tenta se apaixonar por castelãs que vivem em lugares distantes, mas o simples intento lhe parece banal. Von Aue é incapaz de agir.

No romance são citados os nomes de outros trovadores: Heinrich von Morungen é o mais conhecido e é ele que, com Von Aue, participa da Quarta Cruzada. Durante a viagem, o cavaleiro suevo e o cavaleiro da Turíngia competem em destreza nas armas, na caça, na música e nos versos. Fatalmente, Von Aue conta a Von Morungen a história de Jaufré Rudel. Von Morungen se exalta: a paixão por Jaufré Rudel que Von Aue lhe transmite muda seus planos, suas fidelidades e lhe aponta um caminho. Vagamente, nas recordações de Von Aue a figura de Morungen, perturbada e enérgica, prossegue a viagem para o Oriente, até a Índia. A figura quebradiça de Jaufré Rudel se ilumina como uma tocha: é a Cruz do Mundo.

Com os anos, o soldado perde ante o poeta e o poeta perde ante o estudioso: Von Aue, encerrado num castelo ou num bosque, famoso como poeta e como adaptador do Erec e do Ivain de Chrétien de Troyes, se despede do mundo incapaz de decifrar o claro mistério do príncipe de Blaye.

Vertumno (Gallimard, 1958, 180 páginas).

O romance transcorre num país das Américas não especificado, que às vezes parece ser a Argentina, às vezes o México, às vezes o sul dos Estados Unidos. O romance também transcorre na França: Paris e Carcasonne. A época, fins do século XIX. Alexandre Maurin, proprietário de terras e homem de caráter forte, manda seu filho voltar para a França. André, o filho, se opõe, argumenta que nasceu naquelas terras e que seu dever é permanecer nos momentos difíceis junto do pai. Alexandre Maurin, numa tarde interminável de enormes nuvens negras penduradas no céu, adverte-o do perigo que corre se ficar. Os poderosos da região há tempos confabulam para matar todos eles. André pergunta pelo destino dos sete jovens que vivem com eles, na casa deles, compartilhando a mesma mesa, órfãos e vagabundos que Maurin foi recolhendo e criando a seu bel-prazer. André, de alguma maneira, os considera seus irmãos. Maurin sorri: não são seus irmãos, diz ele, você não tem irmãos, pelo menos que eu saiba. Os órfãos vão ter a mesma sorte do pai, Maurin decidiu, mas ele, seu único filho, deve se salvar. Finalmente fica decidido que André partirá. Maurin e os sete órfãos, que então andavam armados até os dentes, acompanham o jovem à estação ferroviária: a despedida é jovial, os órfãos sentem-se fortes e alardeiam suas armas, garantem a ele que pode partir sossegado que ninguém vai tocar num só fio de cabelo do pai. A viagem de trem é longa e solitária. André não fala com ninguém. Pensa no pai e nos rapazes e acredita que cometeu um erro imperdoável ao deixá-los lá. Tem um sonho: seu pai e os órfãos cavalgam debaixo de um aguaceiro tremendo, disparando seus rifles contra uma massa compacta de inimigos que permanece imóvel, transida de medo. Depois André chega a um porto, tem uma aventura com uma mulher num hotel que fica numa colina, pega um navio, se chateia durante a longa travessia, chega à França. Em Paris encontra a mãe, em cuja casa vive nos primeiros dias. A relação com a mãe é distante e formal. Depois, com o dinheiro trazido das Américas, aluga uma casinha e começa seus estudos na universidade.

Durante vários meses não tem notícias do pai. Um dia aparece um advogado que lhe anuncia a existência de uma conta bancária aberta em seu nome, uma conta com dinheiro suficiente para ele viver, terminar os estudos e viajar pela Europa. A conta se enriquece todo ano com uma remessa procedente das Américas. Seu pai, diz o advogado, é um homem de recursos. Um exemplo para a juventude. Antes de se despedir, entrega uma carta. Nela, Alexandre Maurin explica mais ou menos a mesma coisa e o insta a terminar logo os estudos e a viver da forma mais saudável e conveniente possível. Os rapazes e eu, diz, estamos defendendo o forte. Dois anos depois, André conhece numa festa um viajante que percorreu a parte das Américas onde seu pai vive. O viajante ouviu falar dele: um francês rodeado de filhos naturais de lá, alguns selvagens e perigosos, que mantinha em xeque as autoridades da região. Proprietário de vastas terras de pastagem e de lavoura, de plantações de frutas e de um par de minas de ouro. Vivia, segundo diziam, no centro exato das suas posses, numa grande casa de tijolo e madeira, térrea, parecida com um labirinto cheio de pátios e corredores. Sobre os enteados do francês, cujas idades iam dos oito aos vinte e cinco, dizia-se que eram numerosos, embora provavelmente não fossem mais de vinte, e que alguns já eram responsáveis por várias mortes. Essas palavras alegram e transtornam André. Naquela noite não consegue saber mais nada, mas nos dias seguintes obtém o endereço do viajante e vai visitá-lo. Durante semanas, pretextando os mais diversos motivos, André obsequia o viajante de todas as formas possíveis, com uma generosidade que não parece ter limites e que logra convencer seu novo amigo. Finalmente o convida a passar uns dias em Carcasonne, na casa paterna que não visitou desde sua chegada à França. O viajante aceita o convite. A viagem de trem de Paris a Carcasonne é agradável: falam de filosofia e de ópera. Fazem de carruagem o trajeto de Carcasonne à casa paterna e André não abre a boca, nunca estivera lá e uma espécie de medo irracional e sem face o invade. A casa está vazia, mas um vizinho e alguns criados comunicam a eles que o velho senhor Maurin esteve lá. André compreende que se referem a seu avô, que ele acreditava morto. Deixa o viajante instalado na casa e começa a procurá-lo. Quando o encontra, numa aldeia próxima de Carcasonne, o velho está muito doente. Segundo a família que o acolhe, falta pouco para morrer. André, que está terminando os estudos de medicina, trata dele e cura-o. Por uma semana, esquecendo-se de qualquer outro assunto, permanece junto da cabeceira do velho: em seu rosto devastado pela doença e pela má vida, crê ver as feições do seu pai, a alegria feroz do seu pai. Quando o ancião melhora, leva-o para sua casa, em que pesem os protestos deste. O viajante, enquanto isso, fez amizades entre os vizinhos e à chegada de André revela que sabe o motivo pelo qual foi convidado. André reconhece que a princípio agiu guiado por um interesse pessoal mas que agora sente uma amizade sincera. Com a chegada do outono o viajante vai para a Espanha e para o norte da África, e André permanece em Carcasonne cuidando do avô. Uma noite sonha com o pai: cercado por mais de trinta crianças, adolescentes e jovens, Maurin percorre a cavalo um prado em flor. O horizonte é infinito e de um azul ofuscante. Ao acordar, André resolve voltar para Paris. Passam-se os anos. André conclui os estudos e abre consultório num elegante bairro parisiense. Casa-se com uma jovem graciosa e de boa família. Tem uma filha. É professor na Sorbonne. Lançam-no como deputado. Compra imóveis e especula na Bolsa. Tem outra filha. Quando seu avô morre — aos noventa e nove anos —, manda reformar a casa paterna e passa os verões em Carcasonne. Tem uma amante. Viaja pelo Mediterrâneo e pelo Oriente Próximo. Uma noite, no cassino de Montecarlo, torna a encontrar o viajante. Evita-o. De manhã o viajante se apresenta em seu hotel. Está arruinado e pede um empréstimo em nome da sua velha amizade. André Maurin, sem dizer palavra, entrega-lhe um cheque mais que generoso. O viajante, emocionado e agradecido, conta-lhe que passou cinco anos nas Américas e que viu seu pai. André diz que não quer saber dele. Já nem sequer toca na conta que seu pai, invariavelmente, aumenta a cada ano. Mas desta vez, disse o viajante, eu o vi pessoalmente, falei do senhor, passei sete dias na casa dele, posso lhe contar mil detalhes da vida dele. André disse que isso não lhe interessa mais. A despedida é fria. Naquela noite, voltando a Paris, André Maurin sonha com seu pai: só vê crianças e armas e expressões de espanto. Ao chegar a Paris, esquecera tudo.

3.

UM ROMANCE DE ARCIMBOLDI LIDO EM QUATRO DIAS

Os negros de Fontainebleau (Gallimard, 1970, 140 páginas).

Um pintor de nome Fontaine volta à sua cidade natal no sul da França depois de trinta anos de ausência. A primeira parte do livro consiste, sucintamente, no seguinte: a volta de trem, a paisagem que se vê pelas janelas, o silêncio ou a loquacidade dos outros passageiros, suas conversas, o corredor do trem, o vagão-restaurante, o modo de andar do fiscal, opiniões diversas: sobre política, sobre o amor, sobre vinhos, sobre a pátria, depois a noite no trem, os campos no escuro e a lua. A segunda parte nos mostra Fontaine dois meses depois, instalado nos arredores do seu vilarejo, numa casinha de três cômodos perto de um riacho onde sua vida transcorre com dignidade e pobreza. Só lhe resta um amigo, o doutor D'Arsonval, que conhece desde a infância. D'Arsonval, de boa situação econômica e que, de resto, gosta de Fontaine, tenta ajudá-lo economicamente mas este se nega. Temos aqui a primeira descrição de Fontaine: baixinho, igual a um cordeiro, de olhos escuros e cabelos castanhos, expressão às vezes muito concentrada e gestos desajeitados. Em sua ausência esteve em várias partes do mundo, mas prefere não falar nisso. Suas lembranças de Paris são felizes e luminosas. Em sua juventude, Fontaine chegou a ser um pintor de quem se esperavam grandes coisas. Em certa ocasião (lembra-se D'Arsonval, indo a cavalo para a casinha de Fontaine) o acusaram de copiar Fernand Khnopff. Foi uma armadilha planejada com rancor e habilidade. Fontaine não se defendeu. Conhecia a obra de Khnopff, mas preferia a de outro belga, Mellery, o simpático Xavier Mellery, filho, como ele, de um jardineiro. A partir desse momento sua carreira foi por água abaixo. D'Arsonval visitou-o três anos depois: ele se dedicava a ler livros de rosa-cruzes, às drogas e às amizades que pouco contribuíam para sua saúde física e mental. Sustentava-se com um obscuro trabalho em certas lojas de departamentos. Quase não pintava, mas num par de ocasiões D'Arsonval recebeu, já reinstalado como médico no Roussillon, convites para exposições coletivas, presumivelmente enviadas pelo próprio Fontaine, de um grupo de pintores que se faziam chamar de "Os Ocultos" e às quais, é lógico, D'Arsonval não compareceu. Pouco depois Fontaine desapareceria. A terceira e última parte do romance transcorre, depois de um demorado e copioso jantar, na biblioteca de D'Arsonval. A mulher do dono da casa foi dormir, os outros quatro homens que rodeiam D'Arsonval são solteiros: além de Fontaine, estavam o comerciante Clouzet, viúvo e riquíssimo, *amateur* — como o anfitrião — da poesia, da música e das obras de arte; o jovem pintor Eustache Pérol, às vésperas da sua segunda e definitiva viagem a Paris, onde pensa se instalar e fazer carreira, apoiado inicialmente por D'Arsonval e Clouzet; e finalmente o pároco da aldeia, padre Chaumont, que se confessa ignorante nas delícias da arte. A conversa se prolonga até o amanhecer. Todos falam. Às vezes o diálogo é calmo, às vezes o tom sobe. Chaumont zomba de D'Arsonval e Clouzet. Eustache Pérol trata o padre de bandido espiritual. Relembram Michelangelo. D'Arsonval e Clouzet estiveram na Capela Sistina. Chaumont fala de Aristóteles, depois de são Francisco de Assis. Clouzet lembra o *Moisés* de Michelangelo e mergulha no que pode ser nostalgia ou desespero silencioso. Eustache Pérol fala de Rodin, mas ninguém lhe dá bola: rememora *Os burgueses de Calais*, que ele nunca viu, e range os dentes. D'Arsonval põe a mão no ombro de Clouzet e pergunta se ele se lembra de Nápoles. Clouzet cita Bergson, que eles conheceram em Paris, e ambos, Clouzet e D'Arsonval, caem na risada. *Pape Satan, pape Satan, aleppe*, murmura o pároco. Logo o tema muda para a iminente viagem de Pérol. Chaumont pergunta pela senhora sua mãe. Eustache Pérol confessa que está aflitíssima. Clouzet diz umas tantas palavras acerca do amor materno. D'Arsonval ri num canto da biblioteca. Abrem outra garrafa de conhaque. O único que até então se limitou a beber é Fontaine. Às quatro da manhã, quando todos estão bêbados (o padre Chaumont cochila numa poltrona e os outros percorrem a biblioteca em mangas de camisa), se dispõe a falar. Recorda sua mãe. Rememora sua partida e as lágrimas da mãe ao preparar sua mala na noite anterior. Fala da alegria do trabalho. Das visões sublimes. Da monotonia da vida. Da sua incapacidade para decifrar seu mistério. Os dias em Paris, diz sem levantar do assento e olhando para o chão, são velozes. Mas velozes como o quê? Como o vento? Como a amnésia? Fala de mulheres e entardeceres, de madrugadas infames e rostos demoníacos e sem expressão. Um gesto, uma palavra dita sem pensar, e você está condenado, as consequências serão imprevisíveis, diz com voz suave. Fala da morte da mãe, de pintores e de bares. Fala dos rosa-cruzes e do cosmos. Um dia, premido pelas dívidas, aceitou um trabalho nas colônias. Não pintava mais, tinha, digamos assim, se rendido, e nessa nova atividade sua ascensão foi fulminante. O primeiro a ficar surpreso, claro, foi ele mesmo. Em poucos anos já ocupava um cargo de responsabilidade que o obrigava a viajar constantemente. Sim, conhecia grande parte da África e havia chegado até a Índia. Países surpreendentes, diz ante a expectativa de D'Arsonval e Clouzet e o olhar dolorosamente cético de Eustache Pérol. Em certa ocasião, diz, por causa de uma série de erros idiotas, eu me vi obrigado a passar um mês num novo posto avançado de Madagascar. São os primeiros dias do ano de 1900. A vida na plantação e na aldeia é mortalmente tediosa. Em três dias seu trabalho está feito e o tempo passa com uma lentidão exasperante. A princípio ele se distrai propondo obras que melhorarão as condições de vida dos negros, mas ante a passividade destes logo abandona seu empenho. O desinteresse é geral. Ninguém quer, depois da plantação, trabalhar mais. A desídia nos nativos espicaça a curiosidade de Fontaine, que decide pintá-los. A princípio, tudo é excitante: com materiais que tira da natureza fabrica as cores e os pincéis. As telas, um funcionário da companhia lhe arranja: um lençol velho, pedaços de sacos e de panos. Começa a pintar; longe está, garante, da escola simbolista, dos visionários e dos lamentáveis "Ocultos". Agora é seu olho, que pretende nu, a guiar sua mão. Santa inocência de funcionário, diz. A pintura logo escapa do seu controle. Começa com os sacos e os pedaços de pano, reservando o lençol como fecho de ouro. Uma noite, ao contemplar os panos à luz de um lampião, se dá conta de que transformou aquela pobre aldeia de Madagascar num palácio enorme, suntuoso, cheio de corredores, escadarias e recantos. Como Fontainebleau, diz, apesar de nunca ter estado lá. No dia seguinte ataca a pintura do lençol. Leva oito dias para terminar, pintando toda hora, ao ar livre e de noite no precário escritório da companhia. Priva-se de comida e de sono. No nono dia embala suas coisas e não sai do quarto. No décimo dia parte no barco que veio buscá-lo. Um ano depois, instalado numa cidade africana pequena e acolhedora, decide por fim ver novamente suas pinturas. São vinte telas pequenas e uma grande, que compreende aquelas e que ele chama de *os negros de Fontainebleau*. De fato, nos quadros a aldeia se transformou num palácio. As ocupações dos nativos, nas ocupações dos cortesãos. Os grandes salões, seus claro-escuros, suas figuras, seus espelhos, os murais, os cortinados espessos parecem, todos por igual, imersos numa doença indeterminada. O chão ressuma febre, os tapetes parecem a ponto de afundar. Nesse cenário, nessa atmosfera ao mesmo tempo opressiva e leve, os negros se movimentam e observam com o canto dos olhos o pintor, o futuro espectador do quadro, como se estivessem expostos às intempéries. Fontaine acredita que volta a ouvir — a ouvir pela primeira vez — os ruídos daquela aldeia a que nunca voltará e que erroneamente confundiu com os ruídos de qualquer outra aldeia africana. Agora, a milhares de quilômetros, ouve-a e a vê pela primeira vez, e se horroriza e se maravilha a um só tempo. As pinturas, claro, se extraviaram, acrescenta Fontaine, salvo o velho lençol que o acompanhou, como uma expiação, a cada mudança de domicílio. Depois de um longo silêncio, ouve-se a voz de Chaumont, que todos acreditavam adormecido: o senhor fala do pecado, diz. D'Arsonval e Clouzet, subitamente cheios de ansiedade, tomam as providências necessárias para preparar o coche e partir imediatamente para a casa de Fontaine, a fim de ver esse quadro excepcional. Pérol ficou dormindo, sua fisionomia é calma e pura. D'Arsonval e Clouzet dão o braço a Fontaine e os três saem ao pátio, onde o criado já atrelou os cavalos. Ali, no pátio, enquanto o dia começa a clarear, se fazem servir leite quente, pão, queijo, fiambres. Fontaine, de pé, contempla o céu tomando uma taça de vinho. O padre Chaumont junta-se a eles. O coche atravessa o vilarejo adormecido, passa pela ponte, embrenha-se num bosque. Por fim chegam à casinha de Fontaine: este pega a tela num baú, estende-a em cima da cama e, sem olhar para ela, afasta-se até uma janela. Dali ouve as exclamações de D'Arsonval e Clouzot, o murmúrio de Chaumont. Pouco depois, quando o verão chega ao fim, morre. Ao pôr à venda seus parcos pertences, D'Arsonval procura o quadro mas não o encontra.

4.

DOIS ROMANCES DE ARCIMBOLDI LIDOS EM TRÊS DIAS

O bibliotecário (Gallimard, 1966, 185 páginas).

O protagonista se chama Jean Marchand. É jovem, de boa família e quer ser escritor. Tem um manuscrito, *O bibliotecário*, no qual trabalha faz tempo. Uma editora, pode-se adivinhar que se trata da Gallimard, o contrata como leitor. Marchand, de um dia para o outro, se vê sepultado debaixo de centenas de romances inéditos. Primeiro decide adiar seu livro. Depois decide abandonar suas pretensões literárias (pelo menos a prática, se não a paixão) e se dedicar à carreira de outros escritores. Ele se vê como um médico de um leprosário da Índia, como um monge encarregado de uma causa superior.

Lê manuscritos, faz demoradas entrevistas com os autores, aconselha-os, telefona para eles, se interessa pela saúde deles, empresta dinheiro, logo há um grupo de uns dez que pode considerar como coisa sua, obras em cuja elaboração está envolvido. Algumas, poucas, são publicadas. Há festas e projetos. As outras, imperceptivelmente, vão engrossando uma coleção de manuscritos inéditos que Marchand guarda zelosamente em casa. Entre esses manuscritos alheios, seu romance O *bibliotecário*, inacabado e perfeitamente datilografado, bem encadernado, uma beleza entre os originais manuseados, rabiscados, amarrotados, sujos; um manuscrito fêmea entre manuscritos machos. Marchand sonha que numa noite mágica e interminável os manuscritos rejeitados fazem amor de todas as maneiras possíveis com seu manuscrito adiado: sodomizam-no, estupram-no bucal e genitalmente, gozam em seu cabelo, no pescoço, nas orelhas, nas axilas etc., mas ao amanhecer seu manuscrito não foi fecundado, é estéril. Nessa esterilidade, acredita Marchand, reside seu valor de obra única, seu magnetismo. Sonha também que é o líder de uma quadrilha de garimpeiros clandestinos e que a montanha que devem garimpar à luz da lua está oca, vazia. Seu prestígio na editora, como não podia deixar de ser, vai crescendo. Recomendou a publicação de um jovem escritor que é o sucesso da temporada. Marchand sabe que para esse que ele deixou respirar há cinco que suportam com ele (com o melhor Marchand, o mais improvável) a falta de ar, a escuridão dos trabalhos labirínticos.

Com o correr do tempo, um dos seus escritores se suicida. Outro passa para o jornalismo. Outro, com recursos, escreve um segundo e um terceiro romances, que só Marchand lerá e elogiará. Outro publica numa editora de província. Outro vira vendedor de enciclopédias. A essa altura Marchand já deixou para trás qualquer escrúpulo, qualquer timidez: não só mantém uma relação regular com os escritores como, em mais de um caso, conhece suas famílias (o querido senhor Marchand), suas namoradas e esposas, suas avós pródigas, seus melhores amigos. Seu manuscrito se prolonga, imaginariamente, nos romances que guarda em casa: o personagem de *O bibliotecário* entra na vida dos outros personagens, dos personagens alheios, na mesma medida em que ele se instala na vida dos escritores. Dos dez primeiros só um abre caminho com força no proceloso mundo editorial (e esse também ele fiscaliza, a ponto de obrigá-lo a escrever contos que só ele lerá, a refazer romances cujos fragmentos descartados só ele possuirá); os outros, com o passar dos anos, vão adotando outros interesses, desistem, se reacomodam, crescem. Mas o fluxo de novos manuscritos não cessa: Marchand arruma mais dez escritores, depois outros dez, e assim até encher sua biblioteca de manuscritos raros, às vezes ruins, surpreendentes, encantadores, às vezes obscuros, que ele mesmo se encarrega de fazer os editores descartar. Chega um momento em que Marchand só lê inéditos: no romance descreve sumariamente o argumento de uns quarenta.

Marchand tem sonhos: um grande incêndio em seu edifício, que Arcimboldi relata com minúcia de arquiteto e de bombeiro; a aparição de um Messias tonitruante que publicará todos os manuscritos subtraídos e que o condenará ao fogo eterno, horror mais temido do *Bibliotecário*; a eclosão de uma geração de romancistas rápidos como a eletricidade, que ele mimará e conduzirá, passo a passo, à sua biblioteca de rejeitados. O romance acaba abruptamente. Marchand morre de um ataque cardíaco. Vão a seu enterro, junto com os funcionários da editora, muitos ex-escritores. Um caminhão de mudanças leva sua coleção de manuscritos para um depósito. Arcimboldi descreve o depósito detalhe por detalhe.

Racine (Gallimard, 1979, 140 páginas).

Uma biografia fragmentada, dividida em pedaços frios e sem

aparente continuidade, talvez uma coleção de poemas em prosa, como um crítico havia assinalado. Cenas da vida de Racine que vão se sucedendo como quartos fechados e irrespiráveis: a morte da menina Jeanne-Thérèse Olivier narrada com evidente dor apesar da frieza, da presumida objetividade da prosa; a morte de Jeanne Sconin, mãe do poeta, quando ele tinha dois anos; a morte de Marquise du Parc, sua amante, o ano da publicação de *Andrômaca*; o trabalho com Boileau, a cabeça de Boileau, seu perfil; a amizade com Molière e a posterior inimizade; a morte de Jean Racine, seu pai; as madrugadas de 1644, quando, órfão de cinco anos, vive com seus avós; as tragédias inacabadas e perdidas, a incalculável energia desperdiçada; a vida em Uzès, os pássaros do Languedoc, seu tio Antoine Sconin; a mentira que o ronda como uma nuvem afiada e esquálida; o casamento com Catherine de Romanet; a acusação de ter envenenado Marquise du Parc para ficar com suas joias; o estudo do latim; a estreia de *Andrômaca* interpretada por Marquise du Parc; a época em que Marquise du Parc trabalhava na companhia de Molière; a cama da Champmeslé; os filhos, a vida em Versalhes; os grandes blocos de gelo do século XVII; a música de Lully e Port-Royal.

5.

DOIS ROMANCES DE ARCIMBOLDI LIDOS EM SETE DIAS

A busca de Sam O'Rourke (Gallimard, 1960, 230 páginas).

Esse romance triste e prolixo faz pensar de imediato num plágio ou, no melhor dos casos, numa versão revista de *O sequestro de Miss Blandish*, de James Hadley Chase. A descrição angustiante de objetos (camas, cortinas, catres de campanha, armas, cadeiras, caixas de biscoito, garrafas, pratos), muito ao estilo do *nouveau roman*, não impedem que as linhas mestras do relato de James Hadley Chase se imponham com força soberana: uns malfeitores pés de chinelo sequestram a filha de um magnata, os sequestradores, uns trapalhões, não demoram a perder sua presa para outra quadrilha, o cérebro da nova quadrilha é uma mulher gorda e mal-humorada (Mona), e seus lugares-tenentes são seu filho (Chuck) e seu afilhado (Jim, que também chamam de Kansas Jim). Naquela mesma noite, a noite do duplo sequestro, saberemos que Chuck é um psicótico perigoso e que não demorará para se enrabichar pela bonita herdeira, e que Jim é bonitão e astuto e despreza soberanamente a jovem: seus argumentos, explicados com generosidade, oscilam entre um senso muito particular da luta de classes e a simpatia e o companheirismo *natural* das coristas, a quem obviamente prefere.

O resto da quadrilha é composto por quatro indivíduos obscuros e sanguinários: um negro, dois ex-fazendeiros e um dançarino polonês de cinquenta e cinco anos. O cotidiano desses personagens é algo que parece fascinar Arcimboldi: sua vida diária, seus antros, seus hobbies, suas manias, sua suavidade para "se colar nas fissuras do tempo". Assim, logo saberemos até os gostos culinários dos sequestradores, seus sonhos, os temas mais frequentes das suas conversas, suas esperanças, seus amores negros e sua sorte negra (cf. Victor Hugo, *Os miseráveis*). Chuck e a sequestrada aparecem como uma espécie de Romeu e Julieta infernais, Mona e o polonês (que dormem juntos uma vez a cada quinze dias, mas quase sem se tocar, um em cada lado da cama se masturbando mutuamente com mãos que são descritas como antenas de insetos) aparecem como a contrapartida: o casal antigo que alcançou ou está a ponto de alcançar a sabedoria, o estado de Romeu e Julieta celestiais. Entre os dois casais, num território onde tudo é desafio, se encontram o afilhado, o negro, às vezes os dois ex-fazendeiros: são os espectadores do amor, o coro que dá ou tira a vida, que a certifica.

As duas cidades onde transcorre a primeira parte do romance estão descritas com aparente objetividade (por meio de outra catarata de descrições), deixando entrever detrás delas uma paisagem de sonho: nuvens incrivelmente baixas, quase rente aos para-raios, árvores (que Arcimboldi, sem que se saiba o porquê, chama de "árvores de Oklahoma") retortas, solitárias, carregadas de passarinhos e de roedores, espectros verde-escuros em campinas desoladas, espeluncas clandestinas abertas a noite inteira, hospedarias com quatro camas em cada quarto, sítios com portas e janelas blindadas, caubóis que contemplam o vale sem descer das suas montarias e a uma grande distância. No vale, as duas cidades refulgindo ao sol; na montanha, o caubói fumando e sorrindo com um quê de tristeza, naquela postura de abandono e descanso que vimos em tantos filmes.

Entre o fim da primeira parte e a segunda há uma porta de um banheiro que alguém abre (não nos diz quem) e encontra um anão escovando os dentes numa pia de anão. A segunda parte começa precisamente aí: um detetive particular (Sam O'Rourke) está ajoelhado diante de uma pia anã escovando os dentes e olhando-se no espelho — que também está na altura de um anão — com uma expressão de tristeza infinita. Nesse momento alguém abre a porta (presumivelmente o mesmo que abriu a porta antes e encontrou o anão) e o encarrega de se ocupar da herdeira desaparecida. Arcimboldi tornará mais algumas vezes à imagem do detetive de joelhos escovando os dentes: um homem reduzido a seu tamanho verdadeiro; descrição dos ladrilhos do banheiro (do tipo Hardee-Royston, com flores verdes e cinza sobre superfície fosca); descrição da única lâmpada de luz pendurada nua sobre o espelho; a sombra da porta ao se abrir; a pesada silhueta no limiar e os olhos do desconhecido que O'Rourke não pode enxergar mas nos quais adivinha um brilho de estupor e medo; o olhar de O'Rourke, primeiro para o espelho (onde só vê o reflexo das pernas do desconhecido), depois se virando e procurando o rosto deste; as vozes que soam com uma limpidez estranha; a água que escorre na pia rachada e as gotas que deslizam entre as juntas dos ladrilhos.

A busca de O'Rourke se circunscreverá ao âmbito das duas cidades e à rede de fazendolas espalhadas entre as duas cidades. Uma cidade, apenas, conclui Arcimboldi, é por natureza impossível de se abarcar, duas cidades são o infinito. Sobre esse infinito, O'Rourke transita com a simplicidade e a inteireza de um americano. As mortes sem sentido (apesar dos intentos do autor — mediante enumerações causais — para demonstrar que tudo tem um sentido oculto e duro como o destino) se sucedem com arrepiante monotonia. As pesquisas de O'Rourke levam-no a uma igreja, a um orfanato, a um sítio queimado, a um bordel. Durante a investigação, que se assemelha a uma viagem, faz novos amigos e inimigos, reencontra amantes esquecidas, tentam matá-lo, mata, perde o carro, faz amor com sua secretária. As conversas que O'Rourke tem com policiais, gatunos, capangas, vigias noturnos, empregados de postos de gasolina, informantes, putas e traficantes são reproduzidas na íntegra e falam da existência de Deus, do progresso, da matemática, da vida depois da morte, da leitura da Bíblia, das mulheres ruins e das esposas boas, dos discos voadores, do papel de Cristo nos planetas desconhecidos, do papel do homem na terra, das vantagens da vida no campo sobre a vida da cidade (ar puro, verduras e leite frescos, exercício diário garantido), do desgaste dos anos e dos remédios milagrosos, da composição secreta da coca-cola, da opção de pôr filhos neste mundo confuso, do trabalho como um bem social.

A busca da herdeira, como era de se supor, não termina nunca. As cidades A e B acabam se confundindo. A quadrilha de Mona, embolsado o resgate, tenta fugir, mas algo não designado (e abominável) a impede de escapar. Acabam se estabelecendo em B, onde compram um *night-club* no subúrbio. O *night-club* é descrito como um castelo ou uma fortaleza: num quarto secreto, a herdeira e Chuck observam os entardeceres e as árvores de Oklahoma até o infinito. O'Rourke se perde duplamente: nas cidades e nas conversas transcendentais e fúteis. No entanto, ao terminar a narrativa, tem um sonho. Sonha que toda a quadrilha de Mona sobe uma escada, Mona vem na frente e Kansas Jim fechando a marcha, no meio a herdeira sequestrada que Chuck abraça pela cintura, sobem com lentidão mas com passo firme e decidido, a escada é de madeira e não está atapetada, até chegar a um corredor escuro ou ligeiramente iluminado por uma lâmpada amarelada cheia de cocô de mosca. Há uma porta ali. Abrem-na. Encontram um banheiro de anões. O'Rourke está ajoelhado diante da pia diminuta, escovando os dentes. A quadrilha permanece no umbral, sem cumprimentá-lo. O'Rourke se vira, sempre de joelhos, e os observa. O romance termina poucas linhas depois, com disquisições sobre o amor e o arrependimento.

A *perfeição ferroviária* (Gallimard, 1964, 206 páginas).

Romance composto por noventa e nove diálogos de duas páginas cada um, aparentemente sem nenhuma relação entre si. Todos os diálogos transcorrem a bordo de um trem. Mas não no mesmo trem, nem num mesmo tempo. Cronologicamente, o primeiro diálogo (página 101) transcorre em 1899, entre um padre e um funcionário de uma companhia de ultramar; o último (página 59), em 1957, entre uma jovem viúva e um coronel da cavalaria da reserva. Seguindo a ordem do livro, o primeiro diálogo (página 9) transcorre em 1940, entre um pintor de paisagens e um pintor surrealista com os nervos destroçados, presumivelmente num trem que se dirige a Marselha; o último (página 205) transcorre em 1930, entre uma mulher que viaja com dois filhos e uma anciã doente à beira da morte, mas que não morre nunca, entre outras razões porque o diálogo, tal como os que o precederam, é interrompido: na verdade, o leitor se depara com conversas que não vê começar (que nem sequer desconfia como começam) e que ao fim de duas páginas inevitavelmente serão interrompidas. No entanto, o leitor perspicaz pode encontrar pistas que, em algumas ocasiões, esclarecem o início do diálogo, seus motivos, as causas que o impeliram. Mas a maioria deles, ao menos aparentemente, surge como resultado da monotonia da viagem; alguns têm uma origem mais singular: um comentário sobre o romance policial que um dos viajantes está lendo, um acontecimento político ou social importante, uma terceira pessoa que atraiu a atenção de ambos. Cada diálogo é encabeçado por um pequeno título que às vezes nos informa acerca da profissão dos conversadores, ou acerca do seu estado civil, ou acerca do destino do trem, ou acerca do ano em curso, ou sobre a idade dos viajantes, mas nem sempre, chegando inclusive em certos capítulos a abrir tão só com uma informação horária: três da manhã, nove da manhã, onze da noite etc. O leitor perspicaz também compreende logo (ainda que para tanto seja necessária uma segunda ou terceira leitura) que não se trata de um livro de contos ou de noventa e nove fragmentos cuja única conexão é a viagem de trem: como se se tratasse de um romance de mistério, os fragmentos de diálogos nos levam a reconhecer pelo menos dois viajantes, duas pessoas ambíguas que, apesar das mudanças de trabalho, de idade, às vezes até de sexo (mas então a senhorita que trabalha no escritório de uma fábrica de chocolate no Jura não é essa senhorita), são a mesma pessoa, e ambos fogem, ou se perseguem, ou é um que persegue e o outro se oculta. Também é factível deslindar as chaves para o esclarecimento de um crime, se bem que a ordem em que o livro nos apresenta os diálogos contribua muito mais para obscurecê-lo (diálogo entre o prefeito de Narbonne e o intelectual turco, página 161; diálogo entre o soldado de licença e a mulher misteriosa, página 163; diálogo entre o fiscal do trem e o marinheiro de Toulon, página 95; diálogo entre o revisor de texto cuja mãe morreu e o arquiteto da prefeitura de Brest, página 51; diálogo entre o imigrante italiano e o relojoeiro de Genebra, página 87; diálogo entre a puta de cinquenta anos e a puta de vinte, página 115); também é possível urdir uma história cômica (diálogo entre o casal que parte em lua de mel, página 27; diálogo entre o rentista e a proprietária de vinhedos no Roussillon, página 77; diálogo entre o artista de variedades e o [engenheiro, espião alemão, boêmio de Estrasburgo?], página 109); a história de uma fidelidade (diálogo entre o velho padeiro e o velho médico de província, página 153; diálogo entre o soldado de licença e a mulher misteriosa, página 163; diálogo entre o gago de Lille e o taxista de Paris, página 171); a história de uma viagem — à Espanha, ao Magreb? — que acaba com a morte do viajante (diálogo entre o professor de literatura medieval e o representante de vendas, página 143; diálogo entre a mulher enigmática e a mulher casada, página 69; diálogo entre o esportista de vinte anos e a universitária de vinte e oito, página 181; diálogo entre a jogadora de bridge e a inglesa de idade indefinida, página 197); e a história de uma casa incendiada (diálogo entre o coveiro meridional e o coveiro setentrional, página 39; diálogo entre a dona de casa que gosta de escrever mas não de ler poesia e o revisor de texto cuja mãe morreu, página 119; diálogo entre o homem que nunca andava de trem e o velho que tinha sido filho único, página 191). Mas a história verdadeiramente importante, a que de alguma maneira contém, apaga e desloca todas as outras, é a história da perseguição. O leitor se defronta, logo de cara, com vários problemas: o que persegue o faz por amor ou por ódio? O que foge o faz por amor ou por medo? Quanto tempo passa do início da perseguição ao tempo atual? Ao terminar o livro fica pendente a perseguição ou em algum momento entre 1899 e 1957 ela cessou imperceptivelmente? Quem persegue é um homem e quem foge é uma mulher ou o inverso? Qual é a história e quais as excrecências, os ornatos, as ramificações da história?

6.

AMIZADES DE ARCIMBOLDI

Raymond Queneau, que ele considerava seu mestre e com o qual se desentendeu em mais de dez ocasiões. Cinco por carta, quatro por telefone e duas pessoalmente, a primeira com insultos e maldições, a segunda com olhares e expressões de desprezo.

Georges Perec, que admirava profundamente. Em certa ocasião disse que com toda a certeza ele era a reencarnação de Cristo.

Raoul Duguay, poeta quebequense com quem manteve uma relação de hospitalidade mútua: quando Duguay estava na França, dormia na casa de Arcimboldi; quando este ia ao Canadá ou dava cursos universitários, se hospedava na casa do franco-canadense. A propósito dos trabalhos de Duguay: ele podia ser, numa temporada, professor numa universidade texana e, na temporada seguinte, garçom num bar de Vancouver. Coisa que talvez possa parecer natural na América do Norte, mas que não deixava de maravilhar Arcimboldi.

Isidore Isou, que costumava ver entre 1946 e 1948, e com

quem rompeu em consequência do lançamento do livro *Réflexions sur M. André Breton* (Lettristes, 1948). Para Arcimboldi, Isou era um "romeno de merda".

Elie-Charles Flamand, que ele frequentou de 1950 a 1955. Já então o jovem Flamand estava interessadíssimo no esoterismo, o que em 1959 lhe valeria a excomunhão do grupo surrealista. Compartilhou com Arcimboldi o gosto por certas leituras poéticas e cabalísticas. Flamand, segundo Arcimboldi, era tão discreto que, quando sentava, era a mesma coisa que se tivesse ficado de pé. (Podemos encontrar essa observação de Arcimboldi num conto de Agatha Christie.)

Ivonne Mercier, bibliotecária de Caen, que ele frequentou de 1952 a 1960. Conheceu a senhorita Mercier numas férias na Normandia. Durante um ano, se limitaram a um contato epistolar, embora profuso, de duas a três cartas semanais. A senhorita Mercier estava noiva na época e sonhava com um casamento iminente. A súbita morte do noivo estreitou a relação. Ivonne Mercier ia a Paris numa média de seis vezes por ano. Arcimboldi, ao contrário, só foi a Caen mais uma vez no resto da sua vida, no verão de 1959, ano da publicação do romance *Hartmann von Aue* e do livro de versos *A perfeição ferroviária, ou Os desdobramentos do perseguido*. Em 1960, Ivonne Mercier se casou com um construtor da costa normanda e interrompeu suas visitas a Paris. Ainda continuaram se escrevendo, muito esporadicamente porém, durante um par de anos.

René Monardes, amigo da infância em Carcasonne, a quem sempre visitava quando regressava à sua cidade. Monardes, atacadista de vinhos, lembrava-se de Arcimboldi como uma pessoa sincera e de grande coração. Nunca leu nenhum dos seus livros, apesar de ter alguns na estante da sala de jantar. Mesmo depois de Arcimboldi ter ido embora da França, Monardes afirmava que de vez em quando ele o visitava. Uma vez a cada dois anos. Vem, toma um copo de vinho comigo, às vezes comemos figos sob a parreira, conto as novidades, cada vez menos, depois vai embora. Continua sendo uma boa pessoa. Calado e boa pessoa.

7.

RELAÇÕES EPISTOLARES DE ARCIMBOLDI

Robert Goffin, dez cartas datadas do período de 1948 a 1951. Temas: erotismo, pintura, automobilismo, tempo, ciclistas belgas e franceses, fraudes e grandes fraudadores.

Achille Chavée, quinze cartas, entre 1953 e 1960. Temas variados. A literatura, como se costuma dizer, brilha por sua ausência. Nas cartas de Chavée, este o anima, coragem, jovem, coragem.

Cecilia Laurent, do Centro de Pesquisas de Energia Atômica de Paris. Quarenta cartas, postais, telegramas, todos datados de 1960. Num postal, Arcimboldi confessa seu desejo de matá-la. Na carta seguinte, se desdiz: o que na verdade desejo é fazer amor com a senhora. Penetrá-la = matá-la. Naquela mesma tarde lhe manda um telegrama: não leve a sério, esqueça o que eu disse, é tudo mentira.

Dr. Lester D. Gore, do Instituto de Energia Nuclear de Pasadena, Estados Unidos. Dez cartas, entre 1962 e 1966, de caráter pseudocientífico. Numa delas se deduz que Arcimboldi tentou visitar Gore durante uma viagem aos Estados Unidos em 1966, mas finalmente só puderam se falar por telefone. (Estaria tentando reunir material para a escrita de um romance científico, como posteriormente explicará em outra carta?)

Dr. Mario Bianchi, chefe do Departamento de Cirurgia Plástica do St. Paul Hospital, Orlando, Estados Unidos. Oito cartas, entre 1964 e 1965, de caráter pseudocientífico. Arcimboldi se mostra interessado em técnicas de cirurgia facial, em elongações nervosas, em técnicas de implantes ósseos, em "fotografias do interior do rosto, do interior das mãos". E esclarece: "fotografias em cores, claro". O doutor Bianchi se mostra interessado em saber se nos Estados Unidos traduziram algum dos seus romances e fala numa próxima visita a Paris em companhia da esposa e do filho, durante a qual poderiam se conhecer pessoalmente.

Jaime Valle, professor de literatura francesa na Universidade Nacional Autônoma do México. Cinco cartas datadas do período de 1969 a 1971. Temas relacionados com a compra de imóveis, casas perto do mar, cabanas em Oaxaca, hippies, peiote, María Sabina. Sobre literatura mexicana: Arcimboldi, surpreendentemente, só conhece *Los de abajo*, de Mariano Azuela, em tradução de Anne Fontfreda, Paris, 1951. E alguma coisa de Sor Juana Inés de la Cruz. Não me interessa a literatura mexicana, mas a vida no México, diz. A última carta é uma longa apologia sobre B. Traven, que Jaime Valle despreza por considerá-lo literatura popular e fácil.

Renato Leduc, que ele conhece graças a um amigo comum, o apátrida panamenho Roberto Dole, negro, homossexual e pacifista. Dez cartas datadas do período entre 1969 e 1974. Temas: a vida no México, o deserto, o trópico, as zonas onde chove mais e onde chove menos. As respostas de Leduc são concisas e claras. Chega a mandar fotos e mapas, recortes de jornal e prospectos turísticos. Até o presenteia com seu livro *Fábulas y poemas*, 1966, e Arcimboldi promete traduzi-lo, mas nunca mais se ouviu falar nessa tradução.

Dr. John W. Clark, cirurgião plástico, Genebra, Suíça. Vinte cartas entre 1972 e 1975. Temas: enxertos, *A ilha do dr. Moreau*, a mudança definitiva de rosto.

Dr. André Lejeune, psicanalista lacaniano. Dezoito cartas entre 1963 e 1974. Temas literários dos quais se deduz que o doutor Lejeune é um leitor nada desprezível, além de crítico agudo e mordaz. As últimas cartas contêm ameaças veladas. Arcimboldi fala de assassinatos, de gente que fala de assassinatos, de sangue e de silêncio.

Amelia de León, professora mexicana de literatura francesa a quem conhece durante uma breve viagem a Oaxaca em 1976. Dez cartas, todas enviadas de lugares exóticos, como Mauritânia ou Senegal, todas de 1977. Nelas Arcimboldi alude repetidamente, embora sempre de forma enviesada, à idade, à maravilha de ter vinte e nove anos e de estar próximo de fazer trinta, o que era o caso da professora De León em 1977. As cartas dela são frias e acadêmicas: Stendhal, Balzac etc.

8.

HOBBIES E APRENDIZADOS

Piano. Arcimboldi aprendeu a tocar piano aos quarenta e cinco anos. Seus mestres foram Jacques Soler e Marie Djiladi. Nunca precisou nem teve um piano em casa. No entanto, quando saía de noite e encontrava um piano num bar ou na casa de amigos, fazia o possível para que o deixassem tocar. Então sentava e passava os dedos pelas teclas e, embora tocasse muito mal, se esquecia do mundo e cantava com voz quebrada e apenas audível blues americanos, baladas populares, canções de amor.

Mágica. Desde bem moço começou com os truques de mágica. Seu aprendizado foi anárquico e desordenado. Nunca seguiu uma tendência determinada. Aos cinquenta resolveu estudar a Escola do Pensamento, que na realidade devia se chamar Escola das Palavras Ocultas, que consiste em adivinhar quais objetos uma pessoa do público leva na bolsa ou na carteira. Para esse truque, é necessário um ajudante que pergunta com palavras cifradas a identidade dos objetos. Mas também é possível realizá-lo sem ajudantes, segundo o mágico Arturo de Sisti, baseando-se unicamente no aspecto exterior da pessoa, um alfabeto que leva, por canais insuspeitos mas claros e diretos, às coisas que os espectadores trazem dentro do bolso. Nesse caso as palavras ocultas não são as que o ajudante pronuncia, mas as que dizem uma gravata, um lenço, uma camisa, um chapéu, um vestido, um colar: palavras apenas sussurradas, palavras condensadas que poucas vezes enganam. Não se tratava, esteja claro, de julgar ninguém por seu aspecto exterior, mas de estabelecer uma correlação, um fluxo, entre o que se deixava ver e o que, por sua pequenez ou conveniência, se guardava. Também se interessou pela arte de fazer desaparecer as pessoas. Esse difícil gênero era teorizado por múltiplas e, não raro, antagônicas escolas, da chinesa à italiana, passando pela árabe e pelas americanas (a clássica, que fazia desaparecer pessoas, e a moderna, que fazia desaparecer trens). Não se sabe por qual delas Arcimboldi se interessou. Nunca o viram fazer uma pessoa desaparecer, mas com alguns amigos falava bastante a esse respeito.

9.

INIMIGOS JURADOS DE ARCIMBOLDI

Lisa Julien, que conheceu em 1946 e com a qual viveu entre 1947 e 1949. O rompimento foi violento: Arcimboldi, numa conversa gravada em 1971, reconheceu ter esbofeteado *duas vezes* a senhorita Julien, uma com a palma, a outra com o dorso da mão. Entre uma bofetada e outra trocaram socos (Arcimboldi acabou com um olho roxo), chutes, arranhões e xingamentos que o escritor descreve como experiência dos limites. Debaixo do aluvião de porradas, diz, aproveitava para dar uma olhada entre distraído e curioso ao mais puro nada. O ódio da senhorita Julien foi duradouro: numa rara entrevista feita em 1992 por um tabloide pseudoliterário, inserida numa reportagem-pesquisa intitulada "As sofridas mulheres dos artistas", ela se referia ao escritor como "aquele infame anão impotente".

Arthur Laville, leitor da Gallimard e crítico de arte de várias revistas especializadas da Europa e dos Estados Unidos, que se viu maldosamente retratado no personagem principal de *O biblio-*

tecário. Laville, num arroubo que poucos imaginariam nele, empenhou-se em processar Arcimboldi entre 1966 e 1970. Também foi, presumivelmente, autor de várias ameaças de morte anônimas e de um sem-número de telefonemas em que cobria o escritor de insultos e zombarias ou ficava em silêncio, respirando profusa e ruidosamente. Em fins de 1970 o arroubo de raiva de Laville cessou de maneira tão abrupta quanto havia começado. Em 1975 se encontraram num corredor da editora e se cumprimentaram cortesmente.

Charles Dubillard, poeta patriótico, monarquista e partidário convicto de Pétain. Em 1943 deu uma surra pública no jovem Arcimboldi, o qual, diga-se de passagem, não fez nada para evitar a briga, garantindo aos amigos que tentaram persuadi-lo que nada no mundo o privaria do prazer de quebrar a cara do porco fascista do Dubillard. Em 1947 tornaram a se encontrar, desta vez em Paris, num recital de poesia em que Dubillard, convertido ao gaullismo, lia um poema sobre as colinas do Languedoc, as marcas do tempo e a luz da pátria (segundo Arcimboldi, todos os messias do fascismo começavam e acabavam debaixo das anáguas farfalhantes da pátria). A briga, dessa vez, foi na saída dos fundos do local. Arcimboldi estava sozinho, portanto ninguém tentou dissuadi-lo. Dubillard estava acompanhado por três amigos da universidade, um dos quais terminou sua fulgurante carreira como ministro socialista nos anos 1980, e os quatro juntos tentaram convencer Arcimboldi, primeiro, de que os tempos haviam mudado e, segundo, de que Dubillard era muito mais forte e pesado que ele, e assim, objetivamente, a briga era desigual. De todo modo, brigaram, e Arcimboldi tornou a perder. O encontro seguinte foi em 1955, num conhecido restaurante parisiense. Dubillard havia abandonado a literatura e se dedicava aos negócios. A briga, desta vez, se limitou a empurrões e insultos, que os amigos de Arcimboldi encerraram sumariamente levando-o dali.

O último encontro ocorreu no outono de 1980. Dubillard passeava com o neto e a babá e cruzou com Arcimboldi. Este pensou em cuspir na criança, mas ponderou melhor e se contentou em cuspir na roda do carrinho. Dubillard não reagiu. Nunca mais tornaram a se encontrar.

Raoul Delorme, porteiro do prédio onde Arcimboldi morou de 1959 a 1962. Escritor que apreciava poemas sobre cavalos e minuciosos contos policiais em que o assassino nunca era pego. Por um tempo, Arcimboldi tentou que algumas revistas publicassem os escritos dele. Segundo dizia, Delorme devia ser um escoteiro extraterrestre, ou talvez apenas um telepata. Não demorou a surgir entre ambos um ódio tranquilo e bem canalizado. Delorme, segundo Arcimboldi, fazia missas negras em seu quartinho de porteiro: defecava nos livros de Gide, Maupassant, urinava nos livros de Pierre Louys, Mendès, Banville, depositava seu sêmen entre as páginas dos livros de Barbusse, Hugo, Chateaubriand, tudo isso com o único objetivo de melhorar seu francês.

Marina Libakova, arquiteta, agente literária e poeta. Um mês de paixão e cinco anos de rancor. Segundo a senhora Libakova, uma noite em sua casa, em Thézy-Glimont, onde passavam o fim de semana, Arcimboldi, sem que tivesse havido nenhuma provocação ou o que quer que pudesse explicar sua atitude, atirou no fogo da lareira o manuscrito de poemas que ela, amável e cheia de expectativa, entregara à sua apreciação. 1969-73. Também admite que Arcimboldi pediu desculpas a ela por seu ato idiota umas trezentas vezes ao longo desses cinco anos. As cartas não foram conservadas.

V. ASSASSINOS DE SONORA

1.

Pancho Monje nasceu em Villaviciosa, perto de Santa Teresa, no estado de Sonora.

Certa noite, quando tinha dezesseis anos, foi acordado e o levaram meio adormecido ao bar Monte Hebrón, onde o esperava dom Pedro Negrete, delegado de Santa Teresa. Já tinha ouvido falar dele antes, mas nunca o vira. Com dom Pedro estavam duas velhas e três velhos de Villaviciosa, e à sua frente uns dez rapazes mais ou menos da mesma idade de Pancho, em fila, esperando a decisão de dom Pedro.

O delegado estava sentado numa cadeira de espaldar alto, como a de um rei, mas com estofado descosturado, diferente de todas as outras cadeiras do Monte Hebrón, e tomava uísque direto de uma garrafa que havia trazido de casa, pois no Monte Hebrón ninguém tomava uísque. Atrás do delegado e dos velhos, numa zona de penumbra, havia outro homem que também bebia. Mas este não bebia uísque, e sim mescal Los Suicidas, uma marca rara que já não se encontrava em lugar nenhum, salvo em Villaviciosa. O cara que tomava mescal se chamava Gumaro e era motorista de dom Pedro.

Por um instante, sem levantar da cadeira, dom Pedro examinou os rapazes com olhar crítico enquanto os velhos de quando em quando cochichavam em seu ouvido. Depois chamou Pancho e ordenou que se aproximasse.

Pancho ainda estava sonolento e não entendeu a ordem.

— Eu? — disse.

— É, você, garoto, como se chama?

— Francisco Monje, a seu serviço — disse Pancho.

Um dos velhos tornou a cochichar algo a dom Pedro.

— Que mais — disse dom Pedro.

— Que mais? — disse Pancho.

— Francisco Monje, e o que mais, cara — disse dom Pedro.

— Francisco Monje Expósito — disse Pancho.

Dom Pedro olhou fixamente para ele e, depois de consultar os velhos, escolheu-o. Os outros jovens foram para casa, e mandaram Pancho esperar do lado de fora.

O céu estava cheio de estrelas e parecia de dia. Fazia frio mas o Ford de dom Pedro ainda estava quente, e Pancho pôs as duas mãos no capô. Dentro do Valle Hebrón, dom Pedro distribuiu algum dinheiro e se interessou pela saúde das pessoas, se a família ia bem, se fulano morreu ou se beltrano desapareceu, depois disse boa noite comadres e compadres, e saiu apressado, seguido pelo motorista que parecia dormir.

Pancho e dom Pedro sentaram no banco de trás, e o Ford desfilou lentamente pelas ruas escuras de Villaviciosa.

— Caralho, Gumaro — disse dom Pedro —, não me lembrava da iluminação pública desta porra de lugarejo.

— Que iluminação, chefe? — disse Gumaro sem se virar.

Naquela noite, Pancho dormiu na casa de dom Gabriel Salazar, um empresário de Santa Teresa, num dos anexos da casa do jardineiro, um quarto com quatro camas e cheiro de tabaco e suor. Dom Pedro entregou-o a um americano chamado Pat Cochrane, depois foi embora sem dizer palavra. O americano lhe fez umas quantas perguntas, depois lhe deu uma pistola Smith & Wesson e explicou como se usava, quanto pesava, como pôr e tirar a trava, quantos carregadores devia sempre levar no bolso, quando devia sacá-la e quando devia só ameaçar sacá-la.

Nessa noite, a primeira que passou fora de Villaviciosa, Pancho dormiu com a pistola debaixo do travesseiro e seu sono foi intermitente. Às cinco da manhã conheceu um dos seus companheiros, que chegou bêbado para dormir e que por um bom instante esteve olhando para ele e murmurando palavras incompreensíveis enquanto Pancho, encolhido na cama de cima, fingia dormir. Mais tarde conheceu o outro, e nem ele gostou deles, nem eles gostaram dele.

Um era alto e gordo, o outro era baixo e gordo, e sempre andavam se procurando com os olhos, lançando olhares como se se consultassem com a vista a cada nova situação. Eram de Tijuana e ambos se chamavam Alejandro. Alejandro Pinto e Alejandro López.

O trabalho consistia em proteger a mulher de dom Gabriel Salazar. Eram seus guarda-costas particulares, quer dizer, guarda-costas de segunda categoria. Para a proteção de dom Gabriel estavam disponíveis homens mais decididos, pistoleiros que apareciam e desapareciam como se fossem chefes, gente mais bem vestida que Pancho e o duo de Tijuana. Pancho gostava do trabalho. Não lhe desagradava ficar horas a fio esperando a senhora quando ela ia visitar as amigas em Santa Teresa ou esperá-la encostado no Nissan branco até que ela saísse das lojas de roupa ou das perfumarias, ladeada por seus dois companheiros, que nessas ocasiões, em campo aberto, costumavam se consultar com os olhos muito mais que o normal.

Dos outros guarda-costas, os do patrão, tinha uma visão pouco precisa, jogavam carta, bebiam tequila e vodca, eram calmos e desbocados, uns fumavam maconha, as piadas eram quase sempre como comentários do tempo, como se falassem dos chaparrais, da chuva, dos parentes que cruzavam a fronteira. Às vezes também falavam de doenças, de todo tipo de doenças, e para isso não havia ninguém como o par de gordos de Tijuana. Conheciam todas, desde as diversas classes de gripe ou a caxumba pega na idade adulta até a Aids ou o câncer, falavam de amigos ou colegas mortos, aposentados, impedidos por males de todo tipo, e o tom das suas vozes contradizia sua cara: as vozes eram suaves, dolentes, às vezes como um murmúrio, como a corrente de um rio que corre entre seixos e plantas aquáticas; já suas expressões se arredondavam complacentes, sorriam com os olhos, as pupilas brilhavam, davam piscadas de cumplicidade.

Um dos guarda-costas, um índio *yaqui* de Las Valencias, dizia que não se devia brincar com a morte, ainda menos com a morte por doença, mas ninguém lhe dava bola.

As noitadas dos guarda-costas se prolongavam até quase o amanhecer. Às vezes Pat Cochrane, que passava as noites na casa principal, aparecia por lá, pelos anexos da casa do jardineiro, sentia o estado de espírito dos seus homens, dizia palavras para levantar o moral baixo e, se estivesse de bom humor, até punha água para o café. De manhã, quase ninguém falava. Ouviam Cochrane ou os passarinhos do jardim, depois iam para a cozinha, onde a velha cozinheira de dom Gabriel lhes preparava dúzias de ovos fritos.

Embora desconfiasse dos seus dois companheiros de Tijuana, Pancho se acostumou rapidamente à nova vida. Um dos pistoleiros da casa grande contou a ele que dom Pedro Negrete costumava levar de vez em quando novos recrutas para certas organizações da região ou particulares poderosos. A comida era boa e o pagamento saía toda sexta. Cochrane era quem se encarregava de distribuir as tarefas, de organizar a vida nos anexos da casa do jardineiro, de programar as guardas e as escoltas e de pagar todo fim de semana. Cochrane tinha cabelos brancos e compridos até os ombros e estava sempre vestido de preto. Às vezes, conforme fizesse sol ou estivesse nublado, parecia um velho hippie ou um coveiro. Seus homens diziam que era duro e o tratavam com familiaridade, mas também com respeito. Não era irlandês, como pensavam alguns, mas americano, gringo, um gringo católico.

Todos os domingos de manhã, a senhora de dom Gabriel Salazar trazia um padre para rezar a missa na capela privada que ficava do outro lado da casa grande. E Cochrane era o primeiro a aparecer, cumprimentava a chefa e sentava na primeira fila, depois vinha o serviço doméstico, a cozinheira, as criadas, o jardineiro e alguns guarda-costas, não muitos, pois eles preferiam passar as manhãs dominicais nos anexos da casa do jardineiro, jogando baralho, cuidando das suas armas, ouvindo programas de rádio, pensando ou dormindo. Pancho Monje nunca assistiu ao serviço religioso.

Uma vez, Alejandro Pinto, que também não ia à missa, lhe perguntou se acreditava em Deus ou era agnóstico. Alejandro Pinto lia revistas de ocultismo e sabia o significado da palavra agnóstico. Pancho não, mas adivinhou.

— Agnóstico? Isso é coisa de veado — disse —, sou ateu.

— O que você acha que há depois da morte? — perguntou Alejandro Pinto.

— Depois da morte não há nada.

Os outros guarda-costas ficaram surpresos com que um rapaz de dezessete anos tivesse tanta clareza das coisas.

2.

Em 1865 uma órfã de treze anos foi violentada por um soldado belga numa casa de adobe de Villaviciosa. No dia seguinte o soldado morreu degolado e nove meses depois nasceu uma menina que chamaram de María Expósito. A jovem mãe morreu de febre puerperal e a menina cresceu como agregada na mesma casa em que foi concebida, propriedade de uns camponeses que a partir de então cuidaram dela. Em 1880, quando María Expósito tinha quinze anos, durante as festas de são Dimas, um forasteiro bêbado a levou em seu cavalo cantando a toda voz:

Que merda é esta
Disse Dimas a Gesta.

Na encosta de um morro que os camponeses, com humor inescrutável, chamavam de Morro dos Mortos e que visto do povoado parecia um dinossauro tímido e curioso, violentou-a repetidas vezes e desapareceu.

Em 1881 María Expósito teve uma menina que batizaram de

María Expósito Expósito e que foi o assombro dos moradores de Villaviciosa. Desde bem pequena demonstrou grande inteligência e vivacidade, e apesar de nunca ter aprendido a ler e escrever teve fama de sábia, conhecedora de ervas e unguentos medicinais.

Em 1897, depois de se ausentar por seis dias, a jovem María Expósito apareceu uma manhã na praça, um espaço aberto e descampado no centro do povoado, com um braço quebrado e o corpo todo machucado. Nunca quis explicar o que aconteceu nem os notáveis de Villaviciosa insistiram em que o fizesse. Nove meses mais tarde nasceu uma menina que foi chamada de María Expósito e à qual sua mãe, que nunca se casou nem teve mais filhos nem viveu com nenhum homem, iniciou nos segredos da curandeirice. Mas a filha só se assemelhava à mãe no bom caráter, algo que aliás todas as Marías Expósitos de Villaviciosa compartilharam (embora algumas tenham sido reservadas e outras falantes); o bom caráter e a disposição natural para atravessar com ânimo os períodos de violência ou pobreza extrema foram comuns a todas.

A infância e a adolescência da última María Expósito foram, no entanto, mais desafogadas que as da sua mãe e da sua avó. Em 1913, aos dezesseis anos, ainda pensava e se comportava como uma menina cujo único trabalho era acompanhar a mãe uma vez por mês na busca de ervas e plantas medicinais e lavar a roupa na parte de trás de casa, numa velha tina de madeira e não em lavadouros públicos que as outras mulheres usavam.

Naquele ano apareceu em Villaviciosa o coronel Sabino Duque (que morreria fuzilado por covardia em 1915) procurando homens corajosos, e os de Villaviciosa tinham fama de ser mais corajosos que ninguém, para lutar pela Revolução. Vários rapazes do povoado, previamente escolhidos pelos notáveis, se alistaram. Um deles, que até então María Expósito tinha visto só como um companheiro ocasional de brincadeiras, da sua idade e aparentemente tão pueril quanto ela, decidiu lhe confessar seu amor na noite antes de ir para a guerra. Para tal fim escolheu uma tulha que ninguém mais usava (pois os de Villaviciosa tinham cada vez menos o que armazenar) e ante os risos que sua declaração despertou na moça violentou-a ali mesmo, desesperada e desajeitadamente.

De madrugada, antes de partir, prometeu que voltaria e se casaria com ela, mas sete meses depois morreu numa escaramuça com os federais, e ele e seu cavalo foram arrastados pelo rio Sangre de Cristo, conhecido também como rio do Inferno pela cor marrom quase negra das suas águas. Assim, pois, embora María Expósito tenha esperado por ele, nunca mais voltou a Villaviciosa, como tantos outros jovens do povoado que iam para a guerra ou trabalhar como pistoleiros e nunca mais se sabia nada deles ou se sabiam histórias pouco fiáveis ouvidas aqui e ali.

E nove meses depois nasceu María Expósito Expósito, e a jovem María Expósito, transformada em mãe de um dia para o outro, pôs-se a trabalhar vendendo nos povoados vizinhos as poções da sua mãe e os ovos do seu galinheiro, e não se deu mal.

Em 1917 ocorreria algo pouco frequente na família Expósito: María ficou grávida novamente e desta vez teve um menino.

Ele se chamou Rafael e cresceu entre as convulsões do novo México. Seus olhos eram verdes como os de um distante tataravô belga e seu olhar tinha aquele ar estranho que os forasteiros percebiam no olhar dos habitantes de Villaviciosa: um olhar opaco e intenso de assassino. Nunca se soube a identidade do pai. Pode ter sido um soldado revolucionário ou um federal, que naquela época passaram pelo povoado, ou pode ter sido um paisano qualquer que preferiu permanecer num prudente anonimato. Nas raras ocasiões em que lhe perguntaram pelo pai do menino, María Expósito, que paulatinamente havia adotado as palavras e a atitude de bruxa da sua mãe (apesar de nunca ter ido mais longe que vender os preparos medicinais, confundindo os frascos para reumatismo com as garrafinhas boas para acabar com a tristeza), respondia que o pai era o diabo e que Rafael era seu retrato vivo.

Em 1933, durante uma farra homérica, o toureiro Celestino Arraya e seus colegas do clube Os Peões da Morte chegaram de madrugada a Villaviciosa, terra natal do toureiro, se instalaram no bar Valle Hebrón, que na época também era albergue, e pediram aos gritos um churrasco de cabrito, que lhes foi servido por três moças do povoado. Uma dessas moças era María Expósito. Às onze da manhã foram embora e quatro meses depois María Expósito confessou à mãe que ia ter um filho. E quem é o pai?, perguntou seu irmão. As mulheres guardaram silêncio e o rapaz tratou de investigar por conta própria os passos da irmã. Uma semana depois Rafael Expósito pediu emprestada uma carabina e foi andando para Santa Teresa.

Nunca estivera num lugar tão grande, e o bulício das ruas, o Teatro Carlota e as putas o surpreenderam tanto que resolveu ficar três dias na cidade, antes de realizar seu feito. No primeiro dia procurou os locais frequentados por Celestino Arraya e um lugar para dormir de graça. Descobriu que em certos bairros as noites eram iguais aos dias e se fez a promessa de não dormir. No segundo dia, enquanto caminhava para cima e para baixo pela rua das putas, uma iucateque baixota e bem-feita de corpo, de cabelos nigérrimos compridos até a cintura e fama de mulher temível, teve dó dele e levou-o para onde morava. Lá, um quarto de hotel, lhe preparou uma sopa de arroz e depois foram para a cama até de noite.

Para Rafael Expósito foi a primeira vez. Quando se separaram a puta mandou que esperasse no quarto ou, caso saísse, na porta do hotel. O rapaz disse que estava apaixonado por ela e a puta foi embora feliz, rindo consigo mesma. No terceiro dia a iucateque o levou ao Teatro Carlota para ouvir as canções românicas de Pajarito de la Cruz, o trovador dominicano, e as *rancheras* de José Ramírez, no entanto do que o rapaz mais gostou foram das coristas e dos números de mágica do professor Chen Kao, um ilusionista chinês de Michoacán.

Ao entardecer do quarto dia, de barriga cheia e ânimo sereno, Rafael Expósito se despediu da puta, foi pegar a carabina no lugar onde a tinha escondido e se dirigiu resolutamente para o bar Los Primos Hermanos, onde encontrou Celestino Arraya. Segundos depois de atirar nele soube sem o mais ínfimo resquício de dúvida que o havia matado e sentiu-se vingado e feliz. Não fechou os olhos quando os amigos do toureiro esvaziaram seus revólveres nele. Foi enterrado na vala comum de Santa Teresa.

Em 1933 nasceu outra María Expósito. Era tímida e doce, e de uma estatura que deixava pequenos inclusive os homens mais altos do povoado. Desde os oito anos se dedicou a vender, com a mãe e a avó, as poções medicinais da bisavó, e a acompanhar esta última ao raiar do dia na busca e seleção de ervas. Às vezes os camponeses de Villaviciosa viam sua longa silhueta recortada contra o horizonte e achavam extraordinário que pudesse existir uma moça tão alta e capaz de dar tais passadas.

Foi a primeira da sua estirpe que aprendeu a ler e a escrever. Aos dezessete anos foi violentada por um camelô e em 1950 nasceu uma menina que chamaram de María Expósito. Naqueles dias conviviam na mesma casa, nos arredores de Villaviciosa, cinco gerações de Marías Expósito, e o ranchinho original havia crescido, com cômodos acrescentados de qualquer maneira em torno da grande cozinha com um fogão de lenha onde a mais velha preparava as misturas e remédios. De noite, na hora de jantar, sempre estavam juntas as cinco, a menina, a compridona, a melancólica irmã de Rafael, a infantilizada e a bruxa, e costumavam falar de santos e de doenças, de dinheiro, do tempo e dos homens, que consideravam uma peste, e davam graças aos céus por serem somente mulheres.

Em 1968, enquanto em Paris os estudantes tomavam as ruas, a jovem María Expósito, que ainda era virgem, foi seduzida por três estudantes de Monterrey que preparavam, segundo diziam, a revolução camponesa e que, depois de uma semana vertiginosa, nunca mais tornou a ver.

Os estudantes viviam numa perua estacionada numa curva da estrada que liga Villaviciosa a Santa Teresa, e todas as noites María Expósito deslizava para fora da sua cama e ia se juntar a eles. Quando sua tataravó perguntou quem era o pai da criança, María Expósito se lembrou de uma espécie de abismo delicioso e teve uma noção claríssima de si: viu-se pequena mas misteriosamente forte para poder com três homens ao mesmo tempo. Eles se atiram em cima de mim ofegando como cachorros, pensou, pela frente e por trás até quase me afogar, e suas pirocas são enormes, são as pirocas da revolução camponesa do México, mas eu por dentro sou maior que eles e nunca me afogarei.

Quando seu filho nasceu, os estudantes de Paris tinham voltado para suas casas e muitos estudantes mexicanos haviam deixado de existir.

Contra os desejos da família, que pretendia batizar o menino com o nome de Rafael, María Expósito chamou-o de Francisco, por causa de são Francisco de Assis, e decidiu que seu primeiro sobrenome não seria Expósito, nome de órfão, lhe disseram certa noite à luz de uma fogueira os estudantes de Monterrey, mas Monje, Francisco Monje Expósito, com dois sobrenomes diferentes, e assim o registrou na paróquia, apesar das reticências do padre e da sua incredulidade acerca da identidade do suposto pai. A tataravó disse que era pura soberba antepor o nome de Monje ao de Expósito, que era o dela, e pouco depois, quando Pancho tinha dois anos e corria pelado pelas ruas amarelo escuras de Villaviciosa, ela morreu.

E quando Pancho tinha quatro anos morreu a outra velha, a infantilizada, e quando fez quinze morreu a irmã de Rafael Expósito. E quando dom Pedro Negrete veio buscá-lo, só viviam a compridona Expósito e sua mãe.

3.

— Nós os vimos de longe e na mesma hora soubemos quem eram eles, e eles também souberam que sabíamos e continuaram avançando. Quer dizer: nós soubemos quem eram eles, eles souberam quem éramos nós, eles souberam que sabíamos quem eram eles, nós soubemos que eles sabiam que nós sabíamos quem eram eles. Tudo estava claro. O dia não tinha nenhum segredo! Não sei por quê, do que mais me lembro daquela tarde é das roupas. Primeiro de tudo, da roupa deles. O que empunhava a Magnum, o que ia garantir que a senhora de dom Gabriel morreria, usava uma camisa tipicamente mexicana branca, folgada, com adornos no peito. O que empunhava a Uzi vestia uma jaqueta de sarja verde, uns dois números maiores que o seu.

— Ai, como você entende de panos, minha vida — disse a puta.

— Eu estava de camisa branca de manga curta e calça de linho que Cochrane comprou para mim e que já havia descontado da minha semanada. A calça era grande demais, eu tinha de usar com cinto.

— É que você sempre foi meio magricelo, meu amor — disse a puta.

— Eram as roupas que se moviam ao meu redor, e não as pessoas de carne e osso. Tudo estava claro. A tarde não tinha segredos! Mas ao mesmo tempo tudo estava embaralhado. Vi saias, calças, sapatos, meias brancas e pretas de mulher, meias de homem, lenços, paletós, gravatas, tudo o que você pode encontrar numa loja de roupa, vi chapéus texanos e chapéus de palha, bonés de beisebol e faixas de cabelo, e toda a roupa fluía pela calçada, fluía pela passagem coberta, absolutamente alheia à realidade dos passantes, como se a carne onde ela se assentava a repelisse. Gente feliz, eu devia ter pensado. Devia tê-los invejado. Ter desejado ser eles. Gente com dinheiro no bolso ou não, mas indo alegre para os cinemas ou para as lojas de disco ou qualquer lugar, gente que ia almoçar ou tomar uma cerveja ou que voltava pra casa depois de dar uma volta. Mas o que pensei foi: quanta roupa. Quanta roupa limpa, nova, inútil.

— Você devia estar pensando no sangue que ia ser derramado, minha vida — disse a puta.

— Não, não pensava nos buracos de bala nem no sangue que caga tudo. Pensava na roupa, e só. Nas porras das roupas que iam e vinham.

— Quer que te faça um boquete, meu amor? — perguntou a puta.

— Não. Não se mexa. Não vi a roupa da senhora de dom Gabriel. Vi seu colar de pérolas. Parecia um sistema planetário. E da dupla de gordos, vi tudo: a troca de olhares, os casacos brilhantes, as gravatas escuras, as camisas brancas e os sapatos, como posso dizer, os mocassins nem muito velhos nem muito novos, uns mocassins de punheteiros e merdentos, sapatos que só os babacas usam, os que em suas rugas trazem escritos as farras indignas e o medo dos que venderam tudo e ainda pretendem ser felizes ou manter pelo menos certa alegria, um jantar de vez em quando, um domingo com a família e os filhos, os pobres moleques plantados no deserto, as fotos amarrotadas que forçam uma ou duas lágrimas hediondas de merda. Sim, vi seus sapatos e depois vi o desfile de roupas no ar e disse comigo quanto desperdício, quanta riqueza há nesta Santa Teresa dos pecados.

— Não exagere, minha vida — disse a puta.

— Não, não estou exagerando. Estou contando como aconteceu. A senhora de dom Gabriel nem se deu conta de que a morte vinha a seu encontro. Mas os gordinhos de Tijuana e eu a vimos e a reconhecemos no ato. Os assassinos caminhavam como estrelas. Uma mistura esquisita: estrelas e funcionários públicos. Andavam sem pressa, sem esconder muito suas armas e sem parar de olhar para nós a todo instante. Suponho que foi então que o ânimo dos meus companheiros fraquejou. Decidiram que aqueles olhares eram mais fortes que os olhares que trocavam entre si e, depois de um segundo de hesitação, saíram correndo, correndo não, trotando como cavalos percherões, andando rápido entre a gente que enchia a calçada e a arcada. Nem disseram cuidado. Também não tive tempo de gritar seus escrotos, covardes, veados.

— Putos da pior espécie, meu amor — disse a puta.

— Fiquei imóvel, ao lado da senhora que não sabia o que estava acontecendo, por que tínhamos parado, olhando como tremia minha camisa branca e minha calça de linho larga demais, se não estivesse com o cinto bem apertado caía no chão e continuaria a tremelicar. Mas também tive tempo de ver os assassinos. Um deles, o da Magnum, caminhava impassível, o outro sorria da fuga dos meus companheiros, como que dizendo ah, que piada é a vida, como que dizendo que fugir não é covardia mas ligeireza de pernas. Fixei-me no da Magnum: tinha cara de ser de Villaviciosa. Parecia triste e sério e estava envelhecendo, ou assim me pareceu. O outro não, o outro com certeza era de uma cidade. Então as pessoas começaram a se afastar, decerto porque as armas de repente ficaram visíveis ou porque de repente souberam que ia haver um tiroteio ou porque de repente olharam para a senhora e para mim e nos viram com cara de mortos.

— Ai, que medo a gente deve sentir num momento assim, minha vida — disse a puta.

— Eu não estava com medo. Esperei até que estivessem a menos de cinco metros e, quando eu os tive a essa distância, antes que alguém começasse a gritar, saquei a pistola com naturalidade, sem nenhum gesto excessivo, e matei os dois. Os babacas não chegaram a disparar. O da Uzi morreu com cara de espanto. Depois me virei, com raiva, que era a única coisa que sentia naquele momento, e esvaziei o resto do carregador nas figuras trotantes dos gordos de Tijuana, mas já estavam longe demais. Acho que feri um passante.

— Que grande macho você é, meu amor — disse a puta.

— Fiquei detido cinco horas na delegacia da rua General Sepúlveda. A senhora de dom Gabriel disse à polícia que eu era seu guarda-costas, mas não acreditaram nela. Antes que me metessem no camburão eu lhe disse que ligasse para o marido, depois fosse esperá-lo numa cafeteria e não saísse de lá, e que, se pudesse se trancar no banheiro da cafeteria, que se trancasse. Depois me algemaram, me meteram no camburão e me levaram para a delegacia da General Sepúlveda.

— E lá na certa te cobriram de porrada, minha vida — disse a puta.

— Lá eu tive de responder a uma montoeira de perguntas. Os tiras queriam saber se eu conhecia algum dos mortos, se conhecia o passante ferido, por que abri fogo contra os gordos, se estava drogado e que drogas consumia de costume, se fui eu que matei Pérez Delfino, Juan Pérez Delfino, o braço direito de

Virgilio Montes, se conhecia narcotraficantes do Arizona, se estive alguma vez no Adiós, minha Lupe, um boteco de merda de Hermosillo, onde eu tinha arranjado a pistola, se era amigo de Robert Alvarado, se estive alguma vez em cana e em que prisão e por quê e quantas vezes. Nunca estive preso, falei. Eu já não tremia e meu cérebro registrava pessoas e não roupas, pessoas interessadas em mim, pessoas dispostas a me ouvir, pessoas com vontade de me dar um pau, pessoas à vontade ou chateadas, pessoas fazendo seu trabalho. Mas não abri a boca. Onde aprendeu a atirar?, perguntava aquela gente real, tem porte de arma?, mora onde?, e eu nada, chamem dom Gabriel Salazar, que ele explicará o que tiver de explicar.

— Você se comportou como um homem, meu amor — disse a puta.

— Cinco horas depois dom Pedro Negrete apareceu e os meganhas bateram continência. Dom Pedro chegou com um sorriso no rosto e as mãos nos bolsos, como se dispusesse de todo o tempo do mundo e não lhe incomodasse passar pela delegacia num sábado de noite. Quem pôs em cana este rapaz?, perguntou sem erguer a voz. Os ratos que estavam me interrogando se borraram de cagaço. Eu, disse um. Ai, ai, ai, Ramírez, já fez merda, disse dom Pedro, e Ramírez só faltou se jogar aos pés de dom Pedro para beijá-los, não, dom Pedro, pura rotina, o senhor está enganado, dom Pedro, nem tocamos nele, pode perguntar, pelo amor de Deus, dom Pedro, e dom Pedro olhava para o chão, olhava para mim, olhava para os outros tiras, ai, Ramírez, dom Pedro ria, ai, Ramírez, e os outros também se punham a rir, menos eu, iam adquirindo confiança e rindo, riam do coitado do Ramírez, já fez merda, e Ramírez olhava para todos eles, um a um, como lhes dizendo, qual é, piraram?, e então até eu achei graça, e o babacão do Ramírez também acabou rindo um pouco. Agora que penso nisso: as risadas soavam estranhas, eram risadas mas também eram outra coisa. Você nunca ouviu um grupo de tiras rindo de outro numa sala de interrogatórios. Eram risadas parecidas com uma cebola. As crianças malvadas que moravam dentro de cada um riam, e a cebola ia queimando pouco a pouco. As risadas ecoavam nas paredes úmidas. As cebolas eram pequenas e ferozes. E eu senti aquilo como se fossem as boas-vindas ou uma festa.

— Eu gosto de ouvir a risada de um tira, mas não de muitos, minha vida — disse a puta.

— A risada de Gumaro, que estava apoiado na moldura da porta, e foi só então que eu o vi. A risada de dom Pedro Negrete, que era como o riso de Deus e que recendia a uísque e tabaco do bom. E a risada dos que seriam meus companheiros, achando graça, de coração, da vergonha que o escroto do Ramírez ia passar.

— Acho que conheço esse Ramírez, meu amor — disse a puta.

— Não creio, Ramírez morreu antes de você chegar. Tentou trabalhar com dom Gabriel Salazar, mas não conseguiu. Dom Gabriel queria a mim, mas dom Pedro Negrete lhe disse que não contasse comigo, que ele tivera sua oportunidade e a perdera, que me pôs com dois veados que nem sequer valia a pena procurar para lhes dar um tiro na nuca, que o tal de Pat Cochrane era um inútil e que eu não voltaria mais a trabalhar com ele. Eu te dei o rapaz, Gabriel, e você quase o matou. Agora fico eu com ele. Foi assim que deixei de trabalhar para dom Gabriel Salazar. Dom Gabriel não concordou muito com as explicações de dom Pedro, mas quando me despedi dele me deu um envelope com dinheiro, da parte da sua senhora, disse ele, cujo ataque de nervos durou mais de uma semana mas que mesmo assim continuava grata por meus serviços. Com o dinheiro, comprei roupa e aluguei um apartamento em El Milagro, na zona sul de Santa Teresa.

— Você nunca me convidou à sua casa, minha vida — disse a puta.

— Esta foi minha primeira casa e continua sendo minha única casa. Fica no terceiro andar e tem sala, cozinha, banheiro e um quarto. O sol não bate em nenhuma parte dela, e isso, mais que um inconveniente, para mim é uma vantagem, porque costumo dormir de dia e gosto do escuro. Quando fiz dezoito anos, comprei um Ford Mustang 74. Era um carro velho, mas bonito e com motor funcionando bem. Poderia dizer que quase me deram o Mustang de presente. Favor com favor se paga, Pancho, me disseram, e eu disse tudo bem.

4.

Pedro e Pablo Negrete nasceram em Santa Teresa, em 1930. Para surpresa da sua família e diversão dos seus vizinhos, eram gêmeos monozigóticos. Até os dezesseis anos foram idênticos e só a mãe era capaz de distingui-los. Depois, a vida fez com que os irmãos mudassem radicalmente, embora no fundo, para um fisionomista sutil, suas diferenças físicas parecessem o comentário que cada um fazia sobre o outro. Assim, o bigode de Pedro e os olhos de Pedro, suas mãos fortes, seu pulso decidido, sua barriga de bom comedor e bom bebedor tinham a réplica exata, sua cabal compreensão nos lábios exangues e nos óculos de míope que Pablo usava desde o décimo sexto aniversário, em suas mãos manicuradas e na barriga tesa e ulcerosa. Até a adolescência bem avançada ambos foram de estatura média, magros, morenos, de expressão agradável. Depois Pablo cresceu cinco centímetros mais que o irmão e seu rosto se instalou numa sempiterna expressão de perplexidade. Pedro, no entanto, permaneceu ancorado na mesma estatura, na verdade ao engordar pareceu encolher, mas seu rosto se fortaleceu e se alargou e da agradabilidade passou a uma bonacheirice sem fissuras, enganosa e que, observando-a bem, produzia respeito ou medo. Aos dezessete anos já eram completamente diferentes, Pablo decidiu que queria fazer estudos universitários e Pedro ingressou na polícia de Santa Teresa, graças aos bons préstimos de um tio sargento. Foi a primeira vez que os gêmeos se separaram.

Pedro, metido numa reluzente farda azul, passava os dias perambulando pela colônia Juárez, em especial pela rua Mina, que era onde ficavam as putas e os comércios mais estranhos da cidade: lojas de ferragens que mais pareciam de armas, lojas de armas que pareciam cárceres, consultórios médicos que curavam a impotência e todo tipo de doenças venéreas, livrarias minúsculas em que os livros de mistério, de amor e da Segunda Guerra Mundial saíam à calçada, lojas de taxidermistas que exibiam leopardos e águias em suas prateleiras altas e escuras, restaurantes baratos e bares de pulque frequentados por gente de má aparência.

Pablo, ao contrário, se matriculou em direito e de noite lavava pratos numa cantina italiana da rua Veracruz, entre a colônia Escobedo e a colônia Juárez, propriedade de um ex-professor de retórica, a única cantina italiana de Santa Teresa, pelo menos naqueles anos, depois surgiram pizzarias e lanchonetes, e até *soda fountains*,* tudo o que é necessário para saciar o paladar de uma cidade moderna, mas na época só havia em Santa Teresa uma cantina italiana, um restaurante basco-francês e três biroscas chinesas. No resto se comia à mexicana.

Os primeiros anos não foram fáceis. Um caráter um tanto melancólico e uma infância razoavelmente feliz não contribuíram para preparar os dois irmãos para o trabalho, mas no fundo ambos eram fortes e o superaram. Pouco a pouco foram progre-

* Lojas de refrigerantes, sorvetes, milk-shakes, que fizeram muito sucesso nos Estados Unidos nos anos 1950. (N. T.)

dindo e se adaptando e, muito embora Pablo Negrete não tenha demorado a se dar conta de que o direito o chateava muito mais do que interessava, mediante pequenas artimanhas pôde concluir o curso e conseguir uma bolsa para estudar filosofia na capital da República. Por sua vez, Pedro deu provas suficientes do seu valor como policial e como homem, mas sobretudo deu provas do seu tino e sua habilidade no trato com as pessoas adequadas. Sem muito barulho foi subindo na hierarquia da polícia de Santa Teresa. Seus superiores o respeitavam e seus subordinados gostavam dele e o temiam em igual proporção. Já naquela época começaram a se espalhar boatos a seu respeito. Dizia-se que tinha degolado uma puta em seu quarto de hotel, que havia matado um dirigente do sindicato dos ferroviários (se bem que não passasse nenhum trem por Santa Teresa), que para favorecer um fazendeiro da região havia dado sumiço a cinco boias-frias reivindicadores. Mas nunca se pôde provar nada.

Pablo terminou filosofia com uma tese intitulada *Heidegger e o pensamento mexicano*, a que alguns colegas e professores deram destaque na esfera da grande crítica, mas que na realidade foi perpetrada em apenas vinte e cinco dias, valendo-se de toda sorte de plágios, pelo poeta michoacano Orestes Gullón, que morreria de cirrose hepática três anos depois. Gullón, jornalista do *El Nacional*, autor de palíndromos e acrósticos injuriosos, além de versos que de vez em quando saíam em algumas revistas do DF e em jornais de província, foi o único amigo de Pablo Negrete durante sua proveitosa e feliz estada na capital; formal e educado, Pablo Negrete soube não fazer inimigos, mas amigos de verdade só teve um, Gullón. Costumava ir com ele ao café La Habana, na rua Bucareli, e no bar La Encrucijada, na esquina da Bucareli com a Victoria, e a alguns duvidosos salões de dança na avenida Guerrero.

O nortista e o michoacano compunham uma dupla esquisita. Gullón era falante, culto e egocêntrico. Pablo Negrete era reservado, não parecia se preocupar muito com seu ego, embora com o vestir sim, e seus conhecimentos sobre os clássicos gregos eram bastante escassos. O nortista estava interessado na filosofia alemã. Gullón a desprezava olimpicamente: dizia que o único filósofo alemão decente era Lichtenberg, muito mais um piadista e um gozador rematado que propriamente filósofo. Em compensação, apreciava Montaigne e Pascal. E era capaz de recitar de memória trechos de Empédocles, Anaxágoras, Heráclito, Parmênides e Zenão de Eleia, para admiração de Pablo, que a cada dia que passava gostava mais dele.

Pedro Negrete, ao contrário, tinha muitos amigos. O fato de ser tira facilitava as coisas. Um tira, descobriu ele sem que ninguém lhe ensinasse, podia ser amigo de quem quisesse. O cultivo da amizade, uma arte que ele desconhecia, se transformou em sua maior paixão. Quando criança, a amizade lhe parecia um mistério, às vezes um risco, uma temeridade. Adulto, compreendeu que a amizade, a essência da amizade, estava alojada nas vísceras e não no cérebro ou no coração. Tudo se reduzia a um jogo de interesses mútuos e a uma maneira de entrar em contato com as pessoas (em contato físico, abraçá-las, tocá-las) com segurança. E era precisamente na polícia que essa arte se desenvolvia com maior vigor.

Em 1958, aos vinte e oito anos, foi nomeado inspetor. Pouco depois Pablo voltou a Santa Teresa e obteve um cargo na Universidade. Nenhum dos dois tinha dinheiro, mas não lhes faltava audácia, e a carreira deles não parou mais. Em 1977, Pedro Negrete foi promovido ao cargo de delegado chefe da polícia de Santa Teresa. Em 1982, Pablo Negrete, em meio a um escândalo do seu antecessor, ocupou a cadeira de reitor.

Pouco depois de conhecer Amalfitano, exatamente sete horas depois, Pablo telefonou para Pedro. O telefonema obedecia a uma premonição. As coisas aconteceram assim: naquela tarde o novo professor de filosofia tinha se apresentado em seu escritório, e à noite, na paz da sua biblioteca, diante de um copo de uísque e do terceiro volume da *História do México* de Guillermo Molina, o reitor tornou a pensar no professor. Chamava-se Óscar Amalfitano, era chileno, até então havia trabalhado na Europa. E então teve a visão. Não estava bêbado nem excessivamente cansado, de modo que a visão era real. (Ou estou ficando louco, pensou, mas descartou de imediato essa ideia.) Na visão, Amalfitano cavalgava um dos cavalos do Apocalipse pelas ruas de Santa Teresa. Ia nu, com os cabelos brancos eriçados, e ensanguentado, e dando gritos que não se sabia se eram de terror ou de alegria. O cavalo relinchava como se estivesse morrendo. Os relinchos, literalmente, fediam. À passagem do cavaleiro, os mortos se amontoavam às portas das casas da parte antiga da cidade. As ruas se enchiam de cadáveres que se decompunham rapidamente, como se o tempo fosse ditado pelos movimentos endiabradamente velozes do cavaleiro e do cavalo. Depois, quando a visão já se evaporava, viu tanques e viaturas da polícia na universidade e cartazes rasgados, mas desta vez não havia cadáveres. Devem tê-los removido, pensou.

Naquela noite, não conseguiu encontrar Pedro em lugar nenhum e demorou mais que de costume para conciliar o sono. No dia seguinte ligou para a delegacia da General Sepúlveda e tentou falar com o irmão. Não estava. Ligou para a casa dele, também não o encontrou. De noite, tornou a ligar do seu escritório para a delegacia. Disseram que esperasse. Da janela viu as luzes dos edifícios vizinhos e os últimos estudantes se dispersavam pelo campus. Ouviu a voz do irmão do outro lado da linha.

— Preciso de um relatório sobre um estrangeiro — disse —, coisa discreta, só por curiosidade.

Não era a primeira vez que pedia ao irmão um favor dessa natureza.

— Professor ou aluno? — perguntou Pedro Negrete, que o telefonema interrompeu no meio de uma partida de pôquer.

— Professor.

— Nome e sobrenome — disse Pedro, contemplando melancolicamente suas cartas.

O reitor os deu.

— Numa semana te mando a biografia e a obra completa dele — assegurou o irmão, e desligou.

5.

Amalfitano nasceu em 1942, em Temuco, Chile, no dia em que os nazistas lançaram a ofensiva do Cáucaso.

Fez o curso preparatório e de humanidades num liceu perdido entre os lodaçais e as brumas do sul. Aprendeu a dançar o rock e o twist, o bolero e o tango, mas não a *cueca*, embora mais de uma vez tenha se lançado no centro do salão, lenço em riste e incentivado por sua própria alma, pois naquela hora patriótica não teve amigos, só inimigos, uns puristas broncos escandalizados com sua *cueca* com sapateado, a heterodoxia gratuita e suicida. Dormiu os primeiros porres debaixo de uma árvore e conheceu os olhos desamparados da Carmencita Martínez, e numa tarde de tormenta nadou em Las Ventanas. Sentiu-se incompreendido e solitário. Por um breve período de tempo ouviu a música das esferas nos micro-ônibus e nos restaurantes, como se tivesse pirado ou como se a Natureza, apurando seu ouvido, pretendesse avisá-lo de algo tremendo e invisível. Alistou-se no Partido Comunista e na Associação de Estudantes Progressistas, escreveu panfletos e leu *O capital*. Apaixonou-se e se casou com Edith Lieberman, a moça mais bonita da sua geração.

Em certo momento da vida, soube que Edith Lieberman merecia tudo e intuiu que tanto não podia lhe dar. Bebeu com Jorge Teillier e falou de psicanálise com Enrique Lihn. Foi expulso do Partido Comunista e continuou acreditando na luta de classes e na luta pela Revolução Americana. Foi professor de literatura na Universidade do Chile e publicou em revistas ensaios sobre Gramsci, Walter Benjamin e Marcuse. Assinou manifestos e cartas de grupos esquerdistas. Previu a queda de Allende e no entanto não tomou nenhuma medida a esse respeito.

Depois do golpe foi preso e submetido a um interrogatório de olhos vendados. Torturaram-no sem maior empenho, mas ele achou que havia suportado o rigor máximo e espantou-se com sua resistência. Esteve vários meses preso e quando saiu foi se encontrar com Edith Lieberman em Buenos Aires. De início, ganhou a vida como tradutor. Traduziu para uma coleção de clássicos ingleses John Donne, Spenser, Ben Jonson e Henry Howard. Conseguiu trabalho como professor de filosofia numa escola particular de ensino médio, e depois tiveram de ir embora da Argentina porque a situação política ficou insuportável.

Esteve um tempo no Rio de Janeiro, depois foram viver no México DF. Aí nasceu sua filha, a quem deram o nome de Rosa, e traduziu do francês *A rosa ilimitada* de J. M. G. Arcimboldi para uma editora de Buenos Aires, enquanto ouvia como sua Edith adorada dizia que quem sabe o nome de Rosa não era uma homenagem ao título do romance e não, como ele lhe assegurava, uma forma de recordar Rosa Luxemburgo. Depois foram morar no Canadá e depois na Nicarágua, porque ambos queriam que a filha crescesse num país revolucionário.

Em Manágua, por um salário miserável, ensinou Hegel, Feuerbach, Marx, Engels, Lênin, mas também deu cursos sobre Platão, Aristóteles, Boécio, Abelardo, e compreendeu uma coisa que no fundo sempre soube: que o Todo é impossível, que o conhecimento é uma forma de classificar fragmentos. Depois disso deu um curso sobre Mario Bunge a que um só estudante assistiu.

Pouco depois, Edith Lieberman ficou doente e foram para o Brasil, onde ganharia mais dinheiro e poderia pagar o tratamento médico de que a mulher necessitava. Banhou-se com a filha nos ombros nas praias mais bonitas do mundo enquanto Edith Lieberman, que era mais bonita que essas praias, os contemplava da beira d'água, descalça na areia, como se soubesse de coisas que ele jamais iria saber e que ela nunca lhe diria. Militou num partido trotskista do Rio. Traduziu Osman Lins e foi amigo de Osman Lins, mas suas traduções nunca se venderam. Deu cursos sobre o movimento filosófico neokantiano da escola de Marburgo ou escola lógica: Natorp, Cohen, Cassirer, Lieber, e sobre o pensamento de sir William Hamilton (Glasgow, 1788 — Edimburgo, 1856). Ficou junto da mulher até a morte dela, às quinze para as quatro da manhã, enquanto na cama ao lado uma brasileira sonhava com um jacaré, um jacaré mecânico que perseguia uma menina num morro de cinzas.

A partir de então, tornou-se pai e mãe da sua filha, mas não soube como fazê-lo e acabou contratando uma empregada pela primeira vez na vida, Rosinha, nordestina de vinte e um anos, mãe de duas criaturas que ficaram em sua cidade e que foi uma fada madrinha para sua filha. Uma noite, porém, foi para a cama com Rosinha e, enquanto fazia amor, pensou que estava ficando louco. Depois tornou a se meter nas encrencas de sempre e teve de cair fora do Brasil, mal tendo tempo de empacotar o pouco que puderam levar. No aeroporto, a filha e Rosinha choravam e seu amigo Luiz Lima perguntando o que acontece com estas mulheres, por que choram?

A partir de então viveu em Paris, com suas parcas economias, e teve de trabalhar colando cartazes e limpando o chão de escritórios enquanto a filha dormia numa *chambre de bonne* na avenida Marcel Proust. Mas não se deu por vencido e batalhou, batalhou até arranjar um trabalho num instituto e depois numa universidade alemã. Naquela época escreveu um longo ensaio em que examinava, não os achados literários de Macedonio Fernández e Felisberto Hernández, mas sua importância como pensadores latino-americanos. Nas primeiras férias que pôde se permitir, foi com a filha para o Egito e navegaram pelo Nilo.

Sua situação melhorou ostensivamente. Passaram as férias seguintes na Grécia e na Turquia. Escreveu sobre Rodolfo Wilcock e o fenômeno do exílio na América Latina. Participou de um colóquio na Holanda e comprou um computador portátil. Finalmente foi parar na Universidade de Barcelona, onde deu um curso sobre idiotia e autopercepção, o qual agradou tanto que renovaram seu contrato para o ano seguinte. Mas não chegou a terminar o curso. Naqueles dias recebeu uma carta da sua amiga mexicana, a professora Isabel Aguilar. Ela tinha sido sua aluna no DF e por algum tempo esteve apaixonada por ele. Agora Isabel Aguilar era professora no Departamento de Filosofia da Universidade de Santa Teresa e lhe oferecia um emprego. Dizia que era amiga do chefe do departamento, o professor Horacio Guerra, que fazia um mês tinham um cargo vago no departamento e que se ele quisesse o cargo era seu. Amalfitano consultou a filha, escreveu à professora Aguilar agradecendo e pediu que lhe enviassem o contrato o quanto antes.

6.

Os quatro tiras levantaram das suas cadeiras numa mesa no fundo do bar Las Camelias, em frente à delegacia da General Sepúlveda, quando viram Pedro Negrete e Gumaro se aproximando. Os tiras vestiam trajes esportivos. Pedro Negrete e Gumaro, por sua vez, estavam de paletó e gravata, mas o paletó e a gravata de Gumaro eram baratos e estavam completamente amassados, já os de dom Pedro eram caros. Eram onze da manhã e os quatro tiras estavam desde as dez no bar, comendo sanduíche de presunto com queijo e tomando cerveja. Dom Pedro disse que não se levantassem e pediu um uísque com água e gelo. Gumaro sentou ao lado de dom Pedro e não pediu nada. Quando a garçonete trouxe o uísque, dom Pedro perguntou quanto seus rapazes deviam. Os tiras protestaram dizendo de jeito nenhum, dom Pedro, os senhores é que são nossos convidados, mas dom Pedro disse à garçonete:

— Não tem conversa, Clarita, ponha tudo na minha conta.

Ao cabo de dez minutos Pedro Negrete pediu outro uísque e incentivou os tiras a o imitarem. Os tiras disseram que queriam apenas uma cerveja, mas que desta vez eles pagavam.

— Nem pensar — disse dom Pedro —, pago eu.

A garçonete trouxe outra rodada de cerveja e outro uísque para dom Pedro.

— Não vai tomar nada? — perguntou dom Pedro.

— Não estou muito bem do estômago — respondeu Gumaro com voz espectral.

Os tiras olharam para Gumaro e para dom Pedro, depois começaram a comer o amendoim que a garçonete havia deixado de tira-gosto na mesa.

— Os jovens de hoje não sabem beber — disse Pedro Negrete. — Nos meus tempos de tira fardado conheci um colega que toda manhã, antes de ir fazer a ronda, entornava uma garrafa de tequila. Chamava-se Emilio López. Claro, no fim das contas o álcool acabou com ele. Nunca o deixávamos guiar a viatura, mas era um bom sujeito, muito discreto e de confiança.

— Morreu com o fígado arrebentado — disse Gumaro.

— Bom, riscos do álcool.

— Tinha o fígado do tamanho de uma ameixa.

Dom Pedro Negrete pediu outro uísque. Os tiras aceitaram outra rodada de cerveja.

— Vocês conheceram o general Sepúlveda, rapazes?

— Não — disse um dos tiras. Os outros negaram com a cabeça.

— Claro, são jovens demais. Você o conheceu, Gumaro?

— Não — suspirou Gumaro.

— Quando eu tinha acabado de entrar para a corporação, me coube vigiar a casa dele. Morava nessa mesma rua, que já então tinha seu nome. Morava na General Sepúlveda esquina com a Colima. Era uma casa grande, com piscina e quadra de tênis. Eu estava na porta, e meus outros dois colegas estavam na rua, de modo que eu não tinha com quem conversar, e aí ficava pensando. Então começou a chover, uma chuva fininha que mal se notava, mas por via das dúvidas me enfiei debaixo de um coreto que havia no jardim. Então a porta da casa se abriu e apareceu o general Sepúlveda em pessoa. Vestia um robe cor de vinho e, por baixo, o pijama, era a primeira vez que eu o via em pessoa e me pareceu ter uns noventa ou cem anos, mas com certeza tinha muito menos. A princípio não notou minha presença. Olhava para o jardim, olhava para o céu. Parecia preocupado com alguma coisa. Como se temesse que a chuva estropiasse algumas flores, mas não creio que fosse isso. Quando me viu, fez sinal para que me aproximasse. Às ordens, meu general, falei. Ele não disse uma palavra, só me fitou e com um gesto indicou que eu o acompanhasse para dentro de casa. Claro, como vocês hão de compreender, a ordem que eu tinha era para ficar do lado de fora da casa, para o caso de algum filho da mãe burlar a vigilância que meus companheiros garantiam na rua, mas meu general era muito general e eu o obedeci sem hesitar. Se de fora a casa era imponente, por dentro era impressionante, rapazes. Havia de tudo. Até quadros de mais de dois metros de altura. Mais que casa, parecia um museu, o que diz tudo. Claro que não pude parar para desfrutar do que via porque meu general andava rapidinho e eu tinha de segui-lo de perto, se não quisesse me perder naqueles corredores intermináveis. Chegamos por fim à cozinha e meu general se deteve e me ofereceu um café. Respondi que era um prazer, que claro, mas como vi que suas mãos tremiam me propus a fazer eu mesmo o café, e o velho suspirou, disse que está bem, que pusesse mãos à obra, e se deixou cair numa cadeira. Lembro que enquanto preparava o café eu o ouvia respirar às minhas costas e que por um instante me passou pela cabeça que havia algo de errado ali. Nunca aconteceu com vocês uma coisa parecida, rapazes?

Os tiras negaram com a cabeça.

— Bom, pois eu estava ali preparando o café e ouvia que

meu general respirava e pensei: tome cuidado, Pedro, não vá o general Sepúlveda morrer em suas mãos. Já estava a ponto de perguntar ao general se estava se sentindo mal e se queria que eu chamasse um médico, quando o velho de repente me perguntou como você se chama. E eu: Pedro Negrete, a seu serviço, meu general. Àquela altura eu já tinha preparado o cafezinho e posto na mesa, e vejo que o general está me olhando fixamente, como se me perfurasse, e penso este homem está me avaliando, mas avaliando para quê? E então o general me diz que não está se sentindo bem e eu lhe pergunto se quer que chame um médico, meu general, ou uma ambulância, é só ordenar, mas o general me olha de cima a baixo e ri. Não uma risada qualquer. Uma risada dessas que te deixam de cabelo em pé, principalmente quando você é moço, e me disse não estou precisando de médico. Tive a impressão de que achava a palavra médico engraçada, porque quando a repetiu tornou a rir. E então pensei são os anos que estão deixando meu general tantã. Essas coisas que os jovens pensam porque, vamos ver, que idade tinha então meu general? Cinquenta e oito ou cinquenta e nove anos, quer dizer, na flor da vida. Além do mais, bastava olhar para ele com um pouco de atenção para perceber que isso era impossível, que aquele homem estava mais lúcido que vocês e eu, rapazes, que era um espécime que nunca ia ficar louco. E assim estava eu, pensando numa coisa e depois pensando em outra, quando ouvi meu general ordenar que eu também tomasse café, gesto que agradeci pois estava precisando mesmo de um. E quando meu cafezinho ficou pronto, meu general me indicou um armário na cozinha, me disse para abrir, eu abri e encontrei várias garrafas de uísque, porque meu general só tomava uísque, rapazes, como eu. E me disse, lembro como se fosse ontem: Negrete, pegue uma garrafa de uísque e aqueça um pouco meu café. Eu pus um bom jorro de uísque em sua xícara, onde quase não sobrava café, e então meu general me disse aqueça o seu também, garoto, porque vai precisar. Um convite que mais parecia um aviso ou uma ameaça, não é?, mas ao qual não dei bola porque a verdade é que queria beber. Daí que pus uísque no meu café e tomei tudo. Quando terminei, meu general me disse: me sirva um pouco mais e aproveite para se servir também, e eu o obedeci e depois brindamos, ou, melhor dizendo, meu general brindou, pela vida, acho, e eu brindei com ele. E quando estávamos na quinta ou sexta xícara de uísque o velho disse que no quarto dos empregados havia um morto. E eu disse a ele: não brinque, meu general, e ele me olhou nos olhos e me disse que nunca brincava. Vá vê-lo, me disse, e comprove você mesmo. Então me levantei e saí procurando pela casa o tal quarto. Eu me perdi algumas vezes, mas acabei encontrando. Ficava embaixo da escada principal, que levava ao segundo andar. E o que acham que foi a primeira coisa que vi quando entrei no quarto? Meu general Sepúlveda sentado numa das camas, me esperando! Quase me caguei de medo, rapazes! O que acham?

— Incrível! — disseram os tiras.

— Claro, aquilo não tinha nada de sobrenatural. Enquanto eu procurava o quarto por todos os cantos da casa, o condenado do velho tinha se dirigido diretamente para lá. Só isso. Mas a impressão que tive foi dessas que fulminam a gente. A única coisa que atinei dizer foi: o que o senhor está fazendo aqui, meu general? O velho não respondeu, ou se respondeu esqueci no ato o que me disse. Junto dele, estirado na cama, havia um vulto coberto com o lençol até a cabeça. O general se levantou da cama e com sinais me indicou que desse uma olhada. Eu me aproximei devagarinho, rapazes, e levantei o lençol. Vi a cara de um homem que podia ter tanto sessenta como oitenta anos, a pele cheia de rugas, algumas grossas, do tamanho de um dedo, mas os cabelos negros, nigérrimos, cortados a zero ou a um, cabelos fortes, se bem me explico. O general então falou comigo. Eu me virei como se tivessem me cutucado com um fio elétrico. O general estava sentado na cama ao lado. Ele está morto, não é?, disse ele. Acho que sim, meu general, disse eu. Em todo caso tornei a descobri-lo, o morto só estava com a parte de cima do pijama, mas desta vez puxei o lençol até os joelhos, caralho, nunca gostei de genital de presunto, rapazes, e olhei-o de cima a baixo para ver se encontrava sinais de violência. Nenhum. Depois tirei o pulso. Estava com o *rigor mortis* no olho do cu, como diz o doutorzinho Cepeda, e tornei a cobri-lo com o lençol. Este homem está morto, meu general, disse eu. Já imaginava, disse ele, e então pela primeira vez pareceu arriar, mas só por um segundo, parecia que desabava por inteiro, pedaço a pedaço, mas como eu disse foi só um segundo, logo se recompôs, passou a mão no rosto sem barbear e ordenou que me sentasse em frente dele, na cama do morto. Temos de chamar a funerária, falou. Pensei comigo mesmo que o que tínhamos era de chamar um médico para que desse um atestado de óbito e a polícia, mas não falei nada, afinal eu era da polícia e estava ali, não é? E então meu general, ao ver que eu não fazia nenhuma pergunta, me disse que o morto era seu empregado, seu único empregado, e que estava com ele havia tanto tempo que nem se lembrava. Este homem, disse, esta porra de cadáver, salvou minha vida em três ocasiões, este puto fez toda a Revolução a meu lado, este escroto cuidou de mim quando fiquei doente e levou meus filhos ao colégio. Repetiu isso várias vezes: cuidou de mim quando fiquei doente e levou meus filhos ao colégio. Aquela frasezinha me impressionou, rapazes. Nela se resumia toda uma filosofia de dedicação e de trabalho. Então meu general tornou a me olhar com aquele olhar que ele tinha e que de repente te torturava o coração e me disse: você vai longe, moçoilo. Eu, meu general? Quem mais podia ser. E ele: é, você, frangote, mas se quiser chegar longe e se manter longe tem de ser muito esperto. Depois pareceu dormir e eu pensei: pobre homem, a impressão por ter encontrado seu empregado morto deve tê-lo deixado exausto. E também me pus a pensar no que ele tinha me dito e em outras coisas, e a verdade é que de repente me deu como que uma grande sensação de calma ou placidez, ali, sentado na cama do morto, em frente ao meu general, que tinha a cabeça caída para o lado e como que roncava. Mas então o general abriu o olho e me perguntou se sabia de onde Nicanor era e eu desconfiei que Nicanor fosse o morto e tive de dizer a verdade, isto é, que não sabia. Então o general disse: era de Villaviciosa, caralho. E eu registrei. E o general disse: esses caras são os únicos homens em todo o México em que se pode confiar. Verdade, general?, eu disse. Verdade, ele me disse. Depois liguei para a funerária e levei meu general para outro quarto, para que ele não se sentisse mal ao ver como punham o seu Nicanor no caixão. Ficamos conversando até seu advogado e seu secretário chegarem. Nunca mais vi meu general. No ano seguinte morreu — disse dom Pedro, e pediu seu quinto uísque.

— Deve ter sido um homem e tanto, o general Sepúlveda — disse um dos tiras.

— Mais que um homem, foi um herói — disse Pedro Negrete.

Os tiras assentiram.

— E agora vão trabalhar — disse dom Pedro —, não quero vadios na corporação.

Os tiras se levantaram de imediato. Dois deles traziam coldres nas axilas, sob os blusões esportivos, e os outros usavam a arma num coldre pendurado no cinto.

— Não vá com eles, Pancho, quero falar com você — disse dom Pedro.

Pancho Monje se despediu dos colegas e voltou a sentar.

— Em que você está trabalhando? — perguntou dom Pedro.

— No tiroteio de Los Álamos — respondeu Pancho.

— Deixe isso de lado por uns dias, você vai vigiar um professor universitário. Quero um relatório completo daqui a uma semana.

— Quem é o elemento? — perguntou Pancho.

Dom Pedro tirou um maço de papéis do bolso do paletó e começou a lê-los um a um.

— Ele se chama Óscar Amalfitano — disse Gumaro. — É de nacionalidade chilena. Dá aulas de filosofia na universidade.

— Quero um trabalho apurado — disse dom Pedro. — É para me entregar o relatório pessoalmente.

— O senhor manda — disse Pancho.

7.

Homero Sepúlveda (1895-1955) teve aptidão para chefe militar desde sua mais tenra infância: aos oito anos era alto, intrépido e capitaneava uma turma de meninos da sua idade, que se tornou odiada e lendária nos bairros em torno do antigo matadouro municipal, na zona leste de Santa Teresa, hoje desaparecido, em cuja vizinhança cresceu aquele que depois seria uma figura destacada da Revolução. Seu pai, original de Hermosillo, foi mestre-escola, e sua mãe, abnegada dona de casa nascida em Santa Teresa. Foi o terceiro de uma ninhada de três irmãos e quatro irmãs, todos altos e fortes, mas nenhum com os olhos de Homero. Não fez estudos superiores.

Ao começar a Revolução se juntou, com seu irmão mais velho, às tropas de Pancho Villa. Em pouco tempo, sua perícia em montar emboscadas, em planejar incursões contra as bases de abastecimento inimigas e em movimentar seus homens com a velocidade de um raio o tornaram credor de uma justa fama de homem corajoso e inteligente que nunca mais o abandonaria. Ao contrário do seu irmão Lucas, que também era corajoso e inteligente e que morreu numa carga de cavalaria em 1917, Homero Sepúlveda foi também (e sobretudo) cauteloso e prudente e soube vislumbrar as mudanças e as surpresas do destino. Não tardou a obter o galão de general que Pancho Villa em pessoa aplicou em seu trem.

Combateu contra Porfirio Díaz e foi partidário convicto de Madera (se bem que, no fundo, como seu pai, que lia os clássicos latinos, nunca esteve muito convicto de nada), lutou denodadamente contra Huerta e contra Pascual Orozco, depois se retirou, jovem e recém-casado, e voltou para Santa Teresa até que os partidários de Villa reiniciaram a guerra, desta vez contra Carranza, a quem combateu com poucos meios mas com enorme talento, ganhando o respeito próprio e alheio e o cognome de Epaminondas de Sonora ou — dependendo do poeta e do lugar em que o poeta compunha a ode — de Cipião de Chihuahua, sem falar num padeiro espanhol que o chamou de El Empecinado do Norte ou de o Milans del Bosch da Fronteira,* apesar de o general Sepúlveda ter sempre preferido os exemplos gregos ou romanos.

Foi o único chefe *villista* (além de Ángeles e Lucio Blanco) a levar até as últimas consequências o casamento da cavalaria, da artilharia montada e do movimento: era exímio em explorar a vitória e em penetrar profundamente na retaguarda inimiga causando o caos.

Não lutou contra Obregón. Durante algum tempo se manteve retirado em sua casa de Santa Teresa, diz que escrevendo suas memórias mas na realidade dando tempo ao tempo. Depois ingressou com todas as honrarias no partido obregonista. Foi

* O Obstinado [El Empecinado], cognome de Juan Martín Díez (1775-1825), herói da Guerra de Independência espanhola contra as tropas napoleônicas. Joaquín León Milans del Bosch y Carrió (1854-1936), general espanhol ligado ao ditador Primo de Rivera. (N. T.)

amigo pessoal do general Plutarco Elías Calles. Em 1935, graças às suas amizades e influências, foi eleito governador do estado. Prosperou como todos, e sua casa em Santa Teresa cresceu como um lego, sem coerência nem ordem, com anexos e cavalariças e casas de empregados e até uma quadra de tênis que só seus filhos utilizaram. Como político foi um desastre e houve quem o comparou com alguns infames tiranos gregos ou com algum general louco de Roma, e quem o comparou com Napoleão, o Pequeno, ou com o sanguinário e hipócrita Thiers, mas o general Sepúlveda não dava a mínima para cognomes e semelhanças, da Antiguidade ou da Era Moderna.

Sobreviveu a três tentativas de assassinato.

Teve três filhos homens, dois dos quais foram estudar e viver no Texas, casaram-se com americanas e fundaram o ramo Sepúlveda de Austin. O terceiro não se casou e viveu no enorme casarão de Santa Teresa até falecer, em 1990. Não realizou nem impulsionou nenhuma obra pública durante os longos anos que serviu ao México como governador do seu estado natal ou como senador da República. Três anos antes da sua morte a rua onde morava foi rebatizada como rua General Sepúlveda. Depois de morrer puseram seu nome numa rua de Hermosillo e no Hospital Estadual de Santa Teresa.

Um bronze de corpo inteiro relembra-o atualmente na principal praça pública da cidade. Seu autor foi o escultor Francisco Clayton e nos mostra o general olhando para os longes nostalgicamente. É uma escultura invulgar, com muito mais dignidade do que supõem os intelectuais de Santa Teresa em suas mofas sarcásticas e inocentes, e é também uma escultura triste, dir-se-ia que ausente, de tanta tristeza.

8.

Pancho Monje começou a vigiar Amalfitano uma segunda de manhã. Viu-o sair às nove para a universidade e depois, meia hora mais tarde, viu sua filha sair. O normal teria sido seguir Amalfitano, mas Pancho se deixou guiar por seu instinto. Quando Rosa virou a esquina, desceu do carro e seguiu-a. Rosa caminhou um bom tempo pela avenida Escandón. Por um instante Pancho teve a certeza de que ela não sabia aonde ia, depois pensou que talvez fosse para a escola, para alguma escola, mas seus passos despreocupados e a falta de livros o dissuadiram no ato. No cruzamento com a rua Sonora, a avenida Escandón mudava de nome e se tornava mais movimentada, e de repente Rosa desapareceu. Ali não rareavam as cafeterias, Pancho entrou numa delas e pediu um desjejum à base de café, ovos *a la ranchera* e pão na chapa. Quando tomou o primeiro gole do café, se deu conta de que suas mãos tremiam. Naquela noite, na delegacia, lhe disseram que havia aparecido uma moça morta no Parque México e soube que Álvarez e Chucho Peguero conduziam o caso. Foi vê-los e perguntou quem era a morta.

— Edelmira Sánchez, dezesseis anos, um bombom — disse Álvarez, mostrando uma foto em que se via uma moça com o vestido rasgado.

Pensou que, enquanto seus colegas trabalhavam, ele tinha passado o dia trancado em casa, assistindo televisão sem fazer nada.

Na terça começou a vigiar a casa de Amalfitano às quatro da manhã. Deixou o Ford estacionado a uns duzentos metros e esperou. Por muito tempo a casa lhe pareceu vazia, como se dentro dela a vida houvesse cessado aquela noite, sem que ele estivesse ali para poder fazer alguma coisa. Às nove a porta se abriu e Amalfitano apareceu. Vestia um blazer preto, e seus cabelos brancos, talvez compridos demais para uma pessoa da sua idade, ainda estavam molhados. Antes de fechar a porta falou com alguém dentro de casa, depois foi andando. Pancho deixou-o tomar a dianteira, depois desceu do carro e o seguiu. Amalfitano caminhava a grandes passadas. Na mão direita levava uma pasta de couro sintético e no bolso do blazer dois livros. Cruzou com várias pessoas mas não cumprimentou nenhuma. Quando chegou ao ponto de ônibus, parou. Pancho passou por ele e entrou num mercadinho, uns cinquenta metros à frente. Procurou uma lata de leite condensado Nestlé, pagou, tirou o canivete do bolso, fez dois furos na lata e começou a tomá-la na rua. Voltou a passar pelo ponto de ônibus, mas não se deteve. Amalfitano estava lendo um dos livros. Pancho foi até o Ford e ligou o motor. Depois desceu rua abaixo até encontrar o ônibus que Amalfitano esperava e seguiu-o. Quando o ônibus chegou ao ponto, Amalfitano ainda estava lá. Subiu com outras pessoas e o ônibus arrancou. Às nove e quarenta Amalfitano entrou na universidade em meio a uma torrente de estudantes. Pancho seguiu-o até o interior do Departamento de Filosofia e por um instante ficou batendo papo com uma secretária. A secretária se chamava Estela e gostava de sair para dançar sábado à noite. Tinha vinte e oito anos e era divorciada. Acreditava na amizade e na honestidade.

— Dá para ver que você trabalha na Filosofia — Pancho disse a ela.

Quando voltou à casa de Amalfitano, Rosa já havia saído. Pancho tocou a campainha várias vezes. Então voltou para o carro e ficou ouvindo música, depois sentiu os olhos se fecharem e caiu no sono. Quando acordou, passava do meio-dia. Ligou o carro e se afastou. Passou o resto do dia num bar da rua Nuevo León chamado El Jacinto, onde os tiras costumavam ir. Às sete da noite foi esperar Amalfitano na saída da universidade.

No dia seguinte Pancho chegou um pouco antes das nove da manhã. Às nove e quinze um táxi parou na frente da casa e Amalfitano saiu correndo. Às nove e meia, saiu Rosa, que se afastou a pé em direção à avenida Escandón. Desta vez levava nas mãos uma sacola de plástico carregada de vídeos. Quando Rosa dobrou a esquina, Pancho saiu do carro e se aproximou da casa. Não teve dificuldade para entrar.

A casa consistia numa sala com cozinha americana, dois quartos grandes e um pequeno, que era utilizado como quarto de despejo, e um banheiro. Atrás havia um quintal sem plantas nem flores. Por um instante Pancho bisbilhotou os cômodos. Não encontrou nada que fosse interessante, salvo umas cartas procedentes de Barcelona. Sentou-se numa cadeira ao lado da janela da sala e se pôs a lê-las. Não leu todas. Depois ficou um instante no quarto de Rosa. Gostou do cheiro. Procurou fotos mas não encontrou senão uns poucos instantâneos onde aparecia uma mulher bonita abraçada a uma criança. No armário, roupas que tanto podiam ser de uma adolescente como de uma mulher. Debaixo da cama havia um par de pantufas de pelúcia com a imagem do Pluto. Cheirou-as. Tinham um cheirinho gostoso. De pés de mulher jovem e sadia. Quando as enfiou novamente debaixo da cama sentiu o coração subir até a boca. Ficou parado, ajoelhado, a cara enfiada nas cobertas que também tinham um cheiro bom, de alfazema, de tepidez. Depois se levantou e não quis ver mais nada.

9.

Naquela noite a professora Isabel Aguilar estava pensando em Amalfitano quando este telefonou. Embora ainda fosse cedo, ela já havia posto o pijama e preparado um uísque com o qual pensava acompanhar a leitura de um romance que fazia muito desejava ler. Vivia sozinha e nos últimos anos havia até encontrado certa felicidade nisso. Não sentia falta da vida de casal. Os homens da sua vida haviam sido poucos e quase todos um desastre. Isabel Aguilar estivera apaixonada por um estudante de filosofia que acabou se consagrando às ciências ocultas, por um militante trotskista que também acabou se consagrando às ciências ocultas (e ao *body-building*), por um caminhoneiro de Hermosillo que zombava do seu prazer em ler e que a única coisa que queria era deixá-la grávida (para depois abandoná-la, ela intuía), e por um mecânico de Santa Teresa cujo horizonte intelectual eram os jogos de futebol e as maratonas alcoólicas nos fins de semana, maratonas de que ela acabou sendo praticante. Na realidade, o único amor da sua vida era Óscar Amalfitano, que havia sido seu professor de filosofia na UNAM e com o qual nunca chegou a nada.

Certa vez, Isabel Aguilar foi vê-lo em casa, na Cidade do México, disposta a confessar o que sentia por ele, mas quando tocou a campainha abriu a porta uma mulher tão bonita e com uma expressão tão patente de felicidade e de segurança de si que Isabel esteve a ponto de lhe dar as costas e sair correndo escada abaixo.

A partir desse dia se tornou muito amiga de Edith Lieberman, que admirava e de quem gostava sem reservas, e desterrou o amor que sentia por Amalfitano para o limbo dos amores platônicos. Quando Amalfitano e sua família foram para o Canadá, a relação não se interrompeu. Todo mês, pelo menos, Isabel lhes escrevia uma carta contando sua vida e seus progressos profissionais, e todo mês recebia uma carta, geralmente de Edith, em que a punham a par das vicissitudes vividas pela família Amalfitano.

Quando Edith Lieberman morreu, Isabel ficou sinceramente entristecida, mas no fundo pensou que talvez houvesse chegado sua hora. Naquela época vivia no DF com o militante trotskista macrobiótico e por algumas semanas chegou a sonhar que pegava um avião e partia para uma vida nova no Brasil, junto com Rosa (de quem pensava cuidar como se fosse sua própria filha) e Amalfitano. Mas sua timidez e sua falta de decisão foram obstáculos insuperáveis e por uma razão ou outra afinal nunca viajou para o Rio.

As cartas, no entanto, prosseguiram com uma força maior ainda que antes. Nelas Isabel contava a Amalfitano coisas que não contava a ninguém. Quando se separou do trotskista encontrou nele seu melhor apoio. Depois, com as mudanças, começaram a se escrever menos. Isabel se apaixonou pelo caminhoneiro e conheceu uma breve etapa de plenitude sexual. Por ele, foi para o norte, para Hermosillo, e começou a dar aulas na universidade. Aí conheceu Horacio Guerra, que naquele tempo estava formando o novo Departamento de Filosofia da Universidade de Santa Teresa. Quando rompeu com o caminhoneiro, não pensou duas vezes e aceitou a oferta que Horacio Guerra reiterava ano após ano.

Os primeiros meses em Santa Teresa foram solitários. Em algum momento Isabel Aguilar havia sonhado com uma vida social mais ativa, que, por culpa do caminhoneiro (ou por culpa dos seus colegas docentes que o desprezavam), não ocorreu em Hermosillo, mas não tardou a descobrir que em Santa Teresa os professores de filosofia não se relacionavam com ninguém e que os professores dos outros departamentos fugiam dos de filosofia como se estes tivessem peste. Essa solidão e seus apetites sexuais (mal acostumados no convívio diário com o caminhoneiro) levaram-na quase sem se dar conta para os braços do mecânico louco por futebol. Quando por fim o abandonou, encontrou-se ainda mais sozinha que antes e reatou com renovado vigor a correspondência com seu ex-professor chileno. Por outro lado, Isabel tinha de ser muito pouco perspicaz para não perceber, sua relação com Horacio Guerra, depois do interregno do mecânico, se estreitou e a certa altura até chegou a achar que, pensando bem, no fundo não formavam um mau par.

Mas Horacio Guerra, embora estivesse longe de evitar a presença de Isabel, nunca parecia disposto a dar o passo necessário, a pronunciar a frase precisa que teria feito Isabel, cheia de ir para a cama com homens de um intelecto inferior ao seu, cair em seus braços.

Às vezes Isabel Aguilar pensava que simplesmente tudo se devia a não ter sorte com os homens.

Quando Amalfitano chegou a Santa Teresa, sentiu-se renascer. Durante os primeiros dias esteve a seu lado quase sempre. Arranjou um motel para se alojarem até que encontrassem uma casa. Ajudou-os a procurar uma casa que fosse do agrado de

Rosa. Levou-os a tudo que é lugar de carro, como um taxista absolutamente fiel e desinteressado. Convidou-os para comer em restaurantes típicos e mostrou-lhes a cidade. Para sua surpresa, Amalfitano e a filha não pareceram apreciar nenhum dos seus esforços. Rosa estava permanentemente mal-humorada e Amalfitano, mergulhado em si mesmo. Uma tarde, pensou que, mais que uma ajuda, sua presença ao lado dos Amalfitano estava sendo um estorvo e parou de vê-los. Não foi capaz, porém, de se afastar de todo e nos fins de semana costumavam se encontrar. Isabel pegava o carro e se plantava na casa dos Amalfitano na hora do vermute. Depois iam dar uma volta, nada muito demorado, às vezes Isabel os levava a algum lugar nos arredores para tomarem uns drinques, outras vezes saía sozinha com Amalfitano, de tarde, para passearem sem rumo ou irem ao cinema.

Quando Amalfitano ligou para ela e disse que queria vê-la, Isabel pensou que marcariam um encontro para o sábado seguinte, e seu espanto foi genuíno quando ele disse que queria vê-la naquela noite mesma.

— Estou de pijama — disse Isabel, acostumada com o fato de que sempre era ela que ia à casa de Amalfitano.

— Vou à sua casa — disse Amalfitano. — Em vinte minutos estou aí. Preciso conversar com alguém e não dá para ser por telefone.

Isabel tomou seu uísque de um só gole e foi arrumar a casa. Recolheu algumas coisas da sala, fez a cama e arrumou a bagunça do quarto, abriu umas janelas para arejar o ambiente, fechou as janelas e borrifou um pouco de aromatizador Holiday Forever nos cantos, depois se lavou, se maquiou um pouco e preparou outro uísque.

10.

Quinta-feira Pancho já poderia ter feito um relatório completo sobre Amalfitano, mas não fez.

Naquela manhã seguiu Rosa: seguiu-a pela avenida Sonora, seguiu-a até um supermercado onde a moça fez as compras e depois a seguiu de volta para casa. Até meio-dia não tornou a vê-la. Ao meio-dia e quinze, viu que se abria uma janela da sala e supôs que devia estar fazendo a faxina. Depois ele a viu sair ao quintal, andar até a cerca, se agachar e procurar uma coisa. Depois, viu-a se levantar e voltar com passos mais decididos para a casa. Ouviu a música moderna que a brisa trazia em surdina até as janelas do seu carro. Rosa fechou a janela depressa e ele então só escutou o murmúrio do sol caindo no calçamento e nas árvores do bairro.

Às quatro da tarde Rosa tornou a sair.

Seguiu-a a pé. Rosa andava depressa, na mesma direção de sempre, a da rua Sonora e avenida Revolución. Vestia jeans e camiseta cinzenta. Calçava botas de cano baixo, sem salto.

11.

A carta seguinte de Padilla foi torrencial. Começava dizendo que uma noite, bêbado e drogado, entrou sem saber por que num sebo da rua Aribau e deu de cara, como se o livro houvesse pulado para suas mãos, com um velho exemplar de *A rosa ilimitada*, de J. M. G. Arcimboldi, traduzido por Amalfitano. Seu nome naquelas maltratadas e preciosas páginas!

Arcimboldi, contava ele, do dia para a noite tinha se tornado o autor da moda na Espanha, onde estavam editando ou em vias de editar a totalidade da sua obra. Não havia semana em que faltasse um artigo ou uma resenha sobre o grande escritor francês. Aliás, *A rosa ilimitada*, seu terceiro ou quarto romance?, uma obra difícil e enganadora, apesar da sua leitura aparentemente fácil, às vezes parecendo livro para cretinos, já estava na segunda edição e não fazia um mês que havia saído. Era responsável pela nova versão um escritor navarro, que de um dia para o outro apareceu como especialista da obra arcimboldiana, e na realidade era mesmo, mas sobre esse ponto se calava. Prefiro sua tradução, dizia Padilla, e cada página que releio me faz imaginar você naquela Buenos Aires turbulenta e carregada de presságios onde sua inocência triunfou. Aqui Padilla se enganava outra vez, pensou Amalfitano, pois, embora a tradução fosse para uma editora portenha, levou o trabalho a cabo quando vivia na Cidade do México. Se houvesse traduzido Arcimboldi em Buenos Aires, pensou Amalfitano, agora estaria morto.

Claro, prosseguia Padilla, ele também havia caído na moda Arcimboldi e numa semana havia devorado os três romances traduzidos para o castelhano, mais outros três no original francês que havia conseguido na livraria Apollinaire da rua Córcega, mais o controvertido *Riquer*, que leu na edição catalã de Juli Montaner, romance curto ou conto longo que lhe pareceu uma espécie de Borges com mais páginas. Em Barcelona há quem diga, dizia Padilla, que Arcimboldi é a mistura perfeita de Thomas Bernhard e Stevenson (o velho Robert Louis, acredite), mas ele o situava mais no improvável cruzamento de Aloysius Bertrand e Perec e (se segure) Gide e o Robbe-Grillet do *Projeto para uma revolução em Nova York*. De qualquer forma, francês até a raiz dos cabelos. Finalmente dizia que começava a estar cheio da corte de exegetas de Arcimboldi, que ele punha à altura dos burros, animaizinhos pelos que sempre sentiu simpatia apesar de não ter visto um em carne e osso até os dezenove anos de idade, no bairro de Gracia, propriedade de uns ciganos que exerciam a transumância metropolitana de um bairro de Barcelona a outro, em companhia do burro, de um macaco e de um realejo. Contra Buñuel e Dalí, sempre gostei de Platero,* vai ver porque nós, bichas, temos um fraco pelo andaluz, escrevia, e essas linhas feriram Amalfitano no mais profundo de si.

Para ele, Padilla era um poeta, um intelectual, um lutador,

* O burro Platero é o personagem central do romance *Platero e eu*, de Juan Ramón Jiménez, prêmio Nobel em 1956. (N. T.)

um gay promíscuo e livre, um companheiro afável, mas nunca uma bicha, termo que ele associava à covardia e à solidão imposta. Mas logo pensou que sim, que Padilla e eu éramos duas bichas, e que eram isso mesmo e ponto final.

Com tristeza, Amalfitano pensou que não era, efetivamente, um conhecedor da obra de Arcimboldi, apesar de ter sido o primeiro a traduzi-lo para o espanhol, mais de dezessete anos antes, quando quase ninguém o conhecia. Devia ter continuado a traduzi-lo, disse a si mesmo, e não perder tempo com Osman Lins, os poetas concretos e meu português macarrônico, mas também nisso saí perdendo. Não obstante, Amalfitano se deu conta de que em sua longa carta Padilla passava por cima (e com Padilla seguramente a totalidade dos arcimboldianos de Barcelona) de uma característica essencial na obra do francês: se bem que todas as suas histórias, não importando o estilo utilizado (nesse aspecto, Arcimboldi era eclético e parecia seguir a máxima de De Kooning: *o estilo é uma fraude*), fossem histórias de mistério, estes só se resolviam mediante fugas, em alguns casos mediante efusões de sangue (reais ou imaginárias) seguidas de fugas intermináveis, como se os personagens de Arcimboldi, terminado o livro, saltassem literalmente da última página e continuassem fugindo.

A carta de Padilla acabava com duas notícias, o rompimento com seu namorado da Seat e o iminente, embora não dissesse quão iminente, fim do seu trabalho de revisor. Se continuar fazendo revisão, dizia, vou perder o gosto pela leitura e isso é o fim, não? Sobre *O deus dos homossexuais* dizia pouco ou muito, depende: era uma valsa.

Em sua resposta, tão longa quanto a carta de Padilla, Amalfitano se enredou numa série de disquisições sobre Arcimboldi que pouco diziam acerca do que verdadeiramente desejava exprimir: o estado da sua alma. Não deixe o trabalho de revisor, dizia no postscriptum, eu te imagino sem dinheiro em Barcelona e isso me dá medo. Continue fazendo revisões e continue escrevendo.

A resposta de Padilla demorou um pouco e parecia escrita em estado de transe. Logo de cara dizia que estava com Aids. Estou pirado, dizia entre uma piada e outra. Ato contínuo recomendava a Amalfitano que fizesse o exame. Você pode ter, dizia, mas se tiver garanto que não fui eu que te contagiei. Fazia um ano que sabia ser soropositivo. Agora tinha desenvolvido a doença. Era tudo. Logo morreria. Aliás, já não trabalhava e morava de novo na casa do pai, o qual adivinhava ou intuía a doença do filho. Pobre velho, dizia Padilla, sempre viu morrer seus entes queridos. Aqui se estendia numa série de considerações sobre as naturezas azaradas ou pé-frias. A boa notícia era que voltara a encontrar o confeiteiro de Gracia, assíduo dos saraus no estúdio perto da universidade. Sem pedir nada em troca, o confeiteiro, sabendo da doença de Padilla, lhe dava um subsídio, assim chamava, quinzenal. Não bastava para Padilla alugar um apartamento e morar sozinho, mas dava para cobrir a maioria dos seus gastos, livros, drogas, quartos de uma noite, jantar nos restaurantes do bairro. Conseguia os remédios com a Seguridade Social. Como se pode ver, o paraíso, dizia.

Já estivera hospitalizado uma vez, quinze dias na ala de doentes contagiosos onde dividiu o quarto com três *junkies*, uns marginais que odiavam veado embora eles e os veados estivessem morrendo a passos de gigante. Mas eu, dizia, os fiz mudar de opinião. Prometia detalhes na próxima carta.

Sobre O *deus dos homossexuais*, dizia que avançava a passo de tartaruga. O confeiteiro, "meu bom Raguenau", assim o chamava Padilla, é meu único leitor, duvidoso privilégio que o enche de alegria. Tinha um novo amante, um chapeiro de dezesseis anos, aidético e maravilhosamente inconsciente, ai, quem dera fosse como ele, suspirava Padilla enquanto a carta tremia nas mãos de Amalfitano. Não trabalhar na editora era uma sensação fascinante que acreditava perdida. Viver mais uma vez na vadiagem, eu, que vim a este mundo veranear e nada mais. Veranear e perturbar um pouco.

Os dias em Barcelona eram esplêndidos. O Mediterrâneo refulgia. A carta tinha sido escrita do terraço de um bar das Ramblas. As pessoas passeiam, dizia Padilla, e eu estou sentado tomando um uísque duplo e me sinto feliz.

12.

Nas imediações de uma fábrica maquiadora situada nos arredores da cidade, de propriedade de dom Gabriel Salazar, num loteamento planejado como futuro polo industrial, mas onde até aquela data ninguém queria se estabelecer, encontraram outra moça morta.

Era um ano mais velha que Edelmira Sánchez, dezessete, chamava-se Alejandra Rosales e era mãe de um menino de poucos meses. A causa da morte era a mesma: havia sido degolada com uma faca de grandes dimensões, mas no local dos fatos não encontraram rastros de sangue (tal como no Parque México), pelo que estava fora de dúvida que o assassinato havia sido cometido em outro lugar.

O cadáver de Edelmira Sánchez tinha aparecido uma segunda-feira e seus pais haviam comunicado o desaparecimento na madrugada de domingo. A última vez que a viram foi sábado na hora de jantar. O cadáver de Alejandra Rosales apareceu uma semana depois, mas a última vez que foi vista com vida foi sábado, pouco antes que Edelmira se despedisse dos pais. A única que poderia ter comunicado seu desaparecimento era sua sogra, com quem morava, mas esta pensou que Alejandra tinha ido embora com um homem e ela já tinha bastantes problemas com a filha do seu falecido filho para ir a uma delegacia comunicar o desaparecimento de uma mulher que ela odiava e que não lhe importaria ver morta.

Segundo o legista, ambas foram violentadas repetidas vezes, apresentavam ferimentos leves nas pernas e nas costas, hematomas nos pulsos, do que se deduzia facilmente que em algum momento estiveram amarradas, um ou dois ferimentos mortais no pescoço (incisão da carótida, no caso de Alejandra o corte quase a decapitara), contusões no peito, braços, marcas de pancadas leves no rosto. Em nenhuma das duas foram encontrados vestígios de sêmen.

No relatório de Chucho Peguero dizia-se que Alejandra era puta ocasional e que sábado à noite costumava frequentar o salão de festas La Hélice, na rua Amado Nervo. Na noite do seu desaparecimento foi vista ali por uma testemunha, sua amiga Guadalupe Guillén. De acordo com esta, por volta das oito horas, aproximadamente, Alejandra estava na pista de dança do La Hélice dançando um merengue. Guadalupe Guillén não tornou a vê-la o resto da noite, ninguém a viu sair do salão de festas. Já Edelmira Sánchez aos sábados à noite ia à discoteca New York, na avenida Escandón, um local eminentemente juvenil, onde chegava por volta das sete e meia. Normalmente, antes da meia-noite já estava de volta a casa levada indistintamente pelo namorado ou pelas amigas, pois Edelmira ainda não tinha carro. Nem Alejandra esteve na noite de sábado na discoteca New York, nem Edelmira no salão de festas La Hélice.

Com quase toda certeza, mataram Edelmira domingo, entre meio-dia e meia-noite. Alejandra, porém, sofreu um cativeiro maior: provavelmente foi assassinada quinta ou sexta, vinte e quatro horas antes de uns garotos encontrarem seu cadáver nos arredores da fábrica maquiadora.

13.

Gumaro guiou os primeiros passos de Pancho na polícia de Santa Teresa. Quando o encontrava de manhã na delegacia, lhe dizia: venha comigo, deixe o trabalho para os outros caras, quero conversar um instantinho com você. E Pancho largava o que estivesse fazendo e ia com Gumaro.

Era um cara de aparência escorregadia, nem muito alto nem muito forte, e tinha a cabeça pequena, como a de uma lagartixa. Adivinhar sua idade era difícil e talvez fosse mais velho do que todo mundo acreditava. Às vezes para uns parecia um sujeito insignificante, magro demais para ser tira, mas se olhassem em seus olhos notavam que não era um cara qualquer.

Uma madrugada, no bar La Estela, Pancho ficou olhando fixamente para ele e verificou que ele mal pestanejava. Disse-lhe isso e perguntou por que não fazia como o resto dos mortais. Gumaro respondeu que quando fechava os olhos sentia uma dor muito grande na cabeça.

— E como você faz para dormir? — perguntou Pancho.

— Durmo com os olhos abertos, e quando já estou dormindo fecho.

Não tinha residência fixa. Podia ser encontrado em qualquer delegacia de Santa Teresa e nunca dava a impressão de estar ocupado, nem sequer quando exercia a função de chofer de dom Pedro Negrete. Todos lhe deviam favores, favores de toda classe, mas ele só acatava as ordens de dom Pedro.

Dizia a Pancho que ia lhe ensinar o ofício de tira. O melhor ofício do mundo, dizia Gumaro, o único em que você é livre de verdade ou sabe, com toda a certeza, sem sombra de dúvida, que não é. Em ambos os casos era como morar numa casa de carne crua, garantia. Outras vezes dizia que a polícia não devia existir, que bastava o exército.

Ele gostava de falar. Sobretudo, gostava de falar sozinho. Também gostava de contar piadas, de que só ele ria. Não tinha mulher nem filhos. As crianças lhe davam dó, fugia delas, e as mulheres o deixavam frio. Uma vez um balconista de botequim que não o conhecia lhe perguntou por que não arranjava uma coroa. Gumaro estava rodeado de policiais em serviço e fora de serviço e todos ficaram calados esperando sua resposta, mas ele não disse nada, continuou tomando sua cervejinha tranquilamente, e passados dez minutos o balconista se aproximou novamente dele e pediu desculpas.

— Desculpas por quê, cara? — perguntou Gumaro.

— Por minha insolência, sargento — disse o balconista.

— Você não é insolente — disse Gumaro —, você é inocente ou meio inocente, moleque.

A coisa ficou por aí. Ele não era rancoroso nem tinha mau temperamento.

Às vezes aparecia no lugar onde haviam cometido um crime. Quando chegava, todos abriam alas, até o juiz e o legista, os quais conhecia pelo nome de batismo ou pelo apelido.

Sem dizer uma palavra, concentradíssimo como se estivesse pensando, com as mãos enterradas no bolso, dava uma olhada no cadáver, nas coisas do cadáver e no que alguns tiras chamam de cena do crime, e depois ia embora tão silenciosamente como havia vindo e nunca mais aparecia.

Ninguém sabia onde morava. Uns diziam que era no porão da casa de dom Pedro Negrete, outros garantiam que não tinha domicílio fixo e que dormia nas celas, vazias ou não, da delegacia da General Sepúlveda. Pancho era dos poucos a saber, desde o início (numa extraordinária mostra de confiança dada por Gumaro) que, de fato, às vezes dormia no porão de dom Pedro, num quartinho que este havia preparado especialmente para ele, e às vezes nas celas da delegacia, mas que a maioria das noites, ou dos dias, dormia numa pensão da colônia El Milagro, a cinco quarteirões de onde Pancho tinha seu apartamento. A dona era uma mulher dos seus cinquenta anos que tinha um filho advogado que trabalhava em Monterrey e que tratava Gumaro com familiaridade. Seu marido fora um policial morto em serviço. Chamava-se Felicidad Pérez e vivia pedindo pequenos favores que Gumaro nunca fazia.

Muitas vezes Pancho o acompanhou de boteco em boteco até o sol raiar.

Gumaro bebia muito, mas raras vezes o álcool afetava sua forma habitual de se comportar. Quando tomava um porre aproximava sua cadeira da janela e se punha a escrutar o céu. Dizia:

— Minha cabeça está com falta de ar.

Isso queria dizer que estava em outro lugar. Então se punha a falar de vampiros.

— Quantos filmes de Drácula você viu? — perguntava a Pancho.

— Nenhum, Gumaro.

— Então é muito pouco o que você sabe dos vampiros — dizia Gumaro.

Outras vezes se punha a falar de povos do deserto, aldeias,

casarios que só mantinham comunicação entre si, sem reconhecer fronteiras ou línguas. Povoados que tinham mais de mil ou dois mil anos e onde mal viviam cinquenta ou cem pessoas.

— E que povoados são esses, Gumaro? — perguntava Pancho.

— Povoados de vampiros ou de vermes brancos — dizia Gumaro —, o que, no caso, é a mesma coisa. Povoados de merda onde correm lado a lado a vontade de matar e a vontade de viver.

Pancho então imaginava dois ou três botecos, um armazém e pátios fechados e acimentados virados para o oeste. Como Villaviciosa.

— E onde ficam esses povoados? — perguntava a ele.

— Por aí afora — dizia Gumaro —, em ambos os lados da fronteira, como uma nação renegada pelo México e também pelos Estados Unidos. A nação invisível.

Em certa ocasião, por questões de trabalho, Gumaro teve de ir a um desses povoados. Claro, ele então não sabia.

— Isso nunca se sabe — disse ele a Pancho.

A estrada, embora de terra, não era ruim, se bem que nos últimos trinta quilômetros fosse apenas uma pista no meio das pedras do deserto. Chegaram às quatro da tarde. O povoado tinha trinta habitantes e a metade das casas estava vazia. Acompanhavam Gumaro, Sebastián Romero e Marco Antonio Guzmán, dois tiras veteranos de Santa Teresa. Iam prender um mexicano que havia matado seus dois sócios ianques em San Bernabé, Arizona. Tinham-no dedado ao xerife de San Bernabé, e este ligou para dom Pedro Negrete e chegaram a um acordo. Os tiras de Santa Teresa deteriam o assassino, depois atravessariam a fronteira com ele. Do outro lado estariam à espera deles os de San Bernabé, a quem entregariam o prisioneiro. Estes diriam depois que haviam encontrado o assassino vagando pelo deserto, uivando para a lua como um coiote, mas tudo no lado americano, tudo perfeitamente legal.

Guzmán ficou doente assim que chegou. Tinha calafrios, febre e vômitos, por isso o deixaram no banco de trás do carro, coberto com uma manta e delirando com lutadores mascarados. Depois Gumaro e Romero percorreram o povoado, casa por casa, guiados por uma velha manca, mas não encontraram nada. Ou a informação que o xerife de San Bernabé tinha era falsa ou o assassino fazia tempo havia desaparecido, pois não encontraram lá nenhum vestígio que indicasse sua presença.

Uma das coisas curiosas que Gumaro viu enquanto ia de um lado para o outro, sabendo de antemão que a busca era inútil, foi os olhos de alguns animais. Eram olhos apagados, disse a Pancho. Olhos que estavam do outro lado. Desvanecendo. Como se os burros e os cachorros fossem inteligentes e suas almas fossem maiores que a dos cristãos.

— Se fosse por mim — disse Gumaro —, teria sacado a pistola e matado todos os animais.

Antes de anoitecer foram embora sem o homem que tinham ido buscar, e em Santa Teresa dom Pedro Negrete ficou muito desgostoso, porque devia um favor ao xerife de San Bernabé.

Gumaro falava de povoados de vermes brancos e povoados de urubus, povoados de coiotes e povoados de passarinhos. E dizia que era precisamente isso que um tira verdadeiro devia aprender. Pancho achava que ele estava louco. Quando amanhecia iam tomar um *pozole** no Almira, da dona Milagros Reina, que em seu tempo foi uma das melhores putas de Santa Teresa. Nessa hora Gumaro não falava de mais nada: nem de tiras nem de povoados de vampiro nem de vermes brancos. Tomava seu *pozole* como se estivesse a ponto de morrer e depois dizia que tinha o que fazer e se perdia de repente por uma rua qualquer.

— Venha fazer a sesta em casa — Pancho lhe ofereceu em

* Sopa de milho com galinha ou porco. (N. T.)

várias ocasiões, compadecido por vê-lo tão pálido e trêmulo —, instale-se lá até se sentir bem.

Mas Gumaro nunca fez caso e de estalo, antes que houvesse terminado de falar, desaparecia. Sem se despedir, como se naquela hora todos fossem estranhos para ele.

14.

A carta seguinte de Padilla parecia escrita por outro, alguém que acaba de ser operado e ainda está sob o efeito da anestesia. Dizia que Raguenau, um rapazinho chamado Adrià e ele tinham ido ao parque de diversões de Tibidabo, e tudo, absolutamente tudo, havia sido tão bonito que ele foi incapaz, em repetidas ocasiões, em repetidas e enganosas ocasiões, em repetidas e clarividentes ocasiões, de conter as lágrimas. Chorei, dizia, como aquele que, encontrando a religião verdadeira e sabendo que ela é a religião verdadeira e que nela se encontra sua salvação, passa ao largo.

Na montanha-russa, dizia, enquanto as luzes de Barcelona e a escuridão sem limite do Mediterrâneo apareciam e desapareciam, tive uma das ereções mais gloriosas da minha vida, meu pau parecia de ferro, seu volume era tão extraordinário que meus testículos e a coluna até doeram, eu ficava com medo de tocá-lo, o vulto sob o jeans palpitava, latejava como um coração desembestado, seu comprimento chegava ao meu umbigo (meu Deus, pensou Amalfitano), ainda bem que aconteceu ali, num lugar público, acrescentava Padilla, porque não há cu que teria sido capaz de suportá-lo.

Depois contava que Raguenau e o rapazinho, que aparentemente era seu sobrinho, o haviam levado à confeitaria de um ex-colega e cupincha de Raguenau, um tipo de uns setenta anos que os recebeu com um prato sortido de bolinhos e tortinhas deliciosos, boa e serena conversa e música de Mompou. Quisera eu viver sempre assim, dizia Padilla, em meio a essa classe de gente, compartilhando esse tipo de prazeres, apesar de eu saber que se trata, sem precisar escarafunchar muito, de uma agonia educada e de bom gosto, no melhor dos casos de uma agonia acompanhada de uma boa dose de Nolotil na veia, mas a amizade que me dispensam é verdadeira, e isso, em qualquer situação, deveria bastar. De *O deus dos homossexuais* não dizia nada.

Por aqueles dias, Amalfitano estava ocupado demais preparando suas aulas (procurava, através de bibliotecas de universidades americanas, os livros dispersos e esquecidos de Jean-Marie Guyau) e só pôde lhe mandar um cartão-postal em que lhe explicava desajeitadamente suas lides e de passagem se interessava pelo estado do seu romance.

A resposta de Padilla foi longa e, além disso, alegre, mas não clarividente. Com certeza você encontrou um novo amor, dizia, e com certeza está bem. Em frente! Lembrava-lhe a canção dos Birds (eram eles mesmo?), a que dizia que, se você não pode estar com quem ama, ame quem está com você, e, coisa estranha se realmente acreditava nisso, não lhe pedia informação acerca do novo amante, suponho, dizia ele, que seja um dos seus alunos. No parágrafo seguinte, no entanto, o tom da carta mudava de forma dramática e lhe pedia que não se deixasse explorar. Não se deixe explorar por ninguém, suplicava, por ninguém, por ninguém, mesmo que seja o mais lindo e que saiba trepar melhor que ninguém, em hipótese alguma se deixe explorar. Depois se perdia em elucubrações sobre a solidão que Amalfitano suportava e sobre os riscos a que essa solidão o expunha. Finalmente a carta recobrava o timbre alegre (na verdade as linhas acerca da solidão e do perigo de ser explorado eram apenas como um pequeno ataque de ansiedade entre parênteses) e falava do inverno e da primavera, dos quiosques de flores das Ramblas e da chuva, da cor cinza brilhante e das pedras negras escondidas nos muros da Cidade Velha. No postscriptum mandava lembranças para Rosa (nunca tinha feito isso antes, para Padilla era como se Rosa não existisse) e dizia ter lido o último romance de Arcimboldi, um texto de cento e cinco páginas, sobre um médico que encontra, ao herdar a casa paterna, uma coleção de máscaras de carne. Cada frasco, onde flutuavam as máscaras num líquido espesso que parece engolir a luz, é numerado e, depois de uma breve exploração, o médico encontra, num grosso livro comercial, uma coleção de versículos explicativos, também numerados, que, à maneira de *Novas impressões da África*, lançam pás de claridade ou pás de carvão em pó sobre a origem e o destino das máscaras.

A resposta de Amalfitano foi, no mínimo, insossa. Falava da filha, do céu imenso de Sonora, de filósofos de que Padilla nunca tinha ouvido falar e da professora Isabel Aguilar, que morava sozinha num apartamentinho do centro da cidade e que tinha sido tão amável com eles.

A carta seguinte de Padilla, quatro folhas escritas à máquina dos dois lados, foi para Amalfitano sumamente melancólica. Falava do pai, da saúde do pai, de como ele se dava conta, quando criança, das mudanças da saúde do pai, do seu olho clínico para perceber os achaques, as gripes, os cansaços, as bronquites, as depressões do pai. Depois, claro, não fazia nada para remediar, nem mesmo dava muita importância a tudo isso. Se meu pai tivesse morrido quando eu tinha doze anos, eu não teria derramado uma só lágrima. Falava da sua casa, das entradas e saídas do pai, da orelha do pai (como uma antena parabólica arrebentada) quando era ele que entrava e saía, da mesa de jantar, forte, de boa madeira, mas sem alma, como se o espírito da mesa houvesse morrido tempos atrás, das três cadeiras, uma sempre vazia, posta de lado, ou às vezes ocupada por livros ou roupa, embrulhos fechados que seu pai abria na cozinha, nunca na sala, do lustre sujo e alto demais, dos cantos do assoalho ou do teto, que às vezes, em noites de entusiasmo ou de droga, pareciam olhos, mas olhos fechados ou mortos, compreendeu isso um segundo depois, apesar do entusiasmo ou das drogas, e compreendia agora, apesar da vontade que tinha de estar enganado, olhos que não se abriram, olhos que não pestanejaram, olhos que não olharam. Falava também das ruas do seu bairro, das vendinhas onde ia fazer as compras quando tinha oito anos, das bancas de jornal, da antiga avenida José Antonio, que era como o rio da vida e de que agora se recordava com carinho, inclusive o nome José Antonio, tão injuriado, tinha na memória um quê de bonito e de triste, como o nome de um jovem bandarilheiro morto ou o nome de um jovem compositor de boleros morto. Um adolescente homossexual assassinado pelas forças da Natureza e do Progresso.

Também falava da sua situação atual, tinha feito amizade com Adrià, sobrinho de Raguenau, mas na amizade não entrava o sexo: uma espécie de amor monástico, dizia, ficavam de mãos dadas e falavam de qualquer coisa, de esporte ou de política (o namorado de Adrià era atleta e militante ativo da Coordenação Gay da Catalunha), de arte ou de literatura. Às vezes, quando Adrià suplicava, lia trechos de *O deus dos homossexuais*, e às vezes choravam juntos, abraçados na sacada, contemplando como o sol se punha na praça Molina.

Com Raguenau, sim, tinha ido para a cama. Explicava o acontecimento passo a passo. O quarto de Raguenau, onde predominava o azul águas do Caribe e o negro ébano, com máscaras africanas e bonecas de louça antigas (que combinação!, pensou Amalfitano). A nudez de Raguenau, pudica, um pouquinho envergonhado, barriga demais e pernas magras demais e o peito depilado e mole. Sua nudez refletida num espelho, ainda aceitável, com menos massa muscular talvez, mas aceitável, mais El Greco e menos Caravaggio. A timidez de Raguenau em seus braços, encolhido, o quarto às escuras. As palavras de Raguenau dizendo que já estava bom assim, que não tinha de fazer mais nada, ótimo, perfeito, sentir-se abraçado por ele e depois adormecer. O sorriso de Raguenau intuído no escuro. As camisinhas vermelhas fosforescentes. O tremor de Raguenau ao ser penetrado sem necessidade de vaselina, creme, saliva ou qualquer outro tipo de lubrificante. As pernas de Raguenau, ora tensas, ora procurando suas pernas, os dedos do pé procurando seus dedos do pé. Seu pênis dentro do cu de Raguenau e o pênis de Raguenau com uma meia ereção aprisionado em sua mão esquerda e os gemidos de Raguenau suplicando que soltasse seu pau ou que pelo menos não o apertasse muito. Seu riso de felicidade, inesperado, puro, como uma bengala no escuro do quarto e os lábios de Raguenau modulando tenuemente um protesto. A velocidade dos seus quadris, seu ímpeto intacto, suas mãos que acariciam o corpo de Raguenau e ao mesmo tempo o penduram no abismo. O medo do confeiteiro. Suas mãos que agarram o corpo de Raguenau e o livram do abismo. Os gemidos de Raguenau, o ofegar que sobe de volume, como se o estivessem mutilando. A voz de Raguenau, apenas um fio, que diz mais devagar, mais devagar. O coxear da sua vontade. Mas não me interprete mal, dizia Padilla. Era o que dizia: não me interprete mal, como você sempre fez, não me interprete mal. O sonho inocente de Raguenau e sua insônia. Seus passos que percorrem toda a casa, do banheiro à cozinha, da cozinha à sala. Os livros de Raguenau. A poltrona Aldo Ferri e o abajur vagamente Brancusi. O amanhecer que o encontra nu e lendo.

15.

A clínica de Tijuana em que Amalfitano fez os exames de Aids tinha uma janela que dava para um terreno baldio. Ali, entre escombros e lixo, sob um sol abrasador, havia um sujeito baixinho e forte, com bigodes muito grandes e cujo caráter se adivinhava enérgico, preparando com afinco uma espécie de barraca de campanha com papelões que ia catando em toda parte. Parecia o pirata ruivo dos desenhos do Patolino, com a única diferença de que sua pele e seu cabelo eram bem escuros.

Depois que Padilla lhe comunicou que tinha os anticorpos, Amalfitano decidiu fazer o exame, mas não em Santa Teresa, em Tijuana, onde era impossível encontrar algum conhecido da universidade.

Contou a Isabel Aguilar, e esta resolveu levá-lo de carro. Saíram cedinho e se internaram numa planície onde tudo era amarelo escuro, até as nuvens e os arbustos raquíticos esparramados ao longo da estrada.

— A esta hora tudo fica assim — disse Isabel —, cor de caldo de galinha, mais tarde a terra se desentorpece e o amarelo se vai.

Tomaram o café da manhã em Cananea e continuaram até Santa Ana, Caborca, Sonora e San Luis. Ali deixaram o estado de Sonora e entraram na Baixa Califórnia Norte. Durante a viagem, Isabel contou a ele que em certa ocasião um texano estivera apaixonado por ela. Era uma espécie de marchand, que um professor de belas-artes tinha lhe apresentado. Isso aconteceu depois de ela terminar sua relação com o mecânico. O texano, à primeira vista, parecia um bruto, com botas de salto alto, gravata e chapéu de caubói, mas entendia bastante de arte contemporânea das Américas. O único problema era que, escaldada por seus últimos relacionamentos, ele não lhe agradou.

— Uma vez — disse Isabel —, o texano veio à minha casa e me convidou para ir a uma exposição de Larry Rivers em San Antonio. Fiquei olhando para ele e pensei: esse cara quer ir para a cama comigo e não encontra uma maneira adequada de me dizer. Não sei por que aceitei o convite. Não tinha a intenção de ir para a cama com ele, pelo menos não pensava facilitar as coisas, e também não me seduzia a ideia de uma viagem de carro até San Antonio, mas de repente alguma coisa me fez desejar a viagem, tive vontade de ver os quadros de Larry Rivers e até me pareceram apetecíveis todas aquelas horas de viagem, as paradas para comer na beira da estrada, o motel onde pensávamos nos hospedar em San Antonio, a paisagem monótona até o fastio, o cansaço da viagem. Enfiei numa sacola algumas roupas, um livro de Nietzsche, a escova de dentes, e partimos. Antes de cruzar a fronteira me dei conta de que o texano não queria me levar para a cama mas apenas conversar, ter alguém com quem conversar (surpreendentemente ele me achava simpática). Em resumo: me dei conta de que se tratava de um sujeito bastante solitário e que isso às vezes o matava. A viagem foi agradável, nada a comentar, por sorte as coisas ficaram claras desde o início. Quando chegamos a San Antonio nos registramos num motel dos arredores, em quartos separados, comemos muito bem num restaurante chinês, depois fomos ver a exposição. Bem: era o dia da abertura e havia a imprensa, câmaras de televisão, refletores, bebidas, celebridades locais e, num canto, rodeado de gente, Larry Rivers em pessoa. Não o reconheci, mas o texano me disse: aquele ali é o Larry, vamos cumprimentá-lo. Então nos aproximamos dele e apertamos sua mão. É uma honra, senhor Rivers, disse o texano, para mim o senhor é um gênio. E depois me apresentou. A senhorita Isabel Aguilar, professora de filosofia da Universidade de Santa Teresa. Larry Rivers olhou-o de cima a baixo, do chapéu Stetson às botas, e a princípio não disse nada mas depois perguntou onde ficava Santa Teresa, no Texas ou na Califórnia?, e eu apertei sua mão, sem dizer nada, meio retraída, e respondi que no México, no estado de Sonora. Larry Rivers me fitou e disse magnífico, Sonora, magnífico. E foi tudo, nos despedimos muito educadamente e fomos até o outro extremo da galeria, o texano queria falar dos quadros de Larry Rivers, eu estava com sede mas também queria falar dos quadros, ficamos tomando vinho e comendo canapés de caviar e salmão defumado, e tomando vinho, nós dois cada vez mais entusiasmados com a exposição, e de repente, num abrir e fechar de olhos, eu me vi sozinha, sentada a uma mesa cheia de copos vazios e suando como uma égua a que tinham feito dar uma galopada selvagem. Não sofro do coração, mas naquele momento temi um ataque, um infarto, uma coisa assim. Do jeito que pude, consegui chegar ao lavabo e fiquei ali molhando o rosto. Era uma experiência estranha, a água fria não entrava em contato com minha pele, a camada de suor era tão espessa, tão, digamos, sólida, que impedia isso. Meu peito ardia como se alguém tivesse posto entre meus seios uma barra de ferro aquecida ao rubro. Por um momento tive a certeza de que alguém havia posto uma droga na minha bebida, mas que tipo de droga?, não sei. Não me lembro quanto tempo permaneci no lavabo. Quando saí quase não havia mais ninguém na galeria. Uma mulher muito bonita, loura tipo escandinava, de uns trinta e oito anos, estava junto de Larry Rivers e não parava de falar. Achei prodigioso que Larry Rivers e uns poucos amigos seus ainda estivessem lá. A escandinava tinha uma voz cantante, falava e gesticulava, porém o mais estranho de tudo era que parecia estar recitando alguma coisa, um longo poema que ela ilustrava com o movimento das mãos, mãos que se adivinhavam suaves e elegantes. Larry Rivers a observava com atenção, olhos semicerrados, como se estivesse vendo a história da loura, uma história de gente diminuta e em constante ação. Caralho, pensei, que bonito. Adoraria ter me juntado a eles, mas suponho que minha timidez ou meu senso de discrição me impediram. O texano não estava em lugar nenhum. Antes de eu sair, o grupo de Larry Rivers sorriu para mim. Na saída, comprei o catálogo e voltei de táxi para o motel. Fui até o quarto do texano mas não o encontrei. No dia seguinte, me disseram na recepção que ele tinha ido embora na noite anterior e que antes de partir tinha deixado tudo pago, inclusive meu quarto e meu café daquela manhã na cafeteria do motel. Pensei comer de tudo, até ovos com presunto, que odeio, mas só fui capaz de tomar um café. O que teria acontecido com o texano para ir embora daquela maneira tão pouco educada? Nunca soube. Ainda bem que eu tinha levado meus cartões de crédito. Às duas da tarde tomei o avião para Hermosillo e de lá vim de táxi para Santa Teresa.

16.

A carta seguinte de Padilla falava de uma moça que ele havia conhecido no hospital e fazia uma longa digressão um tanto sinistra. Prometi te contar como resolvi, quando estive hospitalizado, meu conflito com os companheiros de quarto, dizia. Esses bons rapazes, filhos do proletariado sem destino (também chamado lumpemproletariado, pensou Amalfitano, que no fundo continuava sendo marxista), se comportavam comigo como os árabes com os judeus em 1948, de modo que decidi agir, fazer uma demonstração de força, semear o medo.

Uma noite, dizia ele, esperei que toda a ala estivesse nos braços de Morfeu e me levantei. Com passos silenciosos (de bailarina lunar, dizia Padilla) e arrastando o suporte do gota a gota, dirigiu-se à cama mais próxima da sua (onde jazia o mais agressivo dos rapazes, o mais bonito também), fechou as cortinas e começou a estrangulá-lo. Com uma mão tapou-lhe a boca, com a outra, em que levava o catéter, apertou seu pescoço até sufocá-lo. Quando o adormecido acordou, abriu os olhos e quis escapar, já não era mais possível. O doente estava à sua mercê e Padilla o martirizou mais um pouco, depois o fez jurar que a partir daquele momento tinham acabado as brincadeiras de mau gosto. Os outros dois acordaram e observaram através da cortina a vaga sombra de Padilla em cima do amigo deles. Provavelmente pensaram que eu o estava estuprando, dizia Padilla, mas ficaram com tanto medo que nenhum deles abriu a boca. Em todo caso, no dia seguinte os olhares não eram de desprezo ou deboche, e sim de temor.

A moça que ele conheceu era irmã do que havia tentado estrangular. Uma tarde ela lhe trouxe um presente. Uma pera enorme, amarela, com manchas marrons, de aparência suculenta. A moça sentou junto da sua cama e perguntou por que ele havia maltratado o irmão. Os três *junkies*, lembra-se Padilla, estavam fumando num canto, junto da janela, enquanto a moça falava com ele. A resposta de Padilla foi: para acalmar os ânimos. Você não gosta nem que os desenganados toquem em seus ovos?, ela perguntou. Pelo contrário, adoro, disse Padilla, e depois perguntou a ela onde havia aprendido palavras tão difíceis como aquela. A moça arqueou as sobrancelhas. Desenganado, disse Padilla. A moça riu e disse que no hospital, é claro.

Ficaram amigos.

Duas semanas depois de ter alta, encontrou-a num bar do metrô Urquinaona. Ela se chamava Elisa e vendia heroína em pequenas quantidades. Contou-lhe que seu irmão mais velho já tinha morrido e que o outro, o vizinho de cama do hospital, não demoraria a segui-lo. Padilla tentou animá-la, citando números, estatísticas de sobrevivência, surgimento de novas medicações, mas logo se deu conta de que era inútil.

Ela se chamava Elisa e sua zona de venda era em Nou Barris, onde morava, mas comprava a droga em El Raval. Padilla acompanhou-a uma ou duas vezes. O vendedor se chamava Kemal e era negro. Em outra circunstância, Padilla teria tentado comê-lo, mas naqueles dias sexo não era uma coisa muito importante para ele. Preferia ouvir e olhar. Ouvir e olhar: sensações novas que, se não o reconfortavam, faziam com que seu desespero fosse mais lento, pausado, dando-lhe a possibilidade de objetivar aquilo que ele, de resto, sabia que não era objetivável. Elisa tinha dezoito anos e morava com os pais. Tinha um namorado, viciado também, e uma vez por mês se encontrava com um cara casado que a ajudava economicamente.

A carta terminava com uma descrição da moça. De estatura mediana, muito magra, peitos grandes demais, pele olivácea, olhos amendoados, grandes, cercados por pestanas compridas e sonhadoras, lábios quase inexistentes, voz de tonalidades agradáveis mas educada ou acostumada aos gritos e aos impropérios, mãos bem-proporcionadas com dedos compridos e elegantes, unhas, pelo contrário, roídas, tortas, tortíssimas, sobrancelhas mais escuras que os cabelos, ventre plano, liso, forte. Em certa ocasião, dizia ele a propósito do ventre, levou-a para dormir em sua casa. Compartilharam a cama. Você não tem medo de que no meio da noite eu te coma e te contagie? Não, disse Elisa. Padilla chegou então à conclusão, de resto lógica, de que ela também tinha os anticorpos. Por um instante, antes de adormecerem, ficaram se acariciando. Sem entusiasmo, frisava Padilla, diria eu que com amizade. Na manhã seguinte tomaram café da manhã com seu pai. Meu pai, dizia Padilla, tentou esconder sua surpresa e felicidade, mas não conseguiu.

Sobre sua saúde abundava em vaguezas. Estava com os pulmões delicados, mas não especificava quão delicados. Comia bem, tinha apetite.

A resposta de Amalfitano foi imediata. Contava a ele da sua viagem relâmpago a Tijuana para fazer os exames, pedia que falasse francamente sobre a doença dele (quero saber exatamente em que estado você está, *preciso* saber, Joan), encarecia-o a trabalhar sem descanso, na medida do possível, em seu romance. Não lhe contava que já sabia dos resultados negativos dos exames. Não lhe contava que havia sonhado em largar tudo, voar para Barcelona e cuidar dele.

17.

A carta seguinte de Padilla estava escrita no dorso de uma reprodução de Larry Rivers: *Retrato de Miss Oregon II*, 1973, acrílico sobre tela, 167,6 × 274,3 cm, coleção particular, e Amalfitano por um instante foi incapaz de ler, maravilhado, enquanto se perguntava se numa carta anterior havia contado a Padilla a viagem a Tijuana, Baixa Califórnia Norte, e a história da viagem a San Antonio, Texas, para ver a exposição de Larry Rivers, que Isabel tinha lhe relatado. A resposta era negativa, Padilla nem sabia da existência de Isabel, de modo que o surgimento de Larry Rivers devia ser atribuído ao acaso. O acaso ou uma peça do destino (Amalfitano se lembrou da época em que acreditava que nada era casual, e sim causal, mas que época? Não lembrava, só se lembrava de que em certa época havia acreditado nisso), algo que devia significar algo, algo mais, o estado de graça terrível em que se encontrava Padilla, uma saída de incêndio antes despercebida ou um sinal expressamente dirigido a ele, Amalfitano, e que talvez quisesse dizer que tivesse confiança, que as coisas, mesmo que pareçam imóveis, andavam, que as coisas, mesmo que pareçam estátuas destruídas, à sua maneira se recompunham e melhoravam.

Leu agradecido. Padilla falava de uma exposição de Rauschenberg (mas se a exposição era de Rauschenberg, por que mandava um postal de Larry Rivers?) numa galeria do centro de Barcelona, dos canapés e coquetéis, de jovens poetas que ele, Padilla, não encontrava havia muito tempo, de um longo passeio até chegar à Plaza Cataluña e, depois, Ramblas abaixo, até o porto, e depois as ruas se transformavam num labirinto e Padilla e seus amigos poetas (renegados que escreviam indistintamente em castelhano e catalão e que eram todos homossexuais e de quem nem os críticos em castelhano nem os críticos em catalão gostavam) se perdiam numa noite secreta, uma noite de ferro com os olhos abertos, dizia Padilla.

Depois, à maneira de postscriptum ou curioso acréscimo, em meia folha de papel e com uma letra diminuta, Padilla falava de uma viagem a Girona, à casa paterna de um daqueles poetas e do trem quase vazio que os transportou "pela campina catalã", e de um magrebino que lia um livro de trás para a frente e que o poeta gironês, educada mas condenadamente curioso, havia perguntado se era o Corão, a que o magrebino respondeu afirmativamente, a surata da piedade ou da compaixão ou da caridade (Padilla não se lembrava), o que motivou o poeta gironês a perguntar se a piedade (ou a compaixão ou a caridade) ali pregada também se estendia aos cristãos, ao que o magrebino tornou a responder afirmativamente, é evidente, claro que sim, era só o que faltava, a todos os seres humanos, com tal calor que animou o poeta gironês a perguntar se também se estendia aos ateus e aos homossexuais, e o magrebino desta vez respondeu francamente que não sabia, que supunha que sim, já que os ateus e as bichas eram seres humanos, não é?, mas que, do fundo do coração, desconhecia a resposta, pode ser que sim, pode ser que não.

E então o magrebino perguntou por sua vez ao poeta gironês em que ele acreditava. E o poeta gironês, previamente ofendido, tacitamente humilhado, respondeu com soberba que acreditava no que via pela janela do trem, bosques, plantações, casas, caminhos, carros, bicicletas, tratores, numa palavra: o progresso. A que o magrebino respondeu que o progresso, na realidade, não importava tanto. Coisa que fez o poeta gironês exclamar que, se não fosse o progresso, por exemplo, nem o magrebino nem ele estariam ali conversando tão à vontade num trem semivazio. Ao que o magrebino respondeu que a realidade era uma miragem e que eles podiam perfeitamente estar, naquele momento, conversando numa tenda no deserto. Coisa que, depois de fazê-lo sorrir, fez o poeta gironês dizer que podiam estar conversando ou podiam estar trepando no deserto. Ao que o magrebino replicou que se o poeta gironês fosse uma mulher, sem dúvida alguma ele a levaria para seu serralho, mas que, como o poeta gironês parecia ser apenas um cão veado e ele apenas um pobre imigrante, aquela possibilidade ou miragem estava descartada. Coisa que fez o poeta gironês dizer que nesse caso a surata da piedade era mais insignificante que uma bicicleta e que tomasse cuidado com suas palavras pois a ponta do selim de uma bicicleta tinha se enterrado no cu de mais de um cara. Ao que o magrebino replicou que seria assim em seu mundo, não no dele, onde os mártires andavam sempre de cabeça erguida. Coisa que fez o poeta gironês dizer que todos os mouros que havia conhecido ou eram michês ou eram ladrões. Ao que o magrebino replicou que não tinha culpa pelas amizades que uma porca veada podia ter. Coisa que fez o poeta gironês dizer: porca e veada, tudo bem, mas você não é capaz de topar que eu te faça um boquete aqui mesmo? Ao que o magrebino replicou que a carne é fraca e que ele tinha de se acostumar com o tormento. Coisa que fez o poeta gironês dizer: abra a braguilha e deixe que eu chupe seu pau, meu amor. Ao que o magrebino replicou que preferia morrer. Coisa que fez o poeta gironês dizer: eu me salvarei? Eu também me salvarei? Ao que o magrebino replicou que não sabia, que francamente não sabia.

Eu bem que gostaria, concluía Padilla, de tê-lo levado para um hotel, era um magrebino aberto à poesia do mundo, mas com certeza nunca tinha levado no cu.

A resposta de Amalfitano estava escrita no verso de um postal de Frida Kahlo (*As duas Fridas*, 1939) e dizia que, seguindo seu conselho, embora na verdade não se lembrava de que Padilla o houvesse recomendado explicitamente, havia começado a procurar os romances de Arcimboldi. Claro que sua busca se limitava a livrarias do DF que recebiam novidades editoriais da Espanha e à Librería Internacional de Tijuana, onde quase não havia livros em francês, mas onde tinham lhe garantido que podiam consegui-los. Também havia escrito à Librería Francesa do DF, mas o tempo passava e não recebia resposta. Talvez, aventurava, a Librería Francesa não exista mais e a novidade ainda tardará vários anos para chegar em Santa Teresa. Sobre o postal de Larry Rivers preferiu não dizer nada.

A carta seguinte de Padilla chegou dois dias depois, sem tempo possível para ser uma resposta à sua. Era, em linhas gerais, uma sinopse do romance que Padilla estava escrevendo, se bem que como sinopse, pensou Amalfitano, era um tanto vaga. Parecia que alguma coisa, nos dois dias que passara em Girona ou no postal que lhe enviara antes ou na comida que a mãe do jovem poeta gironês preparava, lhe havia caído mal. Parecia bêbado ou drogado. Até a letra (a carta era manuscrita) estava alterada, às vezes quase ilegível.

Falava do romance em geral (citava, sem que tivesse nada a ver, Pardo Bazán, Clarín, um autor romântico espanhol que tinha se afogado num rio dos Países Bálticos) e de *O deus dos homosse-*

xuais em particular. Mencionava um bispo ou arcebispo argentino que havia sugerido transferir toda a população não estritamente heterossexual argentina para a pampa, onde, sem poder nem oportunidade de perverter o resto dos cidadãos, se dedicaria a construir sua República, com leis e costumes próprios. O sagaz arcebispo até dera um nome a seu plano. Se chamava *Argentina 2*, mas podia muito bem se chamar Bicholândia.

Falava das suas ambições: ser o Aimé Cesaire dos homossexuais (nesse parágrafo a letra era trêmula, como se estivesse escrevendo com a mão esquerda), dizia que certas noites ouvia o tam-tam da sua paixão, mas não sabia direito se era realmente o da sua paixão ou o da sua juventude que lhe escapava das mãos, talvez, acrescentava, seja apenas o tam-tam da poesia, que soa em todos nós sem exceção numa hora misteriosa e difícil de reconhecer mas, em contrapartida, absolutamente grátis.

De *O deus dos homossexuais* afirmava que primeiro tomaria forma nos sonhos e depois em algumas ruas desertas, aquelas que somente os que sonham acordados visitam. Seu corpo, seu rosto: um híbrido de Hulk e Exterminador do Futuro, um colosso horrível e repulsivo. Desse monstro esperavam (os homossexuais) uma generosidade sem fim, não a República no pampa ou na Patagônia do arcebispo argentino, mas a República em outro planeta, a uns mil anos-luz da Terra.

A despedida era abrupta, como se a tinta houvesse acabado, mas mandava beijos para Amalfitano e sua filha.

18.

A carta seguinte de Padilla falava de Elisa. Dizia que uma noite, ao chegar em casa, encontrou a moça na porta do prédio, esperando. Tinha chegado doente, com equimoses no pescoço, uma ponta de febre e pouca vontade de dormir. Deitamos juntos, dizia, era muito tarde e tentamos fazer amor, mas a prostração generalizada dela se somava ao meu próprio desânimo, à minha própria febre, aos meus próprios calafrios. A princípio, só se masturbaram, cada um em seu lado da cama, olhando-se nos olhos, sem dizer nada por um bom momento. O resultado foi que nenhum dos dois gozou e que ambos perderam definitivamente o sono. Acordados, dizia Padilla, ficamos conversando até amanhecer, e só então conseguimos por fim dormir.

Padilla se pôs a falar da primeira coisa que lhe veio à cabeça, e de repente se viu contando a ela a história de Leopoldo María Panero, dos seus poemas, da sua loucura, do que ele imaginava ser sua vida no hospital psiquiátrico de Mondragón. Quando se deu conta, a moça estava a cavalo em cima dele ou enrolada em suas pernas ou amarrando-o na cabeceira da cama ou pedindo que a amarrasse ou algo assim, dizia Padilla, ou os dois sentados no tapete, nus, ou os dois falando pela primeira vez da morte de uma forma cândida, tola, desesperada, corajosa, fazendo planos e prometendo-nos mutuamente que os realizaríamos. Claro, não chegamos a fazer amor, dizia Padilla, pelo menos tecnicamente falando não fizemos.

O problema, dizia Padilla mais adiante, é que no dia seguinte eu já não estava bêbado (se é que a experiência da noite anterior podia ser chamada de bebedeira), mas não Elisa, que durante o café da manhã não parou de falar do que eles haviam falado, de recordar fragmentos de tudo o que Padilla tinha lhe contado, às vezes dando mostras de uma memória prodigiosa, pois o discurso noturno não havia sido um modelo de coerência e, além do mais, quando ele ficava *assim*, reconhecia Padilla, falava aos borbotões, rápido demais, atropeladamente, um fenômeno de coprolalia, de tal modo que seu interlocutor (e ele próprio) costumava perder mais de metade das coisas que contava, mas Elisa, pelo visto, se lembrava de tudo: nomes, títulos de livros, as pequenas intrigas e os pequenos abusos de uma vida (literária) desaparecida faz tempo.

De modo que o café da manhã em questão havia sido muito estranho.

De repente eu me vi a mim mesmo. Mas transformado numa mulher. Algo que nunca (você sabe) desejei. Mas lá estava, do outro lado da mesa, uma mulher com os lábios bem finos, doente, jovem, pobre, desgrenhada. Uma mulher que parecia disposta a morrer a qualquer momento. Fiquei surpreso por não botá-la para fora de casa imediatamente, dizia Padilla, evidentemente não muito convencido, evidentemente um pouco assustado. Sobre seu romance não dizia nada.

A resposta de Amalfitano foi curta e epigramaticamente ambígua: começava dizendo que a amizade de Elisa devia ter um significado que eles ainda não compreendiam e terminava, de maneira sinistra, enumerando os problemas cotidianos que enfrentava, tanto no Departamento de Filosofia como em casa, em sua relação paterno-filial com Rosa, que a cada dia que passava se afastava um pouco mais dele.

Como já vinha sendo habitual, Padilla não esperou a resposta de Amalfitano para enviar outra carta.

Voltava a falar de Elisa.

Durante três dias ele a tinha perdido de vista. No quarto, quando já começava a esquecer aquela estranha epifania mnemotécnica, encontrou-a na porta do seu prédio numa hora e circunstâncias semelhantes. Tornaram a dormir juntos. Tornaram a se masturbar (desta vez, ambos gozaram). Tornaram a conversar.

A moça, dizia Padilla, havia concebido um plano para recuperar a saúde. O plano consistia em viajar de carona de Barcelona ao hospital psiquiátrico de Mondragón. Quando contou, Padilla teve um acesso de riso. Mas a moça continuou falando, desta vez a luz estava apagada e a única claridade que filtrava pela janela provinha da claraboia do pátio interno. Sua voz, diz Padilla, era monocórdia, mas não era monocórdia, era cheia de inflexões, era contaminada pela gíria dos bairros operários de Barcelona, mas ao mesmo tempo era a voz de uma senhorita de Sarriá. Você leu Gombrowicz demais, pensou Amalfitano.

O resto da carta abundava no mesmo tema. O quarto escuro. A voz de Elisa narrando uma viagem impossível. As perguntas de Padilla: por que ela achava que viajando ia sarar? Que expectativas depositava em Leopoldo María Panero e no hospital psiquiátrico de Mondragón? A vontade de rir e os risos e as piadas de Padilla. Ir para a cama com um veado está deixando você louca. A risada de Elisa que parecia iluminar por uma fração de segundo o quarto e sair como um raio ao revés pelas junções da janela, até lá em cima, até a claraboia do pátio interno e até as estrelas.

Mas a carta terminava de uma maneira pouco festiva. Elisa está ao meu lado, dizia o parágrafo final, quando saí esta tarde ela ficou aqui, na cama, meu pai e eu falamos em levá-la para o hospital mas ela não quis saber, preparamos um caldo de galinha, ela o tomou e adormeceu.

19.

A carta seguinte de Padilla, a primeira que Amalfitano não respondeu de imediato, falava da peregrinação a San Sebastián e dos termos em que esta seria levada a cabo, termos ditados pela voz vacilante de Elisa, que agora, informava, estava no hospital e a quem era melhor não contrariar, pelo menos até que se recuperasse. No hospital, dizia ele, tive a oportunidade de ver mais uma vez sua família, o irmão *junky* que eu havia tentado estrangular, a mãe, uma santa, várias tias e primos e primas. Numa ocasião, Raguenau o acompanhou, noutra Adrià, ambos preocupados com o interesse que aquela mulher havia despertado em Padilla. Seus amigos, dizia, o aconselhavam a parar de visitá-la, a parar de cuidar dela e a começar a cuidar de si mesmo. Mas Padilla não lhes dava ouvidos e passou algumas noites ao pé da cama de Elisa. Esta lhe pedia para falar de Panero. Quando Raguenau e Adrià ficaram a par disso, não sabiam se desatavam a rir ou a chorar. Padilla, no entanto, levou a coisa a sério e contou a Elisa tudo o que sabia de Panero, que não era, na realidade, muito, e o resto inventou, e quando não sabia mais o que inventar apareceu no hospital com os livros de poesia de Panero e leu-os para Elisa.

Esta, de início, não os entendeu.

Creio, dizia Padilla, que sua ignorância nessa matéria é muito maior do que eu acreditava a princípio.

Mas não desistiu e idealizou um método (ou algo que podia passar por método) de leitura. Era simples. Decidiu ler em voz alta para ela as poesias de Panero seguindo uma ordem cronológica. Começou com o primeiro livro e terminou com o último, e a leitura de cada poema era seguida de um breve comentário que não pretendia explicar o poema em seu conjunto, coisa impossível, segundo Padilla, mas um verso, uma imagem, uma metáfora. Assim, de cada poema, Elisa entendia e retinha pelo menos um fragmento. Pouco depois, escrevia Padilla, Elisa já lia sozinha os livros de Panero, e sua compreensão destes (mas a palavra "compreensão" não diz nada do desespero e da comunhão da sua leitura) era luminosa.

Quando ela recebeu alta, Padilla lhe deu de presente, numa decisão crepuscular, pensou Amalfitano, todos os livros que tinha lhe emprestado e se foi. Não esperava tornar a vê-la e por alguns dias comemorou essa decisão. Raguenau e Adrià o convidaram para ir ao cinema e ao teatro. Voltou a sair sozinho. Retomou, ainda que sem muita vontade, a redação de *O deus dos homossexuais*. Uma madrugada, quando voltava bêbado e drogado, encontrou-a sentada na entrada do prédio, à sua espera.

Segundo Padilla, Elisa era a morte.

A resposta de Amalfitano foi uma carta de cinco folhas, mal escrita entre uma aula e outra, em que lhe rogava que ouvisse o confeiteiro e seu sobrinho, e em que comentava, talvez exagerando o otimismo, os passos de gigante que estava dando a ciência em sua luta contra a Aids. Segundo uns médicos da Califórnia, Amalfitano lhe assegurava, a doença está a um passo de se tornar apenas mais uma doença crônica, uma doença que não levava necessariamente à morte.

Sobre os últimos acontecimentos em Santa Teresa preferiu não falar.

A resposta de Padilla chegou pouco depois, cedo demais para que fosse uma resposta à carta que Amalfitano tinha enviado.

Vinha escrita no dorso de um postal aéreo de Barcelona e dizia que sua vida havia experimentado uma reviravolta radical. Elisa agora vive comigo, declarava, e meu pai não cabe em si de contente. Claro, minha relação íntima com Elisa é apenas a de dois irmãos. Algumas noites nos masturbamos um ao lado do outro. Mas isso, na verdade, muito esporadicamente. Saio para fazer as compras. Elisa cozinha e continua vendendo heroína em seu bairro. Vivemos num compasso de espera dos mais encantadores. De noite, vemos tevê, sentados no sofá, meu pai, Elisa e eu. Alguma coisa vai acontecer nos próximos dias. Eu te mantenho informado.

Nota à edição original

Carolina López

As agruras do verdadeiro tira é um romance cujas partes estão desigualmente acabadas, embora seu grau de revisão seja alto, já que todos os capítulos foram primeiro redigidos à mão, depois transcritos em máquina de escrever elétrica, e muitos deles, aproximadamente a metade, burilados posteriormente num computador, como consta nos arquivos de Roberto Bolaño.

Vários documentos adicionais depositados nesse mesmo arquivo fazem crer que se trata de um projeto iniciado na década de 1980 e que se manteve vigente até 2003: cartas, notas datadas em que o autor descreve seus projetos, uma entrevista de novembro de 1999 para o jornal chileno *La Tercera*, na qual declara estar trabalhando em *As agruras do verdadeiro tira*, entre outros livros. O título é uma constante em toda a documentação relativa à obra.

O romance é integrado por três escritos, "As agruras do verdadeiro tira" e "Assassinos de Sonora", de cinquenta e cem páginas respectivamente, localizados no computador de Roberto Bolaño, e um escrito em parte datilografado em máquina de escrever elétrica, em parte impresso a partir de um computador sem arquivo informático, de 135 páginas.

Os escritos provenientes do computador correspondem à primeira e quinta partes do romance, e o datilografado e impresso compreende as segunda, terceira e quarta partes.

O texto datilografado, cujo título também é "As agruras do verdadeiro tira", é um romance completo de 283 páginas, classificado em seis pastas, cinco das quais se encontravam na mesa de trabalho do autor, junto com outros materiais relativos a *2666*, enquanto as outras duas foram descobertas ao organizar seu legado. Esse conjunto de 283 páginas permite afirmar com certeza que se trata de um romance bastante revisto, e permitiu comprovar que os dois arquivos do computador correspondiam à transcrição que o autor estava efetuando dele.

Em quatro das pastas achadas em sua mesa de trabalho, constam o número, o título e a quantidade de páginas que cada uma continha: 1. Amalfitano e Padilla, 165 páginas, 2. Rosa Amalfitano, 39 páginas, 3. Pancho Monje, 26 páginas, 4. J. M. G. Arcimboldi, 38 páginas. Essas quatro pastas abarcam a quase totalidade do romance.

A quinta pasta encontrada em sua mesa e uma das encontradas ao organizar o arquivo (ambas sem título) contêm, de novo, quase todo o romance. O material estava separado conforme os dois textos do computador e um índice.

A sétima pasta, segunda das encontradas no arquivo e intitulada "Sepulcro de caubóis", contém oito capítulos datilografados do romance, além de materiais pertencentes a outro projeto inacabado.

Depois da recopilação dos materiais e do seu estudo, o estabelecimento do conjunto se efetuou seguindo a disposição dos textos do computador e respeitando os critérios de Roberto Bolaño nas quatro pastas numeradas e com título. Esta edição se atém à premissa irrenunciável de respeitar sua obra e à firme vontade de oferecer ao leitor o romance tal como encontrado em seus arquivos. As alterações e correções efetuadas foram as mínimas imprescindíveis.

Meu agradecimento à agência Andrew Wylie e à assessoria literária de Cora Munro, que com o máximo respeito ao legado do autor apoiou esta edição com seus inestimáveis conhecimentos.

ESTA OBRA FOI COMPOSTA PELO GRUPO DE CRIAÇÃO EM ELECTRA E IMPRESSA PELA GRÁFICA BARTIRA EM OFSETE SOBRE PAPEL PÓLEN SOFT DA SUZANO PAPEL E CELULOSE PARA A EDITORA SCHWARCZ EM JANEIRO DE 2013

A marca FSC® é a garantia de que a madeira utilizada na fabricação do papel deste livro provém de florestas que foram gerenciadas de maneira ambientalmente correta, socialmente justa e economicamente viável, além de outras fontes de origem controlada.